Fluss.Aus.Ende.

Petra Münzel-Kaiser arbeitete lange als Lektorin, Redakteurin und E-Learning-Expertin für Fach- und Sachbuchverlage, bevor sie sich vor einigen Jahren einer neuen Tätigkeit zuwandte: Seither konzipiert und schreibt sie als Buchkonstrukteurin erfolgreiche Sachbücher für Menschen, die etwas zu sagen haben.

2022 erschien mit »Sick Life Line« das erste Werk, in dem sie offiziell als Mitautorin geführt ist. Es wurde prompt mit dem Buchpreis der Internationalen Tourismus Börse ITB ausgezeichnet.

Bei ihrem ersten Krimi vereint sie zwei ihrer größten Leidenschaften: das Erzählen von Geschichten über ungewöhnliche Charaktere in fantastischen Landschaften sowie das Wildwasserpaddeln. Das Ergebnis ist eine Hommage an das Genre Krimi, an die Toleranz und an starke Frauen.

Mehr zur Autorin: www.pmk-krimi.de

Petra Münzel-Kaiser

FLUSS.AUS.ENDE.

Ein Kehrwasser-Krimi aus dem Engadin

KIENER

Für Christl

Prolog

Das Telefon auf dem nüchternen, weißen Schreibtisch klingelte. Der Apparat war einer von der Sorte, wie sie in Millionen Büros stehen: links die Auflage für den Hörer, mit einem geringelten Kabel mit dem Apparat verbunden, in der Mitte die Tasten für die Nummerneingaben und rechts eine Reihe von Knöpfen für Funktionen wie Rufweiterleitung und Halten des Anrufs. Darüber ein Display.

Auf diesem Display erschienen mit dem Klingeln statt der Nummer des Anrufers nur zwei Buchstaben: MI – so viel sah O.A. von ihrem Sessel aus, obwohl der in der anderen Ecke des Raumes stand.

›Wenigstens meine Augen sind noch in Ordnung‹, dachte sie grimmig und tippte auf den Schalter für die Aufstehhilfe ihres Ohrensessels. Dessen Kunstlederbezug war so dunkelbraun wie der altmodische Tweedrock, den sie trug. Leises Surren, die Sitzfläche kippte langsam nach vorne.

Ein stechender Schmerz fuhr ihr in die Leistengegend, als sie ihr Gewicht auf die Füße verlagerte, doch sie verkniff sich das Stöhnen.

Sie war gestürzt vor einigen Wochen und hatte sich die Hüfte gebrochen. Daraufhin hatten ihr die Ärzte Ruhe verordnet. Ruhe! Diese Ignoranten. Ruhe war der Anfang vom Ende. Aber sie war noch nicht am Ende!

Natürlich hätte sie die Anrufe auf ihr Handy weiterleiten lassen können, um sich das Aufstehen zu ersparen. Wollte sie aber nicht. Denn erstens musste sie in Bewegung bleiben, Schmerz hin oder her. Und zweitens schaltete sie ihr Mobiltelefon nur an, wenn es unbedingt notwendig war. Noch heute legte sie viel Wert darauf, so wenig Spuren wie möglich zu hinterlassen. Sie nutzte deshalb bewusst ein vorsintflutliches Handymodell, das im Gegensatz zu all diesen modernen Dingern als nicht ortbar galt – sicher war sicher. Ihr Misstrauen hatte ihr schon mehr als einmal das Leben gerettet.

Das Telefon klingelte immer noch.

O. A. machte drei entschlossene Schritte zum Schreibtisch hinüber und griff nach dem Hörer.

»Ja?«, sagte sie knapp.

Auch der Anrufer schien sich nicht lange mit einer Begrüßung aufzuhalten, denn O. A. lauschte nur kurz, bevor sie nachhakte: »Eine nackte Leiche, die irgendwo im schweizerischen Unterengadin im Inn treibt? Was haben *wir* damit zu tun?«

Wieder hörte sie nur kurz zu, um scharf zu erwidern: »Wirklich geschächtet? Also die Kehle sauber bis zur Wirbelsäule durchtrennt und der Körper ausgeblutet?«

Sie lauschte und wiederholte: »Und auch noch die Füße zwischen zweiter und dritter Zehe gespalten und den Ischiasnerv sauber entfernt?! ... Demnach sind alle Regeln der koscheren Schächtkunst eingehalten ...«

Den letzten Satz sagte sie mehr zu sich als zu ihrem Gegenüber am anderen Ende der Leitung.

Sie überlegte kurz. Diese Situation war gefährlich.

»Wie viel davon ist schon in die Öffentlichkeit gedrungen?«, fragte sie und reagierte auf die Antwort mit einem Nicken: »Immerhin. Doch die Behörden werden die Informationen nicht lange geheim halten können.«

Sie musste schnell handeln. Aber diskret.

»Hör zu,« sagte sie bestimmt zu ihrem Gesprächspartner, »ich habe einen Plan. Sorge du dafür, dass die Organisation erst einmal stillhält. Ich kann vor Ort niemanden brauchen, der unnötig Staub aufwirbelt. Ich werde ins Engadin fahren und mich darum kümmern. Du hörst von mir. Schalom!«

Ohne eine Erwiderung abzuwarten, legte die alte Frau auf. Nachdenklich stützte sie sich mit den Händen auf der Schreibtischplatte ab, um den Schmerz in ihrer Leiste zu mindern.

Sie würde diese Sache lösen. In ihrem Zustand würde sie sich nur einfallen lassen müssen, wie sie das anstellen konnte.

I

FLUSS.

1

Mali hatte ausschlafen wollen, aber ein lautes Quietschen und Rasseln, das durch die Wand der angrenzenden Wohnung drang, hatte sie geweckt.

›Aha‹, dachte sie, ›Eckarts Weckermaschine meldet sich zum Dienst.‹

Ihr Nachbar war angehender Doktor der Maschinenbau-Informatik und ein Tüftler vor dem Herrn. Letzte Woche hatte er ihr das Ding zum ersten Mal vorgeführt. Für Mali sah es mehr aus wie eine Kunstinstallation aus Metallschrott als ein Wecker, aber Eckart war sehr stolz darauf.

»Nur die Weckzeit lässt sich noch nicht so präzise einstellen«, hatte er stirnrunzelnd hinzugefügt.

›Scheint immer noch nicht so richtig zu funktionieren‹, dachte Mali, ›Eckart steht doch nie vor 9.00 Uhr auf.‹

Prompt hörte sie ein lautes Fluchen von drüben und grinste. Die Wände der beiden Ein-Zimmer-Wohnungen im Dachgeschoss des in die Jahre gekommenen Mietshauses waren ziemlich dünn. Normalerweise störte das weder sie noch Eckart, denn sie waren beide eher ruhige Zeitgenossen und kamen gut miteinander klar: Eckart freute sich, dass Mali sich für seine Technikspielereien begeistern konnte, und Mali freute sich, dass Eckart ihr geduldig zugehört hatte, wenn sie ihm die Ohren vollgejammert hatte wegen ihrer Master-Arbeit. Mit der hatte sie sich nämlich die letzten Monate herumgeschlagen.

Aber letzten Freitagmittag, Punkt 12.00 Uhr, war es endlich so weit gewesen: Sie hatte ihr Werk in dreifacher Ausfertigung im Sekretariat der Fakultät für Sprach- und Literaturwissenschaft abgegeben. Eine Frau mit hennaroten Haaren und Lesebrille am lilafarbenen Band hatte ihr den Stempel »fristgerechte Abgabe« auf das Formular gepatscht. Uff, geschafft!

Sie schwor sich, sich nie mehr eine so sinnlose, nervtötende und langweilige Arbeit anzutun. Sie hatte diese akademische Verschraubtheit so was von satt. Wozu das alles? Was hatte die Welt von den Ergebnissen ihrer vergleichenden Untersuchung der Lyrik von Karoline von Günderrode mit der von Patti Smith? Nicht einmal ihr Betreuer an der Uni heuchelte tiefergehendes Interesse. Obwohl er ihr das Thema selbst vorgeschlagen hatte. Aber wenigstens – und das fühlte sich wie eine Genugtuung an – musste er diese Arbeit jetzt lesen. Das hatte er davon.

Mali warf die Bettdecke zurück und schwang die Beine aus dem Bett. Sie hatte ausschlafen wollen, aber Eckarts Wecker hatte sie erfolgreich wach gemacht. Diesen Zustand wollte sie nutzen, um möglichst schnell die unangenehme Aufgabe hinter sich zu bringen, die sie seit Samstag vor sich herschob.

Im Nachthemd und mit bloßen Füßen tappte sie die wenigen Schritte hinüber zu der kleinen Küchenzeile.

Sie nahm die kleine Glaskanne vom Regal über der Spüle, füllte Wasser hinein und setzte das Gefäß auf eine handtellergroße weiße Keramikscheibe mit Stecker. Aus einem Körbchen kramte sie einen 20 Zentimeter langen Metallstab, tippte damit auf ein münzgroßes magnetisches Plättchen und ließ es in die Kanne platschen. Dann schob sie den Stecker in die Steckdose und starrte erwartungsvoll auf das Plättchen.

Das war eines der halb ausgegorenen, technischen Wunderwerke, die Eckart ständig anschleppte.

»Ist bei den Tüftlern im Nachbarlabor abgefallen«, hatte er gesagt. »Ist der Prototyp eines Wasserkochers auf Induktionsbasis. Braucht weniger Strom und geht schneller. Willst' es haben?«

Natürlich hatte Mali »Ja« gesagt. Sie liebte solchen Technikkram.

Schon nach wenigen Sekunden quetschten sich die ersten Bläschen unter dem Metallplättchen in der Glaskanne hervor – erst kleine, dann immer größere, bis das ganze Wasser blubberte. Mali angelte das Plättchen mit dem Stab heraus, und schon hörte das Blubbern auf.

Sie gab vier große Löffel Kaffeepulver in die kleine French-Press-Kanne und goss sie mit dem heißen Wasser auf. Sie stellte eine Tasse bereit, klappte ihr Laptop auf dem kleinen Küchentisch auf und seufzte: Ja, heute würde sie ernsthaft anfangen, sich eine Stelle zu suchen.

Ihre mündliche Prüfung stand noch aus, aber darauf konnte und wollte sie nicht warten. Sie brauchte Geld.

Die Frage war nur, nach was sie suchen sollte. Oder

anders herum gefragt: Wer auf dieser Welt brauchte schon eine »Master der Vergleichenden Literaturwissenschaften«, die noch nicht einmal ihr Abschlusszeugnis in der Tasche hatte konnte?

Bei ihrem Hiwi-Job an der Uni hatte sie zwar im Alleingang die Umstellung der Fakultätsablage auf die neue Verwaltungssoftware gewuppt, weil die Sekretariatsdamen sich dem standhaft verweigert hatten. Aber den Erfolg hatten sich andere angeheftet. In ihrem Zeugnis stand nichts davon.

Immerhin hatte sie schwarz auf weiß, dass sie in ihrem Aushilfsjob in dem kleinen Bio-Laden quasi die Handwerkerin vom Dienst war. Alle anderen in dem Kollektiv, das den Laden betrieb, hatten nur linke Hände. Und weil für den Einsatz von Profi-Handwerkern das Geld fehlte, durfte Mali ran, wann immer sie wollte – und sie wollte oft. Ein neues Holzregal aus den alten Gemüse-Paletten zimmern? Ein Stromkabel ziehen, damit endlich auch die hintere Ecke im Laden ausgeleuchtet werden kann? Ein Loch in der Wand zugipsen? Genau ihr Ding.

Wie sie an diese Leidenschaft gekommen war, wusste sie nicht. In ihrem Elternhaus hatte es nicht einmal einen Schraubenzieher gegeben. Dafür hatten ihr Vater, ein Latein- und Griechisch-Lehrer, sowie ihre Mutter, Lehrerin für Geschichte und Sozialkunde, sie nach Kräften in ihrem Sprachtalent gefördert: Englisch, Französisch und Spanisch hatte Mali in der Schule ohne Mühe gelernt, Latein und Alt-Griechisch dank ihres Vaters sowieso. Für Italienisch und Russisch hatten ihr ein paar Volkshochschulkurse genügt, um in beiden Sprachen firm zu sein. Sogar ein paar Brocken Chinesisch hatte sie sich beigebracht.

Mali bekam Sprachen einfach leicht ins Ohr, erfasste schnell die Sprachmelodie und die Bedeutung der Worte. Nur das Sprechen war nicht ihre Stärke. Das lag nicht an ihrer mangelnden Sprachkenntnis. Mali war einfach extrem schüchtern.

Egal, ob Mali im Seminar an der Uni in der Vorstellungsrunde etwas über sich sagen sollte, oder im Supermarkt fragen, warum die Bio-Nudeln schon wieder aus waren – all das fiel ihr extrem schwer. Aus diesem Grund graute ihr auch so vor der Vorstellung, sich bei irgendjemandem melden müssen, der einen Job zu vergeben hatte.

Aber es half nichts. Sie brauchte Geld. Also setzte sie sich nun vor ihrem Laptop zurecht, seufzte und öffnete die nächstbeste Job-Börse. Vergeblich versuchte sie, fröhlich zu klingen, als sie murmelte: »Hallo, ihr vielen interessanten Wie-für-mich-gemacht-Stellen: Ich komme!«

Eine Stunde und drei Tassen Kaffee später hatte sie sich durch Hunderte von Stellenanzeigen geklickt. Gefunden hatte sie nichts. Auf keines der Anforderungsprofile passte sie auch nur annähernd. Entweder war sie unter- oder hoffnungslos überqualifiziert. Dennoch hatte sie über jede einzelne der angebotenen Stellen gründlich nachgedacht.

Sie überlegte zum Beispiel, ob sie irgendwie in ihrem Bewerbungsschreiben begründen könnte, dass sie perfekt für die Stelle eines Projektmanagers geeignet war, obwohl sie weder das geforderte Studium der Informatik noch die langjährige Berufserfahrung im Projektmanagement oder im Vertrieb aufzuweisen hatte. Oder ob sie sich den Job einer »Sachbearbeiterin Digitalisierung im Immobilienmanagement« schönreden konnte.

So hatte sie sich durch alle vorhandenen Kategorien dieser Jobbörse gearbeitet. Jetzt blieb nur noch »Sonstiges«. Hier waren die Stellenanzeigen deutlich kleiner, manche nur noch zwei oder drei Zeilen lang.

Wenn unter denen nichts dabei war, wusste sie auch nicht weiter. Wenigstens irgendein Job zur Überbrückung musste doch zu finden sein!

»Hauswirtschaftliche Fachkraft für einen Ein-Personen-Senioren-Haushalt – nur mit Referenzen«.

»Auslieferungsfahrer Klosterbrauerei gesucht«.

»Empfangsdame für exklusives Finanzdienstleistungsunternehmen – selbstsicheres Auftreten Voraussetzung«.

Mali war fast am Ende der Einträge angelangt. Das trostlose Gefühl, das nichts und niemand ausgerechnet sie brauchte, war kaum noch auszuhalten. Aber die paar restlichen Anzeigen würde sie jetzt auch noch schaffen. Anschließend würde sie voller Selbstmitleid den Laptop zuklappen und sich auf die Suche nach der großen Tafel Schokolade machen.

Mechanisch wischte Malis Finger von einer Anzeige zur nächsten: Gärtnerehepaar, Masseur, Möbelpacker.

Halt! Da war ein unscheinbarer Eintrag, den sie fast übersprungen hätte.

Mali las:

Zuverlässige Reisebegleitung umgehend gesucht. Ziel: Engadin. Reisedauer: voraussichtlich 2 Wochen. Angemessene Bezahlung, keine besondere Qualifikation erforderlich. Etwas Grips wäre angenehm. Chiffre SZ3791016

Okay, »umgehend« mitkommen – das konnte sie. Und ja, mit »keiner besonderen Qualifikation« konnte sie auch dienen. Nur: was hatte dieses »Etwas Grips wäre angenehm« zu bedeuten? Und wer gab heute noch Chiffre-Anzeigen auf? Komisch. Aber irgendwie spannend.

Mali ließ den Cursor um »Jetzt bewerben« kreisen. Sollte sie? Oder sollte sie nicht?

»Ach, komm, Mali«, murmelte sie, holte tief Luft und klickte.

Es war noch früh am Morgen, als Mali die Haustür aufschloss. Sie hatte den Chef des Bio-Ladens beim Einkauf auf dem Großmarkt geholfen und bugsierte sich nun mit ihren beiden Jute-Taschen voll mit aussortiertem, aber brauchbarem Gemüse ins Haus. Sie ging die Reihe der Briefkästen entlang. Ungeachtet des Aufklebers »Keine Werbung« steckten gleich zwei dieser dicken, kostenlosen Wochenblätter in ihrem Postkasten.

Sie lehnte die beiden Jute-Taschen an die Gangwand und zog mit beiden Händen die Zeitungen heraus. »Die reine Verschwendung«, murmelte sie, als sie zu den Papiertonnen hinüberging und den Deckel hob. Gerade als sie den Papierstapel hineinwerfen wollte, bemerkte sie dazwischen einen Umschlag.

Sie zog ihn heraus. Ihr Name und ihre Anschrift waren

mit Tinte und in Druckbuchstaben darauf geschrieben, sehr akkurat. Auf der Rückseite stand, geschrieben mit demselben Füller und derselben Schrift: ›Dr. O. A. Weiss‹.

Von dem Umschlag ging ein hauchfeiner herber Geruch aus. Mali schnupperte. Irgendwoher kannte sie diesen Geruch, aber woher?

Sie fuhr vorsichtig mit dem Zeigefinger unter die Falz und riss den Briefumschlag auf.

Das Papier, das sie herauszog, war blütenweiß und steif. Sie faltete es auseinander. Dieselbe Handschrift, derselbe Füller wie auf dem Umschlag.

Mali las:

Betr.: Ihr Bewerbungsschreiben auf Chiffre SZ3791016

Sehr geehrte Frau Meusele,

vielen Dank für Ihre Bewerbung.
Ich lade Sie hiermit zu einem persönlichen Vorstellungsgespräch ein. Bitte erscheinen Sie morgen, 10.00 Uhr, in der Seilerstraße 12, 1. Stock.
Falls ich nichts Gegenteiliges von Ihnen höre, gehe ich von Ihrem pünktlichen Erscheinen aus.

Hochachtungsvoll
Dr. Weiss

›Ganz die alte Schule‹, dachte Mali und musste unwillkürlich lächeln.

Jetzt war ihr auch eingefallen, woher sie diesen Geruch kannte: Das war Pfeifenrauch von einem Tabak, wie sie ihn noch von ihrem Großvater kannte. Solche torfig-rauen Sorten rauchte heute kein Mensch mehr – außer offensichtlich dieser Herr Dr. Weiss.

2

Als die Türglocke ging, schaute O. A. auf ihre Armbanduhr und nickte zufrieden: 10.00 Uhr. Die Bewerberin war auf die Minute pünktlich.

Sie ging den langen, nüchternen Flur entlang bis zu ihrer Wohnungstür, trotz der Schmerzen aufrecht und ohne zu schlurfen. Im Vorbeigehen warf sie einen kurzen Blick in den Garderobenspiegel: Ihre grauen, struppigen Haare wehrten sich wie immer gegen den Dutt. Die halblangen Ärmel ihres dunklen Wollkostüms gaben den Blick auf runzelige Unterarme frei. Zum Glück war sie noch nie eitel gewesen, deshalb waren ihr solche äußerlichen Zeichen des Alterns egal.

Sie betätigte den Türöffner und wartete ab, bis sie hörte, dass die schwere Eichentür unten am Hausgang geöffnet wurde und wieder zufiel. Dann ließ sie den Knopf los und lugte durch den Spion.

Wenige Sekunden später sah sie eine junge Frau in dunkelblauen Stoffhosen, dunkelblauem gebügeltem T-Shirt und dunkelblauer Windjacke die Treppe hochkommen und sich angespannt umschauen.

O. A. ließ ihr noch einen Augenblick Zeit, dann öffnete sie die Tür.

»Frau Meusele, nehme ich an?!«, sagte sie energisch.

Die junge Frau war von ihrem Anblick sichtlich verwirrt und stotterte: »Ja, äh. Sind SIE Dr. Weiss?«

»Steht ja auf dem Klingelschild, nicht wahr?« Ihr Ton klang gereizter als beabsichtigt, aber wenn O. A. eines nicht leiden konnte, war es Begriffsstutzigkeit.

»Ich dachte nur, Sie sind …«, Mali vollendete den Satz nicht.

O. A. ging darüber hinweg und fuhr milder fort: »Wenigstens sind Sie pünktlich. Pünktlichkeit ist wichtig und ein Zeichen von Respekt. Wird heute nicht mehr so ernst genommen. Aber kommen Sie herein.«

Sie trat einen Schritt zur Seite, um Mali hereinzulassen.

»Möchten Sie ablegen?« O. A. wies auf die schnörkellose Garderobe, die leer war bis auf eine einsame Barbour-Jacke.

»Ja, gern«, erwiderte Mali, setzte ihr Handtäschchen ab und schlüpfte aus ihrer Jacke. »Möchten Sie, dass ich die Schuhe ausziehe?«

»Auf keinen Fall!«, antwortete O. A. schroff. Als sie Malis erschrockenen Blick sah, setzte sie hinzu: »Ich halte es für eine Unsitte, dass Gäste heutzutage aufgefordert werden, in Strümpfen durch fremde Wohnungen zu gehen. Kommen Sie!«

Der gepflegte Parkettboden knarzte leise, als die beiden den langen, schmucklosen Gang der geräumigen Altbauwohnung hinunter gingen. Rechts und links gingen Türen ab, die jedoch alle geschlossen waren. O. A. bemerkte sehr wohl, dass die junge Frau sich möglichst unauffällig, aber aufmerksam umsah.

›Gut so‹, dachte sie. ›Wachsamkeit ist eine wichtige Eigenschaft.‹

An der vorletzten Tür hielt die alte Frau an, öffnete sie und winkte die junge hinein.

Auf dem weißen Bürotisch in der Mitte des großen Raumes zwei große Bildschirme, ein PC darunter, ein Stuhl davor, einer. Ein Aschenbecher aus Glas, in dem eine erkaltete Pfeife lag. Fertig. Kein Regal, keine Ordner, kein Papierkorb, kein Bild an der Wand. O. A. hasste Unordnung und überflüssigen Kram. Einzig den braunen Ohrensessel in der Ecke duldete sie derzeit, weil sie seit diesem leidigen Sturz häufiger Ruhepausen brauchte.

O. A. bedeutete Mali, auf einem Stuhl vor dem Schreibtisch Platz zu nehmen, während sie selbst sich vorsichtig auf der anderen Seite des Tisches niederließ. Sie zog das bereitgelegte Bewerbungsschreiben heran.

»Amalia Charlotta«, las sie vor. »Sie haben außergewöhnliche Vornamen.«

»Ja, das stimmt«, antwortete die junge Frau leise. »Aber ehrlich gesagt, hätte ich lieber normalere Vornamen.«

»Was stört Sie an Ihren Vornamen?« O. A. sah sie forschend an.

»Na ja, die meisten Menschen reagieren wie Sie: Sie sind irritiert, sie finden die Vornamen komisch«, antwortete Mali zögernd.

Ein Anflug von einem Lächeln stahl sich auf O. A.s Lippen: »Ich finde Ihre Vornamen nicht komisch. Ich finde sie nur außergewöhnlich. Und schön.«

Mali lächelte schüchtern und erwiderte: »Das ist nett, dass Sie das sagen. Aber ich mag es lieber, wenn man mich ›Mali‹ nennt.«

Die alte Frau nickte nur. Ihr Finger fuhr das Bewerbungsschreiben weiter ab: »Aha, Sie sprechen ungewöhnlich viele Sprachen. Sie waren also schon viel im Ausland?«

»Nein, das nicht. Ehrlich gesagt, bin ich noch nicht viel herumgekommen, weil ich, ich ...«, Mali errötete, »... nicht so der Abenteuertyp bin. Diese Sprachen habe ich einfach so gelernt, weil mir das Sprachenlernen leicht fällt.«

»Ein Sprachtalent also«, sagte O. A. »Und handwerkliches Geschick scheinen Sie auch zu haben. Hier steht jedenfalls, dass Sie in dem Laden, in dem Sie aushelfen, kleinere Reparaturen selbst durchführen.«

Ein kleines Lächeln stahl sich auf Malis Lippen, als sie erwiderte: »Ja, das macht mir sogar Spaß.«

»Gut, gut. Es ist immer besser, sich selbst helfen zu können«, sagte O. A. »Außerdem lese ich, dass Sie fast fertig sind mit Ihrem Studium. Was haben Sie danach vor – ich meine, außer alten Damen Ihre Reisebegleitung anzudienen?«

O. A. sah, dass sich Malis Züge erneut anspannten: »Ich ... weiß noch nicht recht.«

Die alte Frau betrachtete die junge nachdenklich. Dann fragte sie beiläufig: »Möchten Sie übrigens einen Kaffee? Oder ein Wasser?«

»Ein Glas Wasser gern, sehr freundlich.«

O. A. nickte und stützte sich mit beiden Händen auf dem Tisch ab, um sich zu erheben.

Mali sprang auf: »Kann ich Ihnen helfen?«

»Nein!«, antwortete die Alte barsch. Mitleid machte sie mindestens genauso rasend wie Begriffsstutzigkeit.

Sichtlich erschrocken setzte sich Mali wieder, während O. A. aus einem Nebenraum eine Mineralwasserflasche holte und zwei Gläser damit füllte.

Nachdem sie sich wieder gesetzt hatte, lehnte sie sich auf ihrem Stuhl zurück, verschränkte die Arme und sagte: »So, dann will ich Ihnen mal erzählen, was ich von Ihnen erwarte, wenn Sie mit ins Engadin fahren, und was Sie dafür bekommen. Ich möchte vorausschicken: Noch vor vier Wochen hätte ich diese Anzeige ganz sicher nicht aufgegeben. Ich habe es mein Leben lang vorgezogen, allein zu reisen. Jetzt bin ich aber leider aufgrund einer Hüftfraktur ...«, das letzte Wort kam O. A. nur widerwillig von den Lippen, »... eingeschränkt.«

Sie räusperte sich und fuhr fort: »Sie werden mich deshalb auf manchen Wegen, die ich dort gehen möchte, begleiten und kleinere Erledigungen übernehmen. Voraussichtlich werde ich Sie jedoch nicht den ganzen Tag benötigen, so dass Sie auch Zeit für eigene Unternehmungen dort haben werden. So weit in Ordnung?«

Mali nickte.

»Gut! Mit der Bezahlung sähe das so aus: Kost und Logis sind frei, wir werden in einem anständigen Engadiner Hotel in einem Ort namens Scuol unterkommen – selbstverständlich in getrennten Zimmern. Und Sie erhalten eine Tagespauschale, auch an Tagen, an denen ich Sie nicht in Anspruch nehme.«

Am Leuchten in Malis Augen erkannte O. A., dass der Betrag, den sie nannte, deren Erwartung überstieg. Dann setzte sie bewusst eine undurchdringliche Miene auf, denn nun kam es darauf an: Würde es gelingen, dieses vielversprechende, aber schüchterne Wesen, das ihr gegenübersaß, aus der Reserve zu locken oder nicht? Wenn nicht, würde sie sich leider doch eine andere Reisebegleitung suchen müssen.

Sie setzte also ernst an: »Es gibt allerdings zwei Bedingungen, mit denen Sie sich einverstanden erklären müssten, wenn Sie mitkommen wollen: Erstens werde ich Sie bitten, eine Verschwiegenheitsvereinbarung zu unterzeichnen. Ich habe gute Gründe, warum mein Name niemals in der Öffentlichkeit auftauchen darf.«

Die junge Frau beeilte sich zu sagen: »Das ist überhaupt kein Problem für mich.«

Ohne die Antwort zu kommentieren, fuhr O. A. fort: »Die zweite Bedingung ist allerdings heikler: Sie werden mit Siegmund klarkommen müssen.«

Mali antwortete hörbar verunsichert: »Also, ich komme mit den meisten Menschen klar. Wissen Sie, ich habe die Erfahrung gemacht: Man muss diejenigen nur so nehmen, wie sie sind.«

»Mag sein«, knurrte O. A. »Ich jedenfalls hasse Siegmund und werde nie mit ihm klarkommen. Immer zickt er herum, ist im Weg, stellt sich an. Grauenhaft.«

Mali war anzusehen, wie sie mit sich kämpfte: Die Vorstellung, zwischen die Fronten eines Ehekriegs zu geraten, schien ihr entsetzlich – die Vorstellung, diesen Job nicht zu bekommen, aber auch.

»Vielleicht hebt sich im Engadin ja die Laune von Herrn Siegmund«, sagte sie schließlich betont munter.

»Ja, vielleicht«, antwortete O. A. Ein schwer zu deutendes Grinsen erschien auf ihrem Gesicht: »Siegmund versteckt sich übrigens gerade dort hinter der geöffneten Tür. Möchten Sie nicht hingehen und sich bei ihm vorstellen?«

Jetzt schien Mali restlos verwirrt: Hatte da jemand die ganze Zeit hinter der Tür gelauscht?

O. A. beobachtete amüsiert, wie die junge Frau ganz langsam aufstand, vorsichtig auf die Tür zuging und mit erhobener Stimme sprach: »Herr Siegmund? Mein Name ist Mali, und ich würde mich Ihnen gerne vorstellen.«

Keine Reaktion.

Mali sah sich zu O. A. um, doch die nickte ihr aufmunternd zu.

Deshalb nahm sie allen ihren Mut zusammen, machte einen Schritt auf die Tür zu und schaute dahinter, nur um sich abrupt wieder der alten Frau zuzuwenden.

Die lachte schallend: »Darf ich vorstellen: Siegmund, der Rollator – mein verhasster Begleiter seit dem Sturz. Bremst, wenn er nicht soll, macht sich davon, wenn er mag. Unzuverlässig und lästig. Aber vielleicht können Sie ihm ja Manieren beibringen ...«

Jetzt lachte auch Mali. Alle Anspannung schien von ihr abzufallen.

»Bitte entschuldigen Sie. Ich wollte nur testen, ob Sie Humor haben«, sagte O. A. versöhnlich. »Kommen Sie wieder her.«

Als sich Mali wieder gesetzt hatte, fragte sie: »Also: Können Sie sich vorstellen, es mit mir und Siegmund aufzunehmen?«

»Ja«, sagte die junge Frau. »Gerne.«

»Gut, Frau Meusele! Dann sind Sie hiermit engagiert«, sagte O. A.

»Ach bitte, Frau Dr. Weiss, nennen Sie mich einfach Mali.«

Die überlegte einen Moment: »Also gut, aber nur wenn Sie mich O. A. nennen.«

»Für was steht O. A.?«, fragte Mali.

»O. A. steht für O. A.«, antwortete die alte Frau kurz angebunden. »Sagen Sie, Mali: Können Sie bis heute Abend gepackt haben und morgen früh starten?«

»So schnell?« Mali überlegte kurz und nickte dann: »Aber ja, ich glaube, das kann ich einrichten.«

O. A. nickte zufrieden und schickte sich zum Aufstehen an: »Na, dann ...«

Als sie sich an der Wohnungstür verabschiedeten, schien Mali noch etwas einzufallen: »Eine Frage hätte ich noch: Sie haben in Ihrer Anzeige geschrieben, dass etwas Grips angenehm wäre. Darf ich fragen, wozu?«

Die Alte lächelte vieldeutig: »Das werden Sie bald erfahren ...«

3

Am Mittag des nächsten Tages trafen Mali und O. A. im österreichischen Landeck am Inn ein. Da von der Richtung, aus der sie kamen, keine direkte Zugverbindung zum schweizerischen Scuol existierte, hatte O. A. mit dem Hotel vereinbart, dass ein Fahrer sie hier am Bahnhof abholen würde.

Mali sah, wie sich O. A.s Hände um den Griff an der Waggontür krallten, als sie die Stufen aus dem Zug hinunter auf den Bahnsteig nahm. Doch bisher hatte die alte Frau alle Versuche Malis, ihr beim Ein- und Umsteigen zu helfen, unwirsch zurückgewiesen: »Lassen Sie das! Ich schaffe das schon.«

Und so beschränkte sich Mali darauf, Siegmund in und aus dem Zug zu helfen. Mehr Gepäck hatten sie nicht dabei.

»Damit belasten wir uns nicht«, hatte die alte Dame gesagt. »Die Koffer schicken wir mit einem Nachtkurier in die Villa Engiadina voraus.«

Villa Engiadina – das klang geheimnisvoll. Dazu passten auch die Bilder, die Mali davon im Internet gefunden hatte: Das Gebäude sah aus wie ein verwunschenes Schlösschen.

Es war mit zwei Stockwerken nicht sonderlich groß. Vom Grundriss her quadratisch mit einem großen Erker zur Talseite hin. Die Fenster und Gebäudekanten waren durch breite weiße Zierränder abgesetzt. Das Zinkdach war dunkel und spitz zulaufend, einige wenige Gauben piekten heraus.

Das wirklich Spektakuläre aber war der Turm. Er hob sich aus der Mitte des Hauses: viereckig, aus hellem Naturstein, mit Schießscharten-ähnlichen Fensterchen. Nur ganz oben wölbten sich Bogenfenster, die jeweils die gesamte Seitenfläche einnahmen.

Die Aussicht von dort oben musste sensationell sein, denn die Villa Engiadina thronte hoch oben über dem tief eingeschnittenen Tal des Inns, während das eigentliche Scuol etwas östlich auf der anderen Flussseite lag.

Mali hatte natürlich auch versucht, im Internet etwas über ihre Auftraggeberin zu erfahren. Schließlich würde sie mit dieser Person die nächsten Wochen verbringen. Doch alles, was sie finden konnte, war ein Hinweis in einer alten psychotherapeutischen Fachzeitschrift: Eine Psychotherapeutin namens Dr. O. A. Weiss habe ihre Praxis eröffnet. Sonst nichts. Gar nichts.

Seltsam.

Sicherheitshalber hatte Mali deshalb Eckart von ihrer Reise, dem etwas eigenartigen Anstellungsverhältnis und ihrem mulmigen Gefühl erzählt.

»Ach was«, hatte er erwidert, »du siehst mal wieder Gespenster. Aber wenn es dich beruhigt, können wir ja ausmachen, dass du dich jeden Abend kurz meldest. Und falls ich nichts von dir höre, dann schicke ich die Kavallerie los. Gut?«

Dankbar nahm sie seinen Vorschlag an. Und noch am

Abend hatte sie sich eine tägliche Erinnerung auf ihrem Handy eingerichtet: 21.00 Uhr, bei Eckart melden.

»Wo bleibt nun dieser Fahrer?«, O. A.s Bemerkung holte Mali wieder in die Gegenwart.

Außer ihnen waren nur wenige Menschen hier in Landeck ausgestiegen: ein älteres Ehepaar in Kniebundhosen und Wanderstiefeln, drei junge sportliche Frauen mit einem solchen Berg an Koffern, dass sie gleich zwei Gepäckwagen brauchten, eine Mutter mit zwei quengelnden Kleinkindern an der Hand. Alle waren inzwischen in Richtung Bahnhofsvorplatz abgewandert, der Bahnsteig war bis auf Mali und O. A. leer.

In diesem Moment kam ein Mann von Ende 20 in weißem Hemd und dunkelblauer Jeans herangeeilt. Sein braunes, halblanges, welliges Haar trug er sorgfältig nach hinten gekämmt.

Als er die beiden Frauen erblickte, winkte er ihnen strahlend zu. Seine auffallend regelmäßigen, blitzenden Zähne kamen wegen seines sonnengebräunten Teints besonders gut zur Geltung.

»Grüezi, die Damen!«, rief er ihnen mit rau-kehligem Schweizer Zungenschlag zu. Gleichzeitig war seine Stimme auffallend samtig. »Frau Dr. Weiss und Begleitung?«

Er schüttelte erst O. A., dann Mali die Hand: »Freut mich. Ich bin der Reto und ich bringe Sie zur Villa Engiadina. Hatten Sie eine angenehme Fahrt?«

Die alte Frau erwiderte: »Ja, danke. Sind unsere Koffer angekommen?«

Reto nickte: »Aber sicher. Sie befinden sich bereits auf Ihren Zimmern.«

An Mali gewandt fragte er: »Darf ich Ihnen beim Aufklappen des Rollators behilflich sein?«

Noch ehe Mali antworten konnte, raunzte O. A.: »Nein! Außer SIE brauchen ihn. Wo steht der Wagen?«

Reto zog kurz die Augenbrauen hoch, lächelte aber weiterhin und wies dann in Richtung Ausgang: »Gleich hier lang bitte, es ist nicht weit.«

Die alte Frau richtete sich auf und bemühte sich, ihre Schritte so energisch wie möglich wirken zu lassen.

»Darf ich wenigstens Ihnen etwas abnehmen, Fräulein ... äh Frau ...«, sagte Reto, an Mali gewandt.

»Mali«, antwortete sie hastig, »einfach nur Mali.«

»Gut, ... Mali ...«, seine Stimme wurde noch samtiger. »Ein ungewöhnlicher Name ...«

»Äh ja, das sagen viele«, erwiderte sie.

»Darf ich also?« Er hielt seine Hand hin. Stumm übergab sie Siegmund und trottete hinter Reto her zum Auto.

Bei der weinroten Großraumlimousine mit dem dezenten Aufkleber »Villa Engiadina« angekommen, winkte O. A. Mali energisch nach vorne auf den Beifahrersitz: »Ich kenne die Gegend im Gegensatz zu Ihnen schon. Von hier vorne haben Sie die bessere Aussicht.«

Sie ließ sich von Mali ihre große Handtasche nach hinten geben, zog eine Aktenmappe aus abgegriffenem Leder daraus hervor, klappte sie auf und vertiefte sich demonstrativ in die Papiere.

Reto hatte nach kurzem Kampf den störrischen Siegmund in den Kofferraum bugsiert. Jetzt stand er mit seinem Surfer-Lächeln neben ihr, öffnete mit angedeuteter Verbeugung die Beifahrertür und fragte Mali: »Können wir?«

Sie nickte und ließ sich auf den Sitz fallen.

Während Reto den Wagen vom Parkplatz lenkte, schaute Mali gespannt nach draußen. Die Stadt Landeck schien keine Schönheit zu sein. Ein trutziges Grau lag über den dicht gedrängten Zweckbauten aus den 1970er-Jahren. Sobald sie aber am Ortsende anlangten, wurde die Aussicht freundlicher. Die Hauptstraße ging in Landstraße über, die Häuser rückten immer weiter auseinander und gaben den Blick auf einen milchig-grün schimmernden Fluss frei.

»Das ist der Inn«, sagte Reto. »An dem werden wir jetzt die ganze Zeit langfahren.«

»Was für eine herrliche Farbe«, sagte Mali. »Kann man im Inn schwimmen?«

»Ja, hier schon. Allerdings ist die Strömung selbst hier unten nicht zu unterschätzen«, erwiderte Reto. »Strömungstechnisch so richtig zur Sache geht es aber erst oberhalb der Landesgrenze.«

»Was meinen Sie damit?«

»Bei uns oben ist das Tal enger und der Fluss wilder. Da sollten Sie eher nicht schwimmen gehen«, erwiderte er.

Mali zuckte mit den Schultern: »Na ja, Wasser ist sowieso nicht mein Element.«

»Schade«, grinste Reto. »Ich gebe nämlich Kurse an der Wildwasser-Schule in Scuol und hatte gehofft, Sie dafür gewinnen zu können. Aber wenn das nicht Ihr Ding ist ... In unserem herrlichen Engadin gibt es noch viele weitere Dinge, die Sie unternehmen können.«

Reto plauderte während der nächsten Kilometer über all die Möglichkeiten, die das Tal Touristen bot. Seine Worte zogen wie eine freundliche Brise an Mali vorbei, während sie fasziniert die Landschaft betrachtete.

Links der Straße und rechts auf der anderen Flussseite stieg das Gelände sanft an. Wiesen wechselten mit Feldern und kleinen Wäldern, grün in allen Farbtönen und Schattierungen. Weiter hinten zeichneten sich hohe Berge ab, dort ging das Grün in ein Gneis-Grau über.

»Wo wir jetzt gerade langfahren«, sagte Reto, als Mali mit ihrer Aufmerksamkeit wieder zu ihm zurückkehrte, »verlief früher die Via Claudia Augusta, eine alte Römerstraße. Wir kommen übrigens gleich an die Grenze. Haben Sie Ihre Ausweise griffbereit? Die Schweizer Beamten kontrollieren zwar nur stichprobenartig, aber sicher ist sicher.«

O. A. wedelte, ohne den Blick von ihren Akten zu nehmen, schon mit ihrem Reisepass. Mali dagegen wühlte erschrocken in ihrer Handtasche. Zum wiederholten Male gelobte sie sich, ihre Tasche endlich aus- und aufzuräumen. Schließlich zog sie ihren Ausweis zwischen ihrem Notizbuch, einer halbleeren Papiertaschentuch-Packung, einem Halstuch und einer Tüte veganer Gummibärchen heraus.

Reto bog nach rechts ab und folgte dem Schild, auf dem »CH« und »St. Moritz« stand.

Sie rollten auf ein weißgetünchtes einstöckiges Häuschen mit dem österreichischen Adler an der Front zu. Reto verlangsamte die Geschwindigkeit bis auf Schritttempo. Doch weder hier noch vor dem holzverkleideten Gebäude der Schweizerischen Seite machte irgendjemand Anstalten, sie zu kontrollieren.

»Sagen Sie, Reto, müssten hier nicht überall auch die rätoromanischen Namen auf den Schildern stehen?«, fragte Mali, nachdem Reto wieder Gas gegeben hatte. »Das ist doch Amtssprache hier im Engadin.«

»Ajomen!«, antwortete Reto stolz. »Seit 1938 ist Rätoromanisch offiziell Landessprache.«

»›Ajomen‹ heißt ›Jawohl‹, nicht wahr?«

Reto sah überrascht zu Mali hinüber: »Stimmt. Woher wissen Sie das?«

Mali antwortete: »Ich habe versucht, vor der Reise noch ein bisschen Rätoromanisch zu lernen.«

»Und welches Rätoromanisch?«, fragte Reto lauernd.

»Vallader natürlich«, sagte sie. »Das spricht man ja in Scuol und Umgebung, oder? Da gibt es wohl ganz schöne Unterschiede zu dem, wie Rätoromanisch in den anderen vier Regionen gesprochen wird.«

Reto nickte zufrieden.

»Ich fürchte nur«, sagte Mali, »dass ich die Wörter nicht ganz richtig ausspreche: Allegra, a revair, grazcha fich, s-chüsa ...«

»Das ist schon gar nicht schlecht«, erwiderte Reto anerkennend.

Sein Ton wurde bitter, als er hinzufügte: »Und es ist viel, viel mehr, als diese Massen, die in unser schönes Tal einfallen, jemals lernen. Die interessieren sich überhaupt nicht für diesen Landstrich und seine Kultur. Die überrollen uns einfach und bluten uns aus!«

»Überrollen und ausbluten? Wer denn?«

»Einfach alle. Sie reißen sich Land unter den Nagel, setzen sich fest, machen alles kaputt. Und mein eigener verdammter Vater hilft ihnen dabei ...«, Reto spie die Worte regelrecht aus.

Angesichts der Heftigkeit seiner Worte schwieg Mali erschrocken und sah wieder aus dem Fenster.

Die Landschaft hatte sich seit der Grenzstation deutlich verändert.

›Sieht aus wie die Landschaft einer Modelleisenbahn‹, dachte sie. ›Als wären die Grasflächen aus grünem Velours, die Nadelbäume aus dunkelgrünem Plastik und die Berggipfel aus Pappmaché.‹

Der Fluss hatte sich hier tief ins Tal eingegraben – so tief, dass Mali von der Straße aus die meiste Zeit nur einen kurzen Blick darauf erhaschen konnte. Dann öffnete sich das Tal wieder ein wenig.

Reto sagte: »Wir kommen übrigens gleich durch Scuol. Allerdings bleiben wir auf dieser Durchgangsstraße, die oberhalb des Ortskerns verläuft, weil die Villa Engiadina im Ortsteil Vulpera auf der anderen Seite des Flusses liegt.«

Sie passierten das Schild »Scuol« am Ortsende, bogen kurz danach links von der großen Straße ab und überquerten eine sehr hohe, moderne Betonbrücke – so hoch, dass Mali den Fluss vom Auto aus nicht sah, obwohl sie den Hals langmachte.

Die Straße führte auf dieser Seite steil bergauf, vorbei an einem Golfclub und am »Schweizerhof«, einem äußerst vornehm wirkenden alten Hotelkomplex. Schließlich wies ein kleines gelbes Schild den Weg zur »Villa Engiadina«.

Das Zugangssträßchen war kurvig und winzig, kaum breit genug für die Limousine. Nach einer engen Kehre hatte Mali den Eindruck, direkt auf den kurz geschorenen Rasen eines Golfplatzes zuzuhalten. Und tatsächlich entdeckte sie an einem hohen Drahtgeflechtzaun ein Warnschild: »Achtung Gefahr: Fliegende Golfbälle«.

Doch dann machte die Straße erneut eine scharfe Kurve, und unvermittelt standen sie vor der Villa Engiadina.

Mali entfuhr ein: »Ohhh!«

Dieses Haus sah in Wirklichkeit genauso schlösschenhaft aus wie auf den Fotos im Internet.

Kaum hatte Reto den Wagen vor dem Hotel zum Stehen gebracht, wurde die große Eingangstür aus hellem Holz schwungvoll aufgerissen. Unter dem Türbogen im Jugendstil tänzelte ein älterer Mann in dunklem Anzug, weißem Hemd und schimmernder Krawatte hervor. Das unglaubwürdig schwarze Haar trug er nach hinten gegelt, ein winziger Schnurrbart zierte seine Oberlippe. Er sah aus wie aus einem Stummfilm der 1920er-Jahre entsprungen. Dazu passte auch die theatralische Geste, mit der er die Arme weit öffnete.

»Frau Dr. Weiss! Oh, welche Freude, Sie wieder einmal bei uns begrüßen zu dürfen.« Seine Stimme triefte vor

Hingebung. »Viel zu lange waren Sie nicht mehr hier. Wie lange ist das nun her?«

»Lange, Maurice«, antwortete O. A. knapp. Sie gab sich keine Mühe zu verbergen, was sie von seiner Überschwänglichkeit hielt.

»Gäste wie SIE begrüßt man auch nach langer Zeit immer gerne«, flötete er. »Nicht so wie manch' anderes Volk, das sich in letzter Zeit im Engadin einnistet.«

O. A. warf ihm einen scharfen Blick zu: »Was wollen Sie damit sagen?«

Der Mann legte geziert die Hand auf seinen Mund und sagte: »Upps, das ist mir nur so rausgerutscht. Entschuldigen Sie bitte! Ich weiß, dass Fremdenfeindlichkeit für Sie ein rotes Tuch ist. Aber wenn Sie wüssten, was hier in der Gemeinde vor sich geht ... Und dann auch noch dieser äußerst unangenehme Vorfall vor ein paar Tagen ...«

O. A. stutzte einen Moment und erkundigte sich dann betont unaufgeregt: »Ein Vorfall? Welcher Vorfall?«

Maurice bereute es sichtlich, das Thema angesprochen zu haben, und antwortete hastig: »Ach, nichts, womit Sie sich belasten müssten.«

Und um den peinlichen Moment zu überspielen, wandte er sich Mali zu: »Junge Dame, auch Ihnen ein herzliches Willkommen! Darf ich mich vorstellen: Ich bin Maurice, Maurice Fuchs, der Hotelmanager.«

Er trat näher an sie heran, bleckte seine weiß gebleichten Zähne und hauchte: »Bitte nennen Sie mich Maurice.«

Mali wich unwillkürlich zurück, wovon er sich allerdings nicht aus dem Konzept bringen ließ.

Wieder öffnete er seine Arme weit, um zu verkünden: »Lassen Sie uns die Stätte betreten, in der Sie die herrlichste Erholungsreise Ihres Lebens verbringen werden. Sicher werden Sie sich an unseren vielen Heilquellen laben wollen. Sie sollen ewige Jugend und Schönheit verleihen, wenn man nur genug davon trinkt.«

»Zu spät«, knurrte O. A. laut vernehmlich und wandte sich Richtung Eingang.

Als Mali durch die große Tür trat, hatte sie das Gefühl, in eine andere Welt einzutauchen.

Sie hatte vor einigen Monaten eine Dokumentation über die Zeit des Jugendstils gesehen und fühlte sich in den Bericht zurückversetzt: Auf den Wänden, im Treppenhaus, auf den bunten Glasfenstern, den Leuchten, den Bildern – überall geschwungene Linien und Blumenornamente. Wenn in den Lampen nicht Energiesparleuchten statt Glühbirnen eingeschraubt gewesen wären, wäre die Illusion des Zeitsprungs perfekt gewesen.

Mitten hinein in diesen Zauber kam ein kleiner untersetzter Mann von Anfang 60 die Stufen herunter spaziert. Unter seinem gestreiften Sommerhemd zeichnete sich ein Feinripp-Unterhemd ab. Seine kurzen Hosen gaben den Blick auf fahle haarige Beine frei. Seine Füße steckten in weißen Tennissocken und braunen Halbschuhen.

Fast hätte Maurice ihn umgerempelt, der gerade mit dem Rücken zur Treppe und weit ausholender Geste O. A. den Weg nach oben weisen wollte.

»Vorsischt, junger Mann! Isch möcht' mein' schöne Urlaub hier überlebe!«, sagte der Dicke in breitem hessischem Dialekt.

»Oh, Herr Breitwieser, ich bitte vielmals um Entschuldigung«, pomadelte Maurice. »Geht's auf luftige Höhen?«

»Nee, eher in die feuchten Tiefen: Isch hab da een Tipp gekriegt, wo's hier an guuden Weinkeller gibt«, gab Breitwieser zurück.

»Was für eine wunderbare Idee für einen überaus warmen Sommertag, Herr Breitwieser. Dann wünsche ich Ihnen einen genussreichen Nachmittag, Herr Breitwieser.«

Der Dicke winkte kurz zum Abschied und watschelte hinaus.

»Herr Breitwieser ist DER deutsche Mineralwasserkönig: Er besitzt unzählige Abfüllrechte an Spitzenwässern und macht ein Heidengeld damit«, erklärte Maurice leise, an O. A. und Mali gewandt.

Kichernd setzte er hinzu: »Er selbst aber trinkt wohl lieber Wein als Wasser.«

»Aha«, sagte O. A. uninteressiert. »Sie wollten uns unsere Zimmer zeigen?«

»Richtig, richtig. Die 304 für die junge Dame und für Sie, wie immer, die Turmsuite. Ihr Gepäck steht übrigens bereits in Ihren Gemächern. Wenn die beiden reizenden Damen mir folgen wollen.« Maurice wandte sich zur Treppe.

»Soll ich Siegmund mit hochbringen?«, fragte Mali O. A.

Die schüttelte den Kopf: »Nein, lassen Sie ihn da. Und

fragen Sie nachher mal, wo wir ihn hier unten griffbereit deponieren können.«

Im dritten Stock machte Maurice Halt: »Hier, verehrtes Fräulein, ist Ihr Reich. Wenn ich vorangehen darf ...«

Er stieß die Tür auf.

In diesem Zimmer war alles Ton in Ton gehalten: die Wände, der seidige Bettbezug, der kleine Ankleidetisch mit Spiegel, die Balken der Dachschräge – warme Pastellfarben von rosa bis hellblau. Und an der Decke hing ein richtiger Lüster.

»Ich hoffe, Sie werden sich hier wohlfühlen«, schnarrte Maurice. »Wenn Sie irgendetwas brauchen oder Fragen haben, dürfen Sie sich jederzeit melden. Da ich in Räumlichkeiten im Gartengeschoss der Villa residiere, kann ich rund um die Uhr für die Gäste da sein. Tag und ...« an dieser Stelle giggelte er leise, »... Nacht.«

O. A. verdrehte hinter Maurice' Rücken die Augen und sagte vernehmlich: »Ich gehe schon einmal allein weiter. Ich kenne mich ja aus.«

Er fuhr herum: »Aber, meine Gnädigste! Bitte lassen Sie mich Sie noch bis zu Ihrer Tür bringen. Ich weiß doch, was sich gehört.

Maurice nickte Mali kurz zu und eilte O. A. nach.

Lange brauchte Mali nicht, um ihren Koffer auszupacken: Die paar T-Shirts, Hosen, Unterwäsche und Socken waren schnell einsortiert, Zahnputzzeug, Haarbürste und ihren einen Cremetopf in das überraschend moderne Bad gestellt. Sie legte das Ladekabel für ihr Handy auf den

Nachttisch und daneben das Buch, das ihr eine Freundin vor Monaten geschenkt hatte: »Trau' Dich: In 10 Schritten zum mutigen Ich«. Eigentlich fand sie populäre Ratgeberliteratur doof und oberflächlich. Aber ein bisschen mehr Selbstbewusstsein würde ihr in der Tat nicht schaden.

Dann trat sie zu dem niedrigen Fenster hinüber, öffnete es und lehnte sich hinaus: Was für ein Blick!

Das Inntal lag ihr zu Füßen. Links sah sie die hohe Brücke, über die sie vorhin gekommen waren. Auf der anderen Flussseite rechts zeichneten sich die Häuser von Scuol ab, dahinter strebten die Wiesen und Felder in Richtung der aufragenden Gipfel.

Ja, hier würde sie es aushalten können.

4

Die Turmsuite der Villa Engiadina umfasste drei Etagen: Im unteren Level befanden sich ein Bad, eine kleine Küche und der Wendeltreppenaufgang zum Turm. Im Turm selbst befand sich auf halber Höhe ein Schlafzimmer, während der Raum im obersten Stock die gesamte Grundfläche des Turms einnahm. Entlang der Wände zog sich rund herum eine Bank aus hellem Holz mit Kunstlederauflage, überspannt von den großen Bogenfenstern. Die großen Bogenfenster gaben den Blick in alle Richtungen frei.

Doch O. A. würdigte das Panorama keines Blickes. Sie saß in Gedanken versunken auf der Bank und war dabei, den zierlichen rotbraunen Kopf ihrer Pfeife mit etwas Tabak zu füllen. Das Rauchen-Verboten-Schild auf dem Tischchen in der Mitte ignorierte sie.

Sie horchte auf, als sie von unten ein Klopfen die Wendeltreppe heraufdringen hörte.

»Herein«, rief sie laut. »Ich bin hier oben!«

Sie entzündete in aller Ruhe die Pfeife, während sie den Schritten auf der Wendeltreppe lauschte.

»Wow«, entfuhr es Mali, als sie den Raum betrat und sich einmal um sich selbst drehte. »Der volle Rundumblick!«

O. A. nickte: »Ja, es ist immer wieder schön hier oben.«

Sie griff nach dem mitgebrachten Aschenbecher, legte die Pfeife darin ab, rappelte sich von der Bank hoch und deutete Richtung Osten: »Das da drüben ist Scuol, das haben Sie sicher schon erkannt. Ist ganz schön gewachsen über die letzten Jahrzehnte – der Tourismus macht's möglich. Hat aber auch dazu geführt, dass der Anteil der Einwohner, die deutsch statt rätoromanisch als Muttersprache angeben, gewachsen ist – ebenso wie der Anteil der Menschen aus anderen Kulturkreisen. Das gefällt nicht allen hier.«

»Menschen wie Reto zum Beispiel, nicht wahr?«, sagte Mali nachdenklich. »Und auch Maurice scheint etwas gegen Fremde zu haben.«

»Ja, scheint so«, erwiderte O. A. »Und sie sind nicht die einzigen, wie ich gehört habe. Dabei lebt die Gemeinde seit über hundert Jahren ziemlich gut von diesen Fremden. Ich will Ihnen etwas zeigen ...«

O. A. wies in westliche Richtung: »Sehen Sie da hinten durch die Wipfel hindurch auf der anderen Flussseite das große, helle Dach? Das ist das alte Kurhaus, erbaut in den 1860er-Jahren – ein Riesending für die damalige Zeit. Mit ihm kam der Tourismus und das Geld in diesen Landstrich. Zuvor ernährten sich hier nur ein paar Bergbauern mühsam von der Landwirtschaft.«

»Und jetzt gibt es hier sogar einen alpinen Golfplatz«, fügte Mali hinzu und wies zum nördlichen Fenster hinüber. Dort rollte gerade ein Golfcart erstaunlich flott den steilen Anstieg des Greens hinauf. Ein Mann und eine Frau in hellgrünen Polo-Shirts und weißen Hosen saßen darin. Der pink gefärbte Haarschopf der Frau hob sich grell von dem satten Grün des Rasens ab.

»Ja, so ändern sich die Zeiten«, entgegnete O. A. geistesabwesend und sah dem entschwindenden Golfcart nach. Sie hätte nicht gedacht, dass diese Gefährte so geländetauglich waren.

Sie ließ sich wieder auf der gepolsterten Bank nieder und griff nach ihrer Pfeife: »Ich werde Sie den Rest des Nachmittags nicht brauchen. Schauen Sie sich um, ruhen Sie sich aus – ganz wie Sie wollen. Und falls Sie auf der Hotelterrasse etwas trinken möchten: Lassen Sie es einfach auf Ihre Zimmernummer schreiben. Wir sehen uns um 19.00 Uhr beim Abendessen im Speiseraum.«

Mali nickte und erwiderte: »Gut, dann bis später.«

Kurz danach hörte O. A., wie sie die Tür zur Turmsuite hinter sich zuzog.

Ja, die junge Frau hatte sich bisher gut angestellt, aber sie war ja noch nicht mit einer brenzligen Situation konfrontiert gewesen. Es würde sich zeigen müssen, wie sie dann zurechtkam.

5

Mali war ein bisschen unschlüssig, was sie mit dem angebrochenen Nachmittag tun sollte. Schließlich beschloss sie, das Hotel zu erkunden.

Sie schlenderte ins Erdgeschoss. Die Rezeption war unbesetzt. Überhaupt war es still im Haus. Nur aus einer Tür, die wahrscheinlich in die Küche führte, hörte sie ein leises Klappern. Sie betrat einen Raum, der sich als Speisesaal entpuppte. Er war nicht sehr groß, es standen auch nur etwa zehn Tische darin. Dafür wirkte er sehr edel: weiße Kassettendecke, hohe Fensterbögen an der Front, auf den Tischen lachsfarbene Stofftischdecken mit weißen Läufern.

Der Raum nebenan war ein klassisches Kaminzimmer: eichenvertäfelte Wände, schwere dunkle Ledergarnitur, offener Kamin. Eine Frau in blauem Putzkittel war dabei, hingebungsvoll den Kaminsims zu wienern. Auf Malis freundliches »Allegra« drehte sie sich kurz um. Das geblümte Kopftuch war tief in die Stirn gezogen, dunkle Augen blitzten darunter auf. Die Frau murmelte so etwas wie einen Gruß und widmete sich wieder dem Sims.

Ansonsten gab es nur noch eine Art Seminarraum im Erdgeschoss. Im ersten und zweiten Stock reihten sich die wenigen Gästezimmer, und das war es. Die Villa war für ein Hotel wirklich nicht sehr groß.

Da Mali keine Lust hatte, Maurice in die Arme zu laufen, verzichtete sie darauf, sich auf die Terrasse zu setzen, sondern verzog sich für den restlichen Nachmittag in ihr Zimmer und hörte Musik.

Eine Minute vor 19.00 Uhr betrat Mali den Speisesaal. Von den zehn Tischen waren nur drei besetzt.

An einem Tisch an der Fensterfront saß der untersetzte Mineralwasserkönig, dieser Breitwieser, der ihnen heute Nachmittag auf der Treppe begegnet war. Ihm gegenüber saß eine Frau ähnlichen Alters und ähnlich fülliger Statur. Tiefe Einschnürungen zeichneten sich dort auf ihrer großgeblümten Bluse ab, wo der Büstenhalter versuchte, ihrer Fülle Herr zu werden.

Zwei Tische daneben saß ein weiteres Pärchen. Die beiden schienen im selben Alter wie die Breitwiesers zu sein, auch wenn das die einzige Gemeinsamkeit zu sein schien: Diese zwei waren schlank, drahtig, braungebrannt. In ihren weißen Polohemden, den dunkelblauen Stoffhosen und den weißen Schuhen hätten sie in jedem Katalog für gehobene Golf-Bekleidung eine gute Figur gemacht, wenn nicht die kurz geschnittenen Haare der Frau grell pink gefärbt gewesen wären. Das Paar beugte sich über eine große Karte. Im Vorbeigehen sah Mali darauf unzählige nummerierte Rechtecke, einige von Hand rot umrandet.

Am dritten besetzen Tisch saß ein einzelner Gast: Der junge Mann war blass und dünn. Er trug die Haare streng gescheitelt und wirkte mit seinem bis oben hin zugeknöpften weißen Hemd und der schwarzen Stoffhose mit Bügelfalte so gar nicht wie ein Tourist. Das Auffälligste an ihm waren seine schmalen langgezogenen Hände, mit denen er fahrig die Tischplatte auf- und ab trommelte.

›Die Hände eines Klavierspielers‹, dachte Mali.

In diesem Moment stieß der junge Mann bei seinem Getrommel gegen sein Weinglas. Bei dem Versuch, es aufzufangen, wischte er auch noch sein Besteck vom Tisch.

›Die Hände eines tolpatschigen Klavierspielers‹, ergänzte Mali ihren Gedanken.

»Mademoiselle Meusele!« Voll Entzücken segelte Maurice auf sie zu.

Sie zuckte zusammen: Den hatte sie ja fast vergessen.

»Kommen Sie«, flötete er, »ich habe einen ganz besonders schönen Tisch für Sie beide reserviert. Also, eigentlich haben wir ja nur schöne Tische, aber dieser hier ist noch einmal schöner.«

Er wies auf den linken Teil des Raumes und führte sie an einen Tisch direkt an der Fensterfront. Kaum hatte sie sich gesetzt, überreichte er ihr ein rosa Kärtchen: »Hier finden Sie das Menü für den heutigen Abend: Schoppa da jotta – das ist unsere berühmte Bündner Gerstensuppe, ein Hochgenuss, sage ich Ihnen. Gefolgt wird dieses Entree von einem zarten Saltimbocca alla Romana – wussten Sie, dass ›Saltimbocca‹ übersetzt ›Spring in den Mund‹ heißt? Jaja, dieses Gericht ist einfach köstlich. Und zum Abschluss darf ich Ihnen ein hinreißendes hausgemachtes

Mandelkrokantparfait servieren, mein persönliches Lieblingsdessert.«

Mali hatte nur mit einem Ohr zugehört, denn es war ihr eingefallen, dass sie Maurice etwas fragen wollte. Sie nutzte eine winzige Atempause in seinem Redeschwall: »Sagen Sie, mein Handy zeigt gar kein Hotel-WLAN an. Gibt es hier keines?«

Maurice runzelte die Stirn: »Äh, leider nein, Mademoiselle. Sehen Sie, diese Einrichtungen sind leider nicht wirklich sicher – und viele unserer Gäste legen Wert auf absolute Diskretion.«

Mali wollte ihrer Verwunderung Ausdruck geben, doch in diesem Moment näherte sich O. A. dem Tisch: mit erhobenem Haupt und ohne Siegmund. Sichtlich erleichtert, das Thema wechseln zu können, wendete sich Maurice ihr zu: »Frau Dr. Weiss, es ist einfach eine Freude, Sie wieder bei uns zu haben. Sehen Sie, ich habe Ihnen Ihren Stammplatz reserviert. Ich weiß noch sehr gut, dass Sie es vorziehen, nie mit dem Rücken zum Raum zu sitzen. Ich hoffe, Sie sind zufrieden?«

Sie antwortete knapp »Ja, danke.« und setzte sich, noch bevor Maurice ihr den Stuhl zurechtrücken konnte. »Ich bekomme ein Bitter Lemon. Mali, was trinken Sie?«

»Ein stilles Mineralwasser bitte«, sagte Mali.

»Sehr gern«, Maurice deutete eine Verbeugung an und rauschte davon.

O. A. wandte sich Mali zu: »Nun, wie haben Sie Ihren freien Nachmittag genutzt?«

Mali antwortete: »Ich habe ein wenig die Villa erkundet.

Das Hotel ist wirklich ganz reizend, wenn auch klein. Ich habe nicht einmal 15 Zimmer gezählt. Und wenn ich mir die wenigen besetzten Tische so anschaue«, Mali blickte sich um, »sind nicht einmal die alle belegt.«

Maurice war unbemerkt mit den Getränken herangetreten. Während er mit einer leichten Verbeugung ein Kristall-Trinkglas vor O. A. auf den Tisch stellte und ihr die Limonade einschenkte, sagte er hoheitsvoll: »Wir pflegen in der Tat unser Haus nicht voll zu belegen. Wir vergeben die Zimmer auch ausschließlich an Stammgäste oder an Personen, die von diesen empfohlen werden. Ich sagte ja bereits, dass unsere Gäste sehr großen Wert auf die Diskretion unseres Hauses legen, nicht wahr, verehrte Frau Dr. Weiss?«

O. A. nickte nur, um dann zu fragen: »Sagen Sie, Maurice: Wer sind denn die anderen Gäste? Ich kann mich an keinen erinnern.«

»Oh, derzeit logiert außer Ihnen kein Stammgast hier. Aber die Herrschaften kamen natürlich alle auf Empfehlung«, sagte er, während er auch Mali ein Trinkglas mit Kristallschliff vorsetzte. »Hermann Breitwieser sind Sie ja bereits heute Nachmittag begegnet: Sie wissen ja, der mit dem Mineralwasser-Imperium. Ich schenke Ihnen, Fräulein Mali, übrigens gerade eines seiner Markenwässer ein. Und ihm gegenüber sitzt seine überaus reizende Gattin Erna-Viktoria.«

»Und das andere Paar?«, fragte O. A.

Maurice sah kurz zum übernächsten Tisch hinüber: »Sie meinen die Dame mit dem aparten Haarschopf und ihren

Partner? Das sind die Horwaths – Gründer und Inhaber eines hochinnovativen Unternehmens aus der Biotechnologie-Branche.« Er senkte seine Stimme: »Sind inzwischen reich genug, das halbe Engadin aufzukaufen. Und ich habe gehört, dass sie genau das vorhaben. Außerdem ...«, er kehrte zu seiner normalen Lautstärke zurück: »... sind die beiden passionierte Golfspieler.«

»Aha«, sagte O. A. »Also gehören die beiden Golfcarts, die hinter dem Hotel parken, diesen beiden?«

»Nein, nein. Diese beiden Gefährte gehören dem Hotel. Sie stehen unseren Gästen jederzeit kostenfrei zur Verfügung. Haben Sie Interesse?«, antwortete Maurice.

»Vielleicht«, erwiderte O. A. neutral. »Und wer ist der junge Mann dahinten?«

Maurice sah zu dem Schussel mit den Klavierspieler-Händen hinüber. Der war dabei, möglichst unauffällig den Pfeffer vom Tisch zu wischen, der aus dem umgefallenen Pfefferstreuer entwichen war.

»Tja, dieser Herr ist aus Bern. Wir haben ihn nur aufgenommen, weil jener alte Stammgast ihn empfohlen hat, mit dem Sie sich bei Ihrem letzten Aufenthalt bei uns getroffen hatten – Sie erinnern sich?«

O. A. hob kurz die Augenbrauen und nickte dann wortlos.

Maurice fuhr stirnrunzelnd fort: »Aber ich muss schon sagen: Der junge Mann ist etwas eigenartig ...«

»Vielen Dank, Maurice, für die Auskunft«, schnitt ihm O. A. das Wort ab. »Sie dürfen uns jetzt das Essen servieren.«

Maurice neigte kurz den Kopf und tänzelte in Richtung Küche davon.

»Lassen Sie sich von seinem Getue nicht beeindrucken«, sagte O. A., die Malis irritierten Blick bemerkt hatte. »Das alles hier sind ganz normale Menschen. Sie sind nur etwas mehr als andere gewohnt, zu bekommen, was sie wollen ...«

Das Abendessen war so köstlich, dass Mali nur mit Mühe auch noch das Dessert schaffte.

O. A. verabschiedete sich zügig nach dem letzten Bissen und wünschte ihr eine gute Nacht.

»Warten Sie mit dem Frühstück nicht auf mich«, fügte sie noch hinzu. »Ich pflege nicht zu frühstücken. Wir treffen uns um 9.00 Uhr an der Rezeption. Ziehen Sie Schuhe an, mit denen Sie gut laufen können, denn wir werden Scuols Mineralwasser-Weg gehen: Der führt an etlichen der berühmten Quellen hier vorbei.«

Mali war nur noch kurz sitzen geblieben und dann ebenfalls auf ihr Zimmer gegangen.

Dort erinnerte sie ihr Handy daran, sich bei Eckart zu melden. Sie überlegte kurz und tippte dann: »Hallo Eckart, bin gut angekommen. Gegend, Hotel und Wetter sind traumhaft. Nur die alte Dame gibt mir Rätsel auf: Keine Ahnung, warum sie mich überhaupt mitgenommen hat, denn sie will sich ja doch partout nicht helfen lassen. Morgen Vormittag soll ich sie auf einer Wanderung begleiten – vielleicht kann ich wenigstens dann etwas tun für mein Geld. LG Mali«

Beim Einschlafen kam ihr O. A.s Satz noch einmal in den Sinn: »Sie sind nur etwas mehr als andere gewohnt, zu bekommen, was sie wollen.« Was hatte die alte Frau damit gemeint?

6

Die Juni-Sonne stand schon hoch am Himmel, als O. A. schwer atmend den kurzen Anstieg von der schmalen Inn-Brücke hinauf zur Carola-Quelle bewältigte. Sie hatte sich sogar gezwungen gesehen, dafür kurz Siegmunds Dienste in Anspruch zu nehmen. Das ärgerte sie sehr. Aber immerhin hatte sie die drei Kilometer des Scuoler Mineralwasserweges bis hierher trotz der Schmerzen gemeistert.

Sie waren an der Villa gestartet und Richtung Fluss marschiert, hatten ihn einmal gequert, waren auf dem linken Ufer oberhalb des Flusses weiter stromaufwärts gewandert, um sodann über die Brücke wieder auf die flussabwärts gesehen rechte Flussseite zu wechseln.

O. A. zog ein Stofftaschentuch aus der Seitentasche ihres knielangen, braunen Rocks und tupfte sich Stirn und Arme ab.

Glücklicherweise schien Mali inzwischen verstanden zu haben, dass sie ihre ständigen Hilfsangebote sein lassen sollte, und hatte sich etwas zurückfallen lassen. O. A. grinste innerlich: Wahrscheinlich fragte sich die junge Frau inzwischen, worin überhaupt ihre Aufgabe bestand. Na ja, sie würde es bald erfahren.

Jetzt stand Mali jedenfalls noch bei der großen Info-Tafel direkt nach der Brücke und studierte die Geschichte der Quellen rund um Scuol.

O. A. sah sich auf dem Platz vor der Carola-Quelle um und schob dann Siegmund dahin, wo das Gelände steil zum Fluss abfiel. Sie blieb stehen, verschränkte die Arme und blickte erst zum Fluss hinunter, dann auf das linke Flussufer gegenüber.

Sie nickte, denn ihr Plan nahm Formen an.

Mali war ihr inzwischen gefolgt und sagte begeistert: »Sieht der Fluss von hier nicht aus wie eine riesige grünblau schillernde Schlange?«

O. A. reagierte nicht.

»Ach, und sehen Sie nur«, fügte Mali hinzu, »da kommen Leute in Kanus den Fluss herunter. Die sehen aus wie grellbunte Farbtupfer auf der Schlange.«

Tatsächlich glitten gerade vier Kajakfahrer an der Stelle vorüber, an der sie standen. Der Fahrer des ersten Bootes hob entspannt die Hand und winkte zu ihnen hoch.

»Das ist doch Reto, nicht wahr?«, fragte Mali und winkte zurück. »Er hat ja gesagt, dass er Kajakkurse gibt. Dann müssen die anderen seine Kursteilnehmer sein.«

Tatsächlich klammerten sich die drei anderen Paddler, statt zu winken, lieber mit beiden Händen an ihren Paddeln fest.

»Glauben Sie, das Wasser ist einigermaßen warm?«, fragte Mali.

»Ziemlich sicher ist es eiskalt«, antwortete O. A. »Der Inn wird von Gletscherwasser gespeist.«

»Brrr, ich hasse Wasser und kaltes erst recht«, schüttelte sich Mali.

Die alte Frau kniff bei dieser Bemerkung kurz die Augen zusammen, erwiderte aber nichts. Dann richtete sie ihre Augen wieder auf das Gelände auf der anderen Flussseite und sagte: »Erkennen Sie die Gebäude des alten Kurhauses wieder, die ich Ihnen gestern Abend vom Turm aus gezeigt hatte?«

Durch ein dichtes Gebüsch vom Fluss getrennt, erstreckte sich ein Areal mit mehreren historisch wirkenden Bauwerken. Dem Ufer am nächsten stand ein dreistöckiges Haus von klarer Strenge, das von einem grünen Metalldach gekrönt war.

Ein deutlich größeres Gebäude im selben Stil war viel weiter zurückversetzt in das ansteigende Gelände hineingebaut. Es grenzte fast direkt an die viel befahrene Landstraße, die tiefer ins Inntal in Richtung St. Moritz führte.

Dieser Bau bestand aus einem Hauptgebäude und je einem Seitenflügel, die der Architekt leicht schräg in Richtung Fluss angesetzt hatte, so als ob das Haus den Garten umarmen und vor der Straße schützen sollte. Auch dieser Bau hatte ein Dach aus Metallplatten, nur waren sie grau statt grün.

O. A. beobachtete, wie Mali die Gebäude musterte, und sagte: »Neue Kupferdächer brauchen viele Jahre, bis sie diese schöne grüne Farbe annehmen.«

»Woher wussten Sie, dass ich über die unterschiedlichen Farben der beiden Dächer nachdenke?«, fragte Mali erstaunt.

Doch O. A. zuckte nur mit den Achseln. »Nun, da Sie

die Ursache kennen: Was schließen Sie aus dem Farbunterschied?«

Mali überlegte: »Hmm, offensichtlich ist das Dach des großen Gebäudes erst vor Kurzem erneuert worden, während es bei dem kleineren Haus schon eine Weile her ist.«

O. A. nickte zufrieden: »Und was unterscheidet den Zustand der beiden Gebäude noch?«

»Hmmm. Nicht viel: Sie scheinen beide gut gepflegt. Ich sehe bei keinem der Häuser einen blätternden Anstrich oder kaputte Dachrinnen. Auch die Fenster scheinen bei beiden ziemlich neu. Aber während das kleinere Haus durch die helle Fassadenfarbe einladend aussieht, wirkt das große mit seinem grauen Dach und diesem blassen Gelbton der Fassade eher distanziert-vornehm.«

»Und was schließen Sie daraus?«

Mali sagte nachdenklich: »Beide Gebäude sehen so aus, als stammten sie aus derselben Zeit. Außerdem sind sie wohl ungefähr zur gleichen Zeit gründlich renoviert worden, wenn auch von unterschiedlichen Besitzern. Wäre es ein Besitzer, hätte er sicher mehr auf eine einheitliche Wirkung geachtet. Und dann ist etwas passiert, was bewirkt hat, dass das große Gebäude ein neues Dach gebraucht hat.«

O. A.: »Stimmt: Dort hat vor einigen Jahren der Dachstuhl gebrannt. Die Feuerwehr musste das Dach aufschneiden, um an die Glutnester zu kommen und das übrige Gebäude zu retten. Beim Rest liegen Sie übrigens auch richtig.«

»Der gesamte Komplex«, O. A. deutete auf das weitläufige Gelände, »war mal Scuols ganzer Stolz: das Kurhaus mit seinen Nebengebäuden, erbaut Mitte des 19. Jahrhunderts. Hat seither eine wechselvolle Geschichte gehabt. Das Gebäude direkt am Fluss zum Beispiel war einst das Badehaus.«

»Aber das ist es heute nicht mehr, oder?«

»Nein, schon lange nicht mehr. Mit dem Niedergang des klassischen Kur-Tourismus begann auch der Niedergang dieser Anlage. Schließlich wurde das Grundstück aufgeteilt. Ein alter Bekannter von mir kaufte das Areal des alten Badehauses, renovierte es und brachte seine Kunststiftung darin unter. Nach wie vor leben hier wechselnde Stipendiaten und bringen künstlerisches Leben in das Haus.«

»Und was ist mit dem großen Haus passiert?«

O. A.s Gesicht verzog sich zu einem bitteren Lächeln: »Tatsächlich hat jemand versucht, Europas größtes koscheres Hotel daraus zu machen. Der Betrieb lief auch ganz passabel, aber dann kamen diverse Krisen, und die jüdischen Gäste blieben aus. Der Brand des Daches, dessen Ursache übrigens nie geklärt wurde, gab dem Hotelbesitzer den Rest, die Schulden wuchsen ihm über den Kopf. Schließlich übernahm die Gemeinde das Areal vorübergehend. Und vor ungefähr zwei Jahren schließlich hat Scuols größter Bauunternehmer es gekauft. Der hat angeblich seine Finger in sämtlichen Infrastrukturprojekten der Region – obwohl es im Tal schon lange hinter vorgehaltener Hand kolportiert wird, dass es finanziell schlecht um ihn bestellt ist. Und da ist wohl auch etwas dran, denn ich weiß aus sicherer Quelle, dass ihm seine Banken schon lange keinen Kredit mehr geben.«

Sinnend fügte sie hinzu: »Als die Gemeinde ihm dann das Gelände weit unter dem Schätzwert überlassen hat, brodelte natürlich die Gerüchteküche. Und erst recht, als auf dem Gelände auch noch eine hochmineralienreiche Quelle gefunden wurde – von der niemand vorher etwas gewusst haben will. Doch offen aussprechen wollte diese Vorwürfe niemand, denn der Baulöwe ist ein mächtiger Mann und darüber hinaus Hauptsponsor der örtlichen Vereine.«

Mali starrte immer noch zum Kurhaus hinüber: »Und was hat dieser Mensch mit dem Kurhaus vor?«

»Er behauptet, dass er wieder ein Luxushotel daraus machen will«, antwortete O. A. »Erstaunlich ist nur, dass sich die Renovierungsarbeiten ewig hinziehen – er scheint es nicht sonderlich eilig damit zu haben, sein Geld wieder hereinzuholen. Jedenfalls findet immer noch kein normaler Hotelbetrieb statt. Doch einige Zimmer sind wohl bewohnbar, denn seit einigen Wochen wird dort so etwas wie eine Summerschool für ultraorthodoxe Juden veranstaltet.«

Mali machte große Augen: »Ultraorthodoxe Juden? Im Engadin?«

»Die Scuoler waren ebenso überrascht wie Sie jetzt,« erwiderte O. A. »Keiner hat es verstanden, denn der Baulöwe hat an sich keinen Bezug zum Judentum. Laut Presseerklärung seines Unternehmens will er damit ein Zeichen der Toleranz und Weltoffenheit im Engadin setzen.«

Mali krauste die Stirn: »Komisch. Und wie passt der hohe Stacheldrahtzaun rund um das Gelände zu dieser Weltoffenheit? Das sieht eher nach Hochsicherheitstrakt aus.«

»Gut beobachtet«, sagte O. A. »Ja, der Zaun …«

Sie sprach nicht weiter, sondern klopfte mit der Hand rechts und links in Hüfthöhe auf ihren Rock. Sie schien zu finden, was sie suchte, und angelte aus einer verdeckten Seitentasche eine unscheinbare, fingerlange, schwarze Plastikrolle. Sie nahm die Abdeckungen vorne und hinten ab und drehte an der Rolle, die sich nach vorne aufschob.

Auf Malis neugierigen Blick hin sagte sie: »Klein, aber extrem leistungsstark. Lässt sich übrigens mit Sammellinse davor auch als Lupe verwenden.«

Sie richtete das Glas auf die andere Flussseite: »Dieser Zaun zieht sich wirklich um das gesamte landseitige Areal, Kameras an jedem Pfeiler.«

Sie schob das Fernrohr wieder zusammen, ließ es in ihre Tasche zurückgleiten und murmelte: »Da kommt man nur von einer Seite aus ungesehen rein.«

Sie räusperte sich und sah Mali durchdringend an: »Sagen Sie, könnten Sie sich vorstellen, sich – falls es dringend erforderlich wäre – in ein Kajak zu setzen?«

Sie beobachtete die Reaktion der jungen Frau genau: erst erschrockene Augen und abwehrendes Kopfschütteln, dann nach kurzem Überlegen ein unentschiedenes Stirnkrausen und schließlich eine erleichternde Erkenntnis.

Mali lächelte entschuldigend: »Selbst wenn ich das wollte: Ich kann doch gar nicht Kajak fahren.«

»Na ja«, erwiderte O. A. mild, »so etwas kann man ja lernen.«

Damit ließ sie das Thema auf sich beruhen.

Sie wandte sich zum Gehen: »Kommen Sie, Mali. Wir sind doch auf dem Weg hierher an dieser netten kleinen Büvetta direkt am Fluss vorbeigekommen. Lassen Sie uns dort etwas trinken, bevor wir zurückgehen.«

Mit einer energischen Bewegung hievte sie Siegmund in die Richtung, aus der sie gekommen waren, und marschierte los.

Die sonnenbeschienene Terrasse der Büvetta Sfondraz lag am linken Flussufer und war zum Wasser hin von einer steinernen Brüstung begrenzt. Dahinter fiel das Gelände fünf Meter steil zum Fluss ab. Weiß-rote Werbesonnenschirme spendeten Schatten. O. A. und Mali setzten sich an einen der freien Tische direkt an der Brüstung.

Für Juni war es wirklich schon heiß, aber hier am Wasser ging eine angenehme Brise. O. A. warf einen kurzen Blick auf die rote, einlaminierte Getränkekarte und reichte sie dann an Mali weiter.

Die fuhr mit dem Finger die Spalten ab: »Was trinken Sie? Espresso? Oder eine ›wilde Hilde‹?«

»Koffein und Alkohol habe ich mir abgewöhnt«, antwortete die alte Frau säuerlich. »Bekommt mir nicht mehr. Und ich bin meistens vernünftig genug, es sein zu lassen. Ich nehme den hausgemachten Eistee mit Holunder. Und Sie?«

»Können Sie mir etwas empfehlen?«

»Haben Sie schon mal Rivella probiert? Das ist ein typisch schweizerisches Getränk. Mit Milchserum, also das, was bei der Käseherstellung übrig bleibt.«

»Nein, das kenne ich nicht«, erwiderte Mali, »aber ich werde es probieren.«

Eine junge Frau in Jeans und weißem T-Shirt kam mit strahlendem Lächeln auf sie zu: »Allegra! Wissen Sie schon, was ich Ihnen bringen darf?«

Sie sprach Schweizerdeutsch mit einer Betonung, die Mali an Italienisch erinnerte.

O. A. gab die Bestellung auf, und kurz darauf kam die Bedienung mit einem Tablett zurück. Sie stellte ein großes Trinkglas vor O. A. auf den Tisch. Der Eistee war unten gelb, oben rot und so kalt, dass das Glas außen beschlagen war. Auch die Flasche, die sie vor Mali abstellte, war beschlagen.

»Das Rivella, anzi«, sagte sie freundlich.

»Danke oder besser: engraziel«, erwiderte Mali.

Die Bedienung lächelte erstaunt, dass sich Mali auf rätoromanisch bedankte, und nickte anerkennend, bevor sie sich zurückzog.

»Erstaunlich durchsichtig für irgendwas mit Milch«‹, bemerkte Mali beim Einschenken. Sie setzte das Glas an die Lippen und trank: »Hmm, das schmeckt fast wie das Brausepulver von früher: ein bisschen süß, ein bisschen säuerlich. Aber nicht schlecht ...«

»Schön, dass Sie sich auf etwas Unbekanntes eingelassen haben«, sprach O. A. und nahm einen Schluck von ihrem Eistee. Ihr Blick wanderte auf die andere Seite, wo ebenfalls ein Fußweg entlangführte. Er war zum Fluss hin durch ein hölzernes Gatter gesichert.

Die alte Frau stupste Mali an: »Sehen Sie mal: da drüben.«

Da stand der junge Mann mit den Klavierspielerhänden, ihr Mit-Hotelgast. Er hatte ein Tablet in der Hand und versuchte vergeblich, es auf dem schmalen Gatter abzulegen. Mehrfach wäre es ihm fast entglitten und in den Fluss gestürzt. Dann schien er es sich anders zu überlegen und richtete das Ding erst in Richtung des Kurhaus-Komplexes auf der gegenüberliegenden Flussseite, anschließend auf die Büvetta und schließlich flussabwärts. Dort spannte sich die hohe Betonbrücke weit über ihren Köpfen über den Inn, die nach Vulpera führte.

»Mali: Schildern Sie mir, was Sie beobachten«, sagte O. A. unvermittelt.

»Er scheint mit seinem Tablet Fotos zu machen.« Mali zögerte. »Und jetzt hebt er das Gerät an seine Lippen und spricht wohl einen Kommentar dazu.«

Sie kniff die Augen zusammen: »Komisch, was macht er jetzt? Er hebt es hoch über seinen Kopf, als würde er ein Sendesignal suchen.«

O. A. nickte: »Ich wette, dieser junge Mann hat den Auftrag, hier unauffällig nach dem Rechten zu sehen. Nur könnte er es kaum auffälliger ...«

Ein spitzer Schrei unterbrach sie jäh. Eine dicke Frau am südlichen Ende der Terrasse war aufgesprungen und deutete, wild gestikulierend, zum Fluss hinunter.

»Da, da!«, kreischte sie.

Jetzt drängten alle zur Brüstung und starrten entsetzt auf das, was da im Wasser trieb: Das war ein Mensch. Nackt. Fleckig. Das Gesicht nach unten.

O. A. hatte ein kurzer Blick genügt. Das war nicht gut. Das war gar nicht gut. Offensichtlich hatte sie noch weniger Zeit als gedacht, um Licht ins Dunkel zu bringen.

Sie richtete ihren Blick auf das gegenüberliegende Ufer, wo soeben noch der Tollpatsch gestanden hatte: Er war verschwunden.

7

Die Kantonspolizei war innerhalb weniger Minuten vor Ort. Gewissenhaft befragten die beiden Beamten alle Anwesenden, notierten sich Personalien sowie Unterkunft und entließen sie schließlich mit der Bemerkung: »Sie halten sich bitte in den nächsten Tagen für eine ausführlichere Vernehmung bereit.«

Mali wunderte sich, warum O. A. es auffällig eilig hatte, in die Villa zurückzukommen und auch sofort gemeinsam ins Turmzimmer hochzusteigen, aber sie folgte ihr einfach.

Noch auf der letzten Stufe nach oben sah Mali O. A. ein kleines Gerät aus der Seitentasche ihres Rockes ziehen und einen prüfenden Blick darauf werfen.

Jetzt konnte sie nicht mehr an sich halten und fragte: »Was haben Sie da für ein Ding?«

»Ein sehr nützliches kleines Instrument«, antwortete O. A. und hielt ihr das Kästchen hin. »Es reagiert extrem sensitiv auf Wanzen aller Art. Wir können keine Mithörer brauchen.«

Mali besah sich das kleine Gerät von allen Seiten: Mit dem Display sah es aus wie ein nüchternes Tamagotchi.

»Und das funktioniert? Eckart, mein technikbegeisterter Nachbar, hat sich mal mit so was befasst und gesagt, dass die alle nichts taugen.«

O. A. hob die rechte Augenbraue: »Die kommerziell

vertriebenen Geräte halten in der Tat nicht, was sie versprechen. Das hier aber ist eine Sonderanfertigung von ... von einem guten Bekannten.«

Mali reichte ihr das Tamagotchi zurück und sagte: »Wer sollte denn überhaupt auf die Idee kommen, uns abzuhören?«

Statt einer Antwort ließ sich O. A. auf der Bank nieder, griff nach ihrer Pfeife und sagte: »Setzen Sie sich, Mali. Ich muss mit Ihnen reden!«

Mali nahm Platz und sah O. A. erwartungsvoll an. Die zündete erst noch ihre Pfeife an und paffte ein paar Mal, bevor sie in ernstem Ton sprach: »Über das, was ich Ihnen jetzt erzähle, bitte ich Sie, absolutes Stillschweigen zu bewahren. Gegenüber jedermann!«

Mali nickte stumm.

»Gut! Wie Sie vielleicht inzwischen ahnen, sind wir nicht zum Vergnügen hier. Ich habe einen, sagen wir, Auftrag, der von großer Wichtigkeit ist. Dieser Auftrag ist Teil meiner Mission, die mich seit über siebzig Jahren antreibt. Diese Mission ist mir wichtiger als mein Leben – seit dem Tag, an dem ich erfahren habe, dass ich als Einzige aus meiner gesamten Familie den Holocaust überlebt habe.«

»Oh«, sagte Mali betroffen. »Sind Sie ... äh, waren Sie ... äh«, stotterte sie.

»Ob ich im KZ war? Nein, ich nicht. Aber alle anderen. Die SS hat mich nicht mitgenommen, weil die beste Freundin meiner Mutter mich als ihr Baby ausgab. Das hat mich gerettet.«

Sie sog an ihrer Pfeife, stieß eine dicke Rauchwolke aus und fuhr fort: »Als meine Ersatzmutter mir nach dem Krieg die Wahrheit über meine Herkunft erzählt hatte, war ich mir sicher, dass ich nur aus einem Grund hatte überleben dürfen: Um dafür zu kämpfen, dass niemand mehr jemals Juden zu Sündenböcken und Schlachtopfern macht – oder besser gesagt: dass niemand mehr jemals einem Volk so etwas antut, WEDER dem jüdischen NOCH einem anderen.« Den letzten Halbsatz sprach sie mit besonderem Nachdruck.

Dann zog sie wieder an ihrer Pfeife, ließ den Rauch aus ihrem Mund entweichen und sagte: »Sehen Sie, ich war einmal eine glühende Zionistin. Das bin ich nicht mehr seit dem Tag, als ich erkannte, dass die radikalen Vertreter des Zionismus für sich das Recht beanspruchen, den Spieß umzudrehen und zum Beispiel das palästinensische Volk erbarmungslos zu unterdrücken.«

Sie schwieg einen Moment, bevor sie fortfuhr: »Ich schloss mich als junge Frau dem israelischen Geheimdienst an, weil ich glaubte, mit seiner Hilfe meine Mission am besten erfüllen zu können. Und in den Anfangsjahren waren wir auch viele, die für Gerechtigkeit für alle kämpfen wollten. Doch der Wind in der Organisation drehte sich. Die Hardliner gewannen die Oberhand – und die, die immer noch auf meiner Seite waren, gingen lieber auf Tauchstation. Ich wollte das nicht. Rücksichtslose Gewalt erzeugt immer nur Gegengewalt. Die Ziele der Organisation waren nicht mehr meine Ziele. Also schied ich aus dem offiziellen Dienst aus und verfolgte ab diesem Zeitpunkt meine Mission alleine. Allerdings habe ich …«, Mali sah ein feines Lächeln auf O. A.s faltigen Lippen, »… immer noch Vertraute in den Reihen der Organisation, die auf meiner Seite sind. Sie versorgen mich mit Informationen und schützen mich, soweit es ihnen möglich ist, damit ich in Ruhe arbeiten kann.«

Dann richtete sich die alte Frau energisch auf und sagte: »So viel also zu meinem Hintergrund. Warum ich – und Sie – aber heute hier sind, ist Folgendes: Die Leiche, die Sie vorhin im Fluss haben treiben sehen, ist nicht die erste. Vor etwa einer Woche ist in Scuol bereits ein Toter aus dem Wasser gezogen worden. Haben Sie davon gehört?«

Mali schüttelte den Kopf.

»Das wundert mich nicht, denn der Fall hat es in Deutschland nicht in die Schlagzeilen geschafft, wohl weil die Behörden die Details nicht veröffentlicht haben. Sie müssen wissen, dass das Opfer von letzter Woche verstümmelt war: Es wies einen sauberen Schnitt durch Luftröhre und Hauptarterie bis zur Wirbelsäule auf – das war vermutlich auch die Todesursache. Das wirklich Auffällige aber ist, dass die Mörder den Körper vollkommen haben ausbluten lassen, sie haben fachmännisch den Ischiasnerv entfernt und die Füße zwischen der zweiten und der dritten Zehe gespalten. Was schließen Sie daraus?«

Mali antwortete betroffen: »Dass der Mord extrem grausam durchgeführt worden ist.«

O. A. widersprach: »Nein, das ist nicht der Punkt. Tatsächlich tritt der Tod bei einem gut ausgeführten Schnitt durch Luftröhre und Hauptarterie sehr schnell ein. Der Punkt ist: So wie die Tötung durchgeführt worden ist, entspricht sie den strengen Regeln des jüdischen Schächtens – der einzigen Methode, Tiere den koscheren Speisegesetzen entsprechend zu schlachten. Das gilt für die islamischen Gesetze übrigens auch, doch im Gegensatz zur muslimischen Halal dürfen Juden nur Tiere mit gespaltenen Hufen töten.«

»Oh Gott«, entfuhr es Mali.

»Ich sehe, Sie fangen an zu verstehen, warum ich hier bin«, sagte O. A. grimmig. »Die Spuren weisen sehr offensichtlich auf einen oder mehrere Juden als Täter hin. Wenn das bekannt wird, wird der Verdacht unweigerlich auf die ultraorthodoxen Juden im Kurhaus fallen. Alte Vorurteile werden hochkochen, in Anschuldigungen und womöglich in Gewalt umschlagen – auch weil ich wetten könnte, dass der Leichnam, den wir heute im Inn haben treiben sehen, genau dieselben Verstümmelungen aufweist.«

Mali schwirrte der Kopf: nicht nur einer, sondern gleich zwei Schächtmorde?

O. A. seufzte: »Das ist der Grund, warum ich umgehend handeln muss. Ich muss viel schneller und entschlossener eingreifen, als ich dachte. Ich hatte gehofft, dass ich alle nötigen Maßnahmen selbst in die Wege leiten und Sie da heraushalten kann – trotz meines Zustands. Aber so wird mir das nicht gelingen. Mali, ich muss um Ihre Hilfe bitten, ABER ...«

O. A. sah Mali direkt in die Augen: »... ich mache Sie

darauf aufmerksam, dass es möglich oder sogar wahrscheinlich ist, dass die Sache gefährlich ist.«

Sie legte ihre Pfeife beiseite und ergriff mit beiden Händen Malis Rechte: »Es ist mein Ernst: Wenn Sie jetzt sagen, dass Ihnen das Ganze unheimlich ist oder Ihnen die Vorgänge egal sind und Sie lieber nach Hause fahren, dann werde ich das ohne Diskussion akzeptieren. Dann entbinde ich Sie hier und jetzt von unserer Vereinbarung.«

»Allerdings«, sie ließ Malis Hand wieder los und lehnte sich auf der Bank zurück, den Blick immer noch auf die junge Frau gerichtet, »wäre ich sehr froh, wenn Sie sich entschließen könnten zu bleiben. Ich MUSS herausfinden, was hier gespielt wird, wer hier in Scuol aus wem einen Sündenbock machen will und warum. Und weitere Morde verhindern.«

Entschlossen holte O. A. Schwung, um aufzustehen, unterdrückte ein Stöhnen, als sie auf die Füße kam, und packte ihre Pfeife: »Mali, ich begebe mich jetzt in mein Schlafzimmer eine Etage tiefer, um möglichst weitere Informationen zu dem Toten von heute einzuholen. Wenn Sie möchten, bleiben Sie gern noch hier oben. Wir sehen uns um 19.00 Uhr im Speisesaal, bis dahin brauche ich bitte Ihre Antwort.«

O. A. griff nach dem Handlauf der Wendeltrappe und begann, vorsichtig Stufe für Stufe hinunterzugehen.

Mali saß wie betäubt da. Die Worte »gefährlich« und »Sündenbock« tobten durch ihren Kopf. Das Bild von der treibenden Leiche. Das Foto aus ihrem Geschichtsbuch von ausgemergelten Gestalten in KZ-Kleidung. O. A.s flammender Blick zwischen den welken Lidern.

Was sollte sie tun?

Schließlich stand Mali auf, ging leise die Wendeltreppe hinunter und in ihr Zimmer. Langsam, ganz langsam zog sie ihren leeren Koffer unter dem Bett hervor, klappte ihn auf und begann, in Zeitlupe ihre Sachen einzuräumen.

Sie hatte sich entschieden. Sie würde abreisen. Das hier war eindeutig mehrere Nummern zu groß für sie.

Morgen früh würde sie einen Bus nach Landeck nehmen, in den Zug steigen, und bis zum Abend war sie zu Hause. Weit weg von jeder Gefahr.

Was ging sie O. A.s Mission an? Und wie sollte sie überhaupt helfen können? Sie hatte weder Übung in noch Nerven für irgendwelche gefährlichen Aufträge. Sie war doch nur Mali.

Sie seufzte. Es graute ihr vor dem Moment, in dem sie O. A. ihre Entscheidung mitteilen würde. Aber einfach abhauen und nicht zum Abendessen erscheinen, war definitiv nicht in Ordnung.

Sie hatte sich schon zurechtgelegt, was sie sagen würde: »Liebe O. A., es tut mir leid, aber ich habe mich gegen Ihr Angebot entschieden. Ich bin sicher, dass Sie jemanden finden werden, der Ihnen besser helfen kann.«

Dann würde sie sich verabschieden und gehen. Punkt.

Und so betrat sie um 18.59 Uhr den Speisesaal. Sie sah O. A. bereits an ihrem Tisch sitzen, den Blick aus dem

Fenster gerichtet. Alt und aufrecht. Ruhig und stark – und gleichzeitig verletzlich.

Mali schluckte. Die Würde, die von dieser Frau ausging, erfasste sie wie eine Welle.

Aber sie durfte sich jetzt nicht beirren lassen. Je schneller sie O. A. von ihrem Entschluss in Kenntnis setzte, umso schneller konnte sie hier verschwinden.

Mali holte tief Luft und marschierte direkt auf O. A. zu. Die wandte ihren Blick vom Fenster erwartungsvoll auf Mali – und nickte ernst. Sie hatte von weitem erkannt, wie ihre Antwort lautete.

Im selben Moment kam Maurice herbeigestürzt, um Mali an ihren Platz zu geleiten. Doch ausnahmsweise blieben die üblichen öligen Worte aus.

Überhaupt herrschte im Speisesaal gedrückte Stille, obwohl die Gäste vom Vortag vollzählig versammelt waren. Die Nachricht vom zweiten Mord hatte sich offensichtlich herumgesprochen.

Das Ehepaar Horwath, heute beide in Rosé gekleidet, stocherte lustlos in der Vorspeise – ein Scuoler Trockenfleisch-Carpaccio.

Frau Breitwieser quoll heute still aus einem schwarzen rückenfreien Top und starrte vor sich hin, während ihr Gatte den Rest aus einer Weinflasche in sein Glas kippte.

Nur der junge Mann mit den Klavierspielerhänden zappelte genauso wie gestern mit seinen Händen auf dem Tisch hin und her und stieß den Salzstreuer um.

»Heute gibt es als Hauptgang Quarkpizokels mit Bündner Bergkäse und danach eine hausgemachte Mousse au

Chocolat«, sagte Maurice leise. »Ein stilles Mineralwasser dazu, Fräulein Mali?«

»Äh, ja, bitte«, antwortete sie.

Dann fiel ihr etwas ein, was O. A. heute Morgen gesagt hatte: Im Kurhaus war eine Quelle entdeckt worden, nachdem der Baulöwe das Areal erworben hatte: »Maurice, sagen Sie, schenken Sie auch Wasser von der Quelle am Kurhaus aus?«

Maurice hob erstaunt die Augenbrauen: »Von der Quelle am Kurhaus? Nein, tut mir leid. Dieses Wasser gibt es nirgendwo in der Schweiz zu kaufen. Das wird alles exportiert.«

»Exportiert?«

»Ja, tatsächlich. Sie müssen wissen: Aus dieser Quelle kommt ein ganz besonderes Wasser. Es heißt, es habe eine ...«, Maurice beugte sich zu Mali herunter und wisperte ihr ins Ohr: »... eine phänomenale potenzfördernde Wirkung.«

Sie spürte seinen heißen Atem an ihrem Ohr und schüttelte sich unwillkürlich.

Maurice lächelte dennoch zufrieden, als er sich wieder aufrichtete, und sagte: »Deshalb ist es ein Exportschlager. So weit ich weiß, geht die gesamte Abfüllung in die arabische Welt. Das Wasser findet dort reißenden Absatz. Diesen Wunsch kann ich Ihnen also leider nicht erfüllen.«

»Nicht so schlimm. Dann bringen Sie mir einfach das stille Mineralwasser von gestern.«

»Sehr gerne, Fräulein Mali.« Maurice deutete eine Verbeugung an und schwebte davon.

»Sie werden gehen?«, fragte O. A. gedämpft.

Mali stammelte: »Ja. Leider. Tut mir leid.«

Doch O. A. schnitt ihr Gestotter mit einer Geste ab: »Sie brauchen sich nicht zu entschuldigen. Ich habe Ihnen gesagt, dass ich Ihre Entscheidung in jedem Fall akzeptiere.«

O. A.s Blick war ohne Vorwurf, und doch konnte Mali ihm nicht standhalten. Sie schlug die Augen nieder, starrte auf die Tischdecke und kam sich unglaublich schlecht vor.

Während des Essens wechselten die beiden kein Wort. Auch die anderen Gäste schwiegen, und so war es außerordentlich still im Speisesaal, während die Sonne langsam hinter den Engadiner Bergen unterging.

Nach dem Dessert schob O. A. ihren Stuhl zurück, stützte die Hände auf den Tisch und erhob sich.

»Mali, ich wünsche Ihnen alles Gute«, sagte sie nur.

Mali spürte ein Brennen in den Augen, als sie leise erwiderte: »Ich Ihnen auch, O. A.!«

Die alte Frau ging.

Einige Minuten später schob auch Mali ihren Stuhl zurück und verließ den Speisesaal mit gesenktem Blick.

Sie stieg zu ihrem Zimmer empor und ließ sich auf ihr Bett fallen. Es war noch viel zu früh, um zu schlafen, aber sie fühlte sich erschöpft.

Ob sie Eckart Bescheid geben sollte?

Sie angelte nach ihrem Handy und tippte: »Change of plan: Ich komme morgen schon wieder. Frag nicht, warum, aber das ist besser so«, schrieb sie.

Sie ließ die Hand sinken und schloss die Augen. Sie sah

das Bild von O.A. vor sich: wie die alte Frau allein und aufrecht am Tisch saß. Wie O.A. sagte: »Sie brauchen sich nicht zu entschuldigen.«

Mali stöhnte gequält.

Sie beschloss, sich irgendwie abzulenken. Sie griff nach dem Ratgeber auf ihrem Nachttisch und begann lustlos, darin zu blättern.

An einem fett gedruckten Kasten am Ende eines Kapitels blieb sie hängen: ›Dein erster und wichtigster Schritt zu mehr Mut ist zu erkennen, wann du reflexartig einer Herausforderung ausweichst. Mache dir klar, dass es dir freisteht, eine andere Entscheidung zu treffen, und feiere dich dafür.‹

Mali schlug das Buch voller Zorn zu und pfefferte es in eine Zimmerecke. So ein Quark!

Von wegen Ablenkung. Jetzt fühlte sie sich noch schlechter als vorher. Sie könnte schreien.

Doch vielleicht würde ein Spaziergang an der frischen Luft helfen.

Sie schwang sich vom Bett, schlüpfte in ihre Schuhe und verließ ihr Zimmer. Es war ganz still in der Villa, nur aus der Küche hörte sie ein leises Klappern.

Sie sah sich um. Dunkel war es in dieser fast mondlosen Sommernacht. Sie machte einige Schritte von der Villa weg und drehte sich dann um.

Oben im Turmzimmer schimmerte ein schwaches Licht. O.A. war also dort und bereitete sich darauf vor, ihren gerechten Kampf ganz alleine zu führen. Weil sie, Mali, nicht den Mut aufbrachte, ihr zur Seite zu stehen.

Sie spürte, wie ihr Groll sich in tiefe Traurigkeit verwandelte. Lange starrte sie auf die erleuchteten Fenster. Und schließlich setzten sich ihre Füße wie von selbst in Bewegung.

8

O. A. legte ihre Pfeife in den gläsernen Aschenbecher auf dem kleinen Tisch in der Mitte des Turmzimmers und sah auf die Uhr. Es war spät. Sollte sie sich getäuscht haben?

Da hörte sie, wie unten leise die Tür ging und Schritte die Treppe hochkamen. Ihre Gesichtszüge entspannten sich.

Als Malis Kopf auftauchte, fragte sie: »Sie haben es sich anders überlegt?«

Mali antwortete: »Ja, habe ich. Also, falls Sie mich überhaupt noch haben wollen.«

»Will ich«, erwiderte O. A. freundlich. »Aber lassen Sie uns keine Zeit mehr verlieren. Ich werde Sie jetzt mit einigen weiteren Fakten vertraut machen.«

Mali setzte sich, und O. A. begann: »Ich habe inzwischen erfahren, dass ich mit meiner Vermutung recht hatte. Die Leiche, die wir heute im Fluss gesehen haben, weist dieselben Merkmale auf wie die von vor einer Woche: Hals bis zur Wirbelsäule glatt durchschnitten, ausgeblutet, Ischiasnerv entfernt, Füße gespalten.«

O. A. achtete nicht auf Malis angewiderten Gesichtsausdruck und fuhr fort: »Es gibt noch weitere Übereinstimmungen: Beide Leichen wurden auf der Wasseroberfläche treibend gesichtet. Das heißt, der Zersetzungsprozess im Darm hatte bereits eingesetzt. Bei diesem Vorgang füllt sich der Bauchraum mit Gasen, und der Leichnam geht nicht unter. Es dauert in der Regel ein bis zwei Tage, bis das passiert. Der Obduktionsbericht von der Leiche heute liegt natürlich noch nicht vor, doch der Bericht zum ersten Opfer sagt, dass der Körper nur kurze Zeit im Wasser gelegen haben kann.«

Sie sah Mali an: »Was schließen Sie daraus?«

Die überlegte kurz: »Dass das Opfer nach dem Mord erst noch eine Weile an Land lag und erst später in den Fluss geworfen wurde?«

»Genau«, bestätigte O. A. »Und weiter?«

»Hmmm. Dass der Ort, an dem die Leiche ins Wasser gelassen wurde, nicht allzu weit von der Fundstelle entfernt liegen kann?«

»Gut! Zu diesem Schluss kamen auch die Sachverständigen. Und dreimal dürfen Sie raten, welche Gebäude sich in dem Bereich befinden, den sie als wahrscheinlichen Einbringungsort ermittelt haben.«

»Das Gelände des alten Kurkomplexes?«

»Sie sind talentiert!«, lächelte O. A. »Genauso ist es. Und ich gehe davon aus, dass der Befund bei der zweiten Leiche nicht anders sein wird. Es handelt sich hierbei übrigens um den Scuoler Gemeindeschreiber Fadri Haaseloth.«

»Der Gemeindeschreiber? Woher wissen Sie das?«, fragte Mali.

O. A. zuckte mit den Achseln: »Ich habe ja erwähnt, dass ich meine Quellen habe.«

»Was macht überhaupt ein Gemeindeschreiber?«

»Das ist in der Schweiz der Leiter der Verwaltung des Ortes und Hauptverantwortlicher für die Administration der politischen Geschäfte. Über seinen Tisch geht alles, was die Gemeinde betrifft. Habe ich Ihnen überhaupt schon erzählt, wer das erste Mordopfer war?«

Mali schüttelte den Kopf.

O. A.: »Der erste Tote war der junge Brunnenmeister von Scuol, Nils Lüthi. Die Tatsache, dass es mit dem Gemeindeschreiber gleich noch einen Angestellten des Ortes getroffen hat, wird für erheblichen Aufruhr sorgen. Noch halten die Behörden die grausigen Details unter Verschluss, aber ich weiß nicht, wie lange das gut geht. Deshalb müssen wir zügig arbeiten.«

O. A. hatte die Pfeife wieder in die Hand genommen und zog daran, doch offensichtlich war die Glut ausgegangen. Sie nahm das Feuerzeug, das neben ihr auf der Bank lag, hielt die Flamme an den Pfeifenkopf und sog kräftig, bis sie schließlich zufrieden eine Rauchwolke ausstieß.

»Warum müssen eigentlich WIR das übernehmen, O. A.?« Diese Frage ging Mali schon die ganze Zeit durch den Kopf. »Die Polizei wird sich doch sicher um schnelle Aufklärung bemühen.«

»Wissen Sie, Mali,«, O. A. lehnte sich auf der Bank zurück, »in der Praxis reicht der Arm der staatlichen Behörden oft nicht weit genug – dafür gibt es viele Gründe. Und in diesem Fall – das sagt mir sowohl mein Instinkt als auch meine Erfahrung –, müssen wir einschreiten, bevor die Lage eskaliert. Denn so oder so schadet es dem Ruf aller Juden, wenn die Gerüchte erst einmal in der Welt sind und alte Vorurteile nähren. Das frisst sich ins kollektive Gedächtnis des Tales, auch wenn die Untersuchungen später ergeben, dass die Ultraorthodoxen im Kurhaus nichts mit dem Verbrechen zu tun haben – davon gehe ich aus. Doch selbst wenn sie daran beteiligt sein sollten: Dann ist es erst recht wichtig, dass wir die Schuldigen so bald wie möglich dingfest machen.«

Sie richtete sich wieder auf, legte die Pfeife in dem gläsernen Aschenbecher ab und stellte ihn vom Tisch auf den Boden neben sich: »Aus diesem Grund müssen wir mehr erfahren darüber, was in Scuol und vor allem in diesem Kurhaus vorgeht. Schauen Sie mal hier!«

Sie zog einen gefalteten Plan aus ihrer Aktentasche, klappte ihn auseinander und breitete ihn auf dem Tisch aus: »Das ist der originale Grundriss des Kurhauses, das ich Ihnen von der Carola-Quelle aus gezeigt hatte: das langgestreckte Haupthaus mit im 45°-Winkel angebauten symmetrischen Seitenflügeln. Weil das Gebäude in den Hang hinein gebaut ist, gibt es ein so genanntes Gartengeschoss, das zum Fluss hin ebenerdig ist, sich zur Straßenseite hin aber unterhalb des Niveaus der Zufahrt befindet.«

»Und wo ist der Eingang?«, fragte Mali.

O. A. tippte mit dem Finger auf die Skizze des Erdgeschosses: »Hier, auf der flussabgewandten Seite. Hier endet auch die Zufahrt von der Straße her. Direkt unter dem Haupteingang gibt es in diesem Gartengeschoss noch einen Handwerkereingang. Von dieser Seite ist es quasi ein Keller.«

Mali beugte sich suchend über den Plan: »Und wo ist diese Wunderquelle?«

»Ich habe mir sagen lassen, dass die Transporter, die das kostbare Wasser täglich abholen und direkt zum Flughafen bringen, jeweils von einer Tür am Ende des linken Seitenflügels aus beladen werden. Das weiß ich aber nicht sicher, denn leider gibt es vom Keller beziehungsweise dem Gartengeschoss keine Pläne«, antwortete O. A. »Ich weiß deshalb nicht, was Sie dort erwartet.«

»Mich erwartet?«, fragte Mali verblüfft.

»Ja, natürlich Sie. Wir müssen wissen, was in diesem Kurhaus vorgeht, und deshalb werden Sie sich dort unauffällig umschauen.«

Mali schluckte: »Und wie mache ich das?«

O. A. erwiderte trocken: »Da wird Ihnen schon etwas einfallen. Aber ich möchte Ihnen noch etwas zeigen.«

Sie verschob den Plan auf dem Tischchen, sodass der obere Rand sichtbar wurde: »Dieser Grund oberhalb der Straße gehört noch zum Kurhaus. Hier steht noch das alte Gärtnerhäuschen. Von dort oben müssten Sie einen guten Blick auf den Haupteingang haben, ohne selbst gesehen zu werden. Damit könnten Sie zum Beispiel anfangen ...«

9

Als Mali am nächsten Morgen erwachte, stellte sie fest, dass sie wider Erwarten gut geschlafen hatte. Sie hatte sogar gestern Nacht noch daran gedacht, Eckart zu schreiben: »Nochmal Change of plan: Ich werde doch noch ein bisschen bleiben. Du wirst nicht glauben, was ich hier erlebe – erzähle ich dir alles, wenn ich wieder da bin. Morgen Abend melde ich mich wieder.«

Der Speisesaal war leer, als sie ihn betrat, um zu frühstücken. Wie jeden Morgen standen ein silbernes bauchiges Thermoskännchen mit Kaffee, ein Brotkörbchen sowie Butter, Marmelade und Käse bereit.

Die Horwaths hatten sich offensichtlich bereits auf die Jagd nach Grundstücken oder Golfbällen gemacht: Auf ihrem Tisch sah Mali Krümel, während das Geschirr bereits abgeräumt war. Der tollpatschige junge Mann mit den Klavierspielerhänden war wohl auch schon unterwegs. Nur auf dem Platz der Mineralwasser-Exzellenzen waren die Gedecke noch unberührt.

Langsam kroch die Nervosität in Mali hoch, doch sie zwang sich, wenigstens das bereitgestellte Croissant zu essen. Sie ging im Geist noch einmal durch, was sie alles auf ihre Erkundung mitnehmen wollte: ihr Handy auf jeden Fall. Den Zimmerschlüssel? Sicher nicht. Der war viel zu klobig. Vielleicht war es auch besser, nichts mitzunehmen, anhand dessen sie leicht identifizierbar war.

Sie stellte ihr Frühstücksgeschirr zusammen, schob ihren Stuhl zurück und machte sich auf den Weg in die Eingangshalle. Keine Spur von Maurice.

Sie legte ihren Zimmerschlüssel auf den Tresen der Rezeption und trat durch die Villa hinaus in den strahlenden Sonnenschein des Engadiner Junimorgens.

Mali schlug – wie gestern – den Mineralwasserweg ein. Sie passierte die Büvetta Sfondraz, die noch geschlossen war, und stand bald an der kleinen Brücke linker Hand, die hinüber zur Carola-Quelle führte.

Rechter Hand führte diese kleine Straße am Eingangsbereich des ehemaligen Badehauses vorbei, »Fundaziun Nairs« stand auf einem Schild und darunter: »chasa d'artists, sala d'art e labor da cultura«.

Das Haus schien wie ausgestorben, als Mali bemüht unauffällig auf der Straße daran vorbeischlenderte. Ein rostiger Kleinwagen auf dem Parkplatz vor dem Gebäude und ein offen stehendes Fenster im ersten Stock waren die einzigen Zeugen, dass hier jemand lebte.

Zwanzig oder dreißig Meter weiter dagegen, vor dem großen Kurhaus, herrschte mehr Betrieb. Das große Tor mit dem Stacheldraht darüber stand offen.

Rechts dahinter standen zwei schwarze Transporter. Beide trugen auf der Seite einen schwungvollen goldenen Schriftzug: »Bauunternehmen Spändli – Bauen mit Vertrauen – Seit 1994«.

Daneben parkte ein verbeulter blauer Kastenwagen mit ausländischem Kennzeichen. Dessen hintere Flügeltür stand offen, einige Stahlrohre standen heraus. Ein Koloss von einem Mann in dreckverschmierten Karohemd und Arbeitshosen kramte im Fond.

Weiter vorne, direkt vor den Säulen des Haupteingangs parkte ein schwarz-glänzendes Cabrio. Soweit Mali erkennen konnte, trug es am Heck denselben goldenen Schriftzug wie die Transporter.

In diesem Augenblick traten zwei Männer zwischen den Säulen des Eingangs hervor. Sie schienen in ein Gespräch vertieft.

Der eine Mann war groß und schlank. Auf die Entfernung wäre er in seinen Jeans, dem hellblauen Hemd und der goldumrandeten Piloten-Sonnenbrille im Haar als junger Mann durchgegangen, wenn seine sorgfältig gewellte Haarpracht nicht schlohweiß gewesen wäre.

Der andere Mann war klein und untersetzt. Trotz der sommerlichen Temperaturen trug er einen schwarzen Anzug mit Weste und ein weißes Hemd darunter, auf seinem Kopf einen schwarzen Hut. Darunter lugten rechts und links je eine lange Haarsträhne heraus, die so weiß war wie sein wallender Bart.

Mali beobachtete verstohlen, wie der Mann im schwarzen Anzug sich mehrfach vor dem großen Mann verbeugte, während der ihm jovial auf die Schulter klopfte. Dann schwang sich der Große in den Sportwagen und wendete.

Neben dem Kastenwagen hielt er kurz an und wechselte einige Worte mit dem massigen Handwerker. Dann gab er Gas.

Hektisch sah Mali sich um: Gleich würde das Cabrio

die Einfahrt heraus und an ihr vorbei brausen. Wo sollte sie hin, um nicht gesehen zu werden?

Ah, gegenüber dem Haupteingang schien es in eine Unterführung zu gehen. Vielleicht war das sogar der Weg zu der alten Gärtnerei.

Sie hastete los.

Uff, das war knapp. Das Röhren des Sportwagens dröhnte in der Unterführung und verklang.

Mali schritt weiter und kam auf der anderen Seite der Hauptstraße heraus. Links sah sie eine Treppe und rechts einen betonierten Unterstand. Dieser hätte Platz für vier oder fünf Autos geboten, doch er war leer.

Mali stieg die Treppe hoch. Irgendwo oben links musste das alte Gärtnerhaus sein. Einen Pfad sah sie nicht, sie würde sich ihren Weg durch die ungemähte Wiese bahnen müssen. Nach rechts dagegen zweigte ein asphaltierter Fußweg mit Holzgeländer ab. An dessen Ende lugte ein kleines Steingebäude zwischen dem Gebüsch heraus. Mit Glockenturm.

›Eine Kirche? Hier?‹, dachte Mali. Sie konnte sich nicht erinnern, auf den Plänen des Kurhauses eine gesehen zu haben. Ob sie dieses Gemäuer kurz ansehen sollte, bevor sie sich zu der Gärtnerei durchschlug? Sie hatte es ja im Grunde nicht eilig.

Beim Näherkommen entpuppte sich das Gebäude wirklich als Kirchlein. Es sah gepflegt aus: die Fenster neu, die Holzverschalungen frisch gestrichen, die Steinplatten des Vorplatzes gefegt. An einer Fahnenstange war eine smaragdgrüne Flagge mit goldenem Schriftzug gehisst. Da kein Hauch ging, hing sie schlaff herunter. Auch sonst schien alles still.

Mali trat auf die Fahne zu und straffte den unteren Zipfel. Sie las: »Società da Tradiziun da Engiadina Bassa« und darunter ein stilisiertes »S«. Nach einer religiösen Glaubensgemeinschaft klang das ja nicht. Eher nach Trachtenverein.

Sie querte den kleinen Hof, ging an dem zweistöckigen Glockenturm vorbei und am Kirchenschiff entlang. Als sie um die Ecke linste, war sie überrascht: Statt einer Steinwand sah sie an der Stirnseite des Kirchenschiffs ein ausladendes bodentiefes Bogenfenster. Das war ganz sicher nicht original.

Vorsichtig näherte sich Mali dem Fenster. Nein, diese Kirche wurde nicht mehr als Gotteshaus genutzt: Sie erblickte drinnen einen Lounge-Bereich mit bequemen Sesseln, zierliche Tischchen und einen modernen Kaminofen in Edelstahloptik. Die Decke war mit rotbraunem Holz ausgekleidet, weiter hinten eine Galerie eingezogen. An deren Geländer hing ein Banner in demselben Smaragdgrün wie im Hof.

Mali kroch es kalt den Rücken hoch: Dieser Ort hatte eine unheimliche Atmosphäre. Sie würde lieber zurückgehen.

Immer noch begegnete ihr kein Mensch. An der Treppe angelangt begann sie, sich ihren Weg durch das hohe Gras die steile Wiese hoch zu bahnen. Sie hatte alle Antennen ausgefahren, sah sich immer wieder um, achtete auf den

Geruch, lauschte. Auch wenn es nicht wirklich verboten war, hier zu gehen, wollte sie vermeiden, gefragt zu werden, was sie hier zu suchen hatte. Doch außer dem Zirpen der Grillen und den vorbeifahrenden Autos auf der Landstraße nahm sie nichts wahr.

Nach wenigen Höhenmetern kam ein braunes Ziegeldach in Sicht. Schon aus dieser Entfernung sah Mali, dass einige Ziegel fehlten und andere verrutscht waren. Beim Näherkommen stellte sie fest, dass der Rest des Häuschens in keinem besseren Zustand war. In dem angrenzenden offenen Schuppen lag auch nur allerlei Gerümpel von alten Plastikstühlen bis zu einem ausgedienten Küchenschrank.

Das Gewächshaus schien ebenfalls nicht mehr in Benutzung zu sein. Mali trat zu den halbblinden Scheiben und versuchte, einen Blick hinein zu werfen.

In diesem Moment ließ sie ein lautes Poltern herumfahren.

Gleich darauf lachte Mali erleichtert auf: Ein dicker weißer Kater spazierte seelenruhig aus dem Schuppen. Offensichtlich hatte er das aufgestapelte Gerümpel zum Umfallen gebracht, was ihn aber nicht weiter zu stören schien.

»Hallo, wer bis denn du?«, sagte sie lockend und ging vorsichtig auf das Tier zu. Der Kater starrte sie an und schien zu überlegen. Dann ließ er sich auf die Seite fallen und begann, laut und vernehmlich zu schnurren.

»Aha, so einer bist du!«

Mali kniete nieder, streckte die Hand aus und begann, ihn zu kraulen. Das Schnurren wurde noch lauter. Flauschig war er und gut genährt.

Er trug kein Halsband, aber als Mali über seine Schulter strich, spürte sie eine kleine Verdickung: Der Besitzer hatte ihm einen Chip implantieren lassen, um ihn wiederfinden zu können. Kein Wunder, denn es war ein besonders schönes Tier.

Schließlich stand Mali wieder auf: »Ich muss weiter, du Hübscher.«

Verständnislos sah der Kater zu ihr auf. Dann rollte er sich auf den Rücken und räkelte sich, bevor er – erstaunlich behände – aufsprang und davonjagte.

Mali sah ihm lächelnd nach.

Dann bahnte sie sich einen Weg um das Gewächshaus herum, um von dort aus auf das Kurhaus sehen zu können. Der Eingangsbereich, wo vorhin der Sportwagen gestanden hatte, müsste nun zu ihren Füßen liegen.

Und tatsächlich sah sie die beiden schwarzen Transporter und den rostigen Kastenwagen des Kolosses stehen. Und gerade stieß ein weiterer Pritschenwagen rückwärts in die Einfahrt ein. Er war schwarz-glänzend wie die Transporter, nur auf der Plane war die goldene Silhouette einer Flasche aufgedruckt.

Der Fahrer steuerte das Fahrzeug links am Seitenflügel des Kurhauses entlang und verschwand hinter dem Gebäude.

Der Koloss hatte dafür wohl gefunden, was er gesucht hatte, denn Mali sah, wie er sich die Stahlrohre auf die

Schulter lud und der Hecktür mit dem Fuß einen kräftigen Schubs gab. Dann marschierte er eine Rampe hinunter dorthin, wo O. A. Mali auf dem Plan den Lieferanteneingang gezeigt hatte, direkt unterhalb des säulenbestandenen Eingangsportals mit der Drehtür.

›So ein Nebeneingang ist sicher nicht so gut bewacht wie ein Haupteingang‹, dachte Mali.

Da bemerkte sie eine Bewegung hinter den Säulen des Haupteingangs. Heraus strömten zehn oder zwölf schmächtig aussehende, junge Männer. Alle trugen dieselbe Kleidung: schwarzer altmodischer Anzug, weißes Hemd, auf dem Kopf ein kleines kreisrundes Käppchen.

Sie schienen fröhlich miteinander zu plaudern, doch sie verstummten auf einen Schlag, als der untersetzte, weißbärtige Mann mit dem Hut durch die Drehtür kam und das Wort ergriff.

Ein leerer Kleinbus steuerte von der Hauptstraße auf die Einfahrt des Kurhauses zu. »Andermatt – Gruppenfahrten und -reisen« entzifferte Mali. Offensichtlich stand ein Ausflug auf dem Stundenplan der Summerschool.

›Cool‹, dachte Mali, ›das ist die Gelegenheit für mich. Wenn die alle ausgeflogen sind, muss ich mich nur vor den Handwerkern in Acht nehmen, wenn ich mich drinnen umschaue.‹

Sie beobachtete, wie die Truppe unter den strengen Augen des Bärtigen in den Bus stieg. Schließlich stieg er ebenfalls ein, der Kleinbus fuhr los.

Und Mali beeilte sich, den Pfad hinunter und zur Unterführung zu kommen.

In der Unterführung wartete Mali noch einen Moment, weil der schwarze Pritschenwagen mit dem goldenen Flaschenlogo gerade vom Gelände fuhr. Sie hörte die Ladung leise klirren.

Dann streckte sie den Kopf heraus. Da die Luft im Eingangsbereich des Kurhauses rein zu sein schien, schlüpfte sie aus der Unterführung, durch das geöffnete Tor des Geländes und huschte zum Haupteingang. Sie linste durch die gläserne Drehtür nach drinnen. Auch da sah sie niemanden.

Der Flügel der Drehtür gab mit einem leisen schabenden Geräusch nach, und schon stand sie in der Eingangshalle.

Wie in der Villa Engiadina war der Jugendstil-Einfluss unübersehbar. Doch hier war alles drei Nummern größer. Riesige Gemälde zierten die Wände, eingerahmt von Stuckdekor. Ein üppiger Lüster hing von der hohen Decke.

Irgendwo im Gebäude wurde gebohrt, aber das klang weit weg. Mehr hörte Mali nicht.

Sie querte die Halle, um zu dem Treppenaufgang zu gelangen. An dessen Fuß stand ein einsamer Putzwagen.

Mali lauschte noch einmal: Das Bohren kam von unten, die Handwerker waren wohl im Parterre oder im Keller beschäftigt. Sie beschloss, ihre Erkundung oben zu beginnen, wo es still war.

Oben angelangt sah sie sich um: rechts und links ein langer Gang mit vielen Türen, geradeaus eine hohe Flügeltür. Warum nicht dort anfangen mit der Inspektion?

Sie drückte die messingfarbene Klinke herunter, schlüpfte hinein – und erstarrte zur Salzsäule.

An dem großen Schreibpult in der Mitte des Raumes stand ein junger Mann in schwarzem Anzug und mit schwarzem kreisrundem Mützchen auf dem Kopf. Vor ihm lag eine Schriftrolle, in der er gelesen hatte. Auf den Tischen um ihn herum stapelten sich jede Menge Bücher.

Als Mali den Raum betreten hatte, hatte er aufgeschaut und war ebenso zur Salzsäule geworden. Die beiden schwarzen Korkenzieherlocken, die von der Schläfe bis zur Schulter reichten, wippten kurz nach, dann erstarrten auch sie.

Mali fasste sich als Erste und streckte ihm entschlossen die Hand entgegen. Wenn sie so tat, als gäbe es einen ganz normalen Grund, warum sie in dieses Studierzimmer hereinplatzte, konnte sie vielleicht unbehelligt wieder hinausspazieren.

Sie zwang ihre Mundwinkel auseinander und hoffte, dass es wie ein strahlendes Lächeln aussehen würde. Um einen leicht schweizerischen Zungenschlag bemüht, sagte sie etwas zu laut: »Grüezi. Tuffli mein Name, Kantonale Fachstelle für Denkmalpflege von Graubünden. Ich bin beauftragt, einige baurechtliche Fragen hier vor Ort zu klären. Sind Sie der Leiter der Umbauarbeiten hier?«

Der Mann starrte auf Malis Hand, die zwischen ihnen beiden schwebte. Endlich regte er sich.

»Ich möchte nicht unhöflich sein, aber Ihre Hand werde ich nicht schütteln«, sagte er leise. Er hatte eine angenehme Stimme.

»Oh«, sagte Mali und äugte betroffen auf ihre Hand. War die so schmutzig?

Als sie wieder aufblickte, sah sie, dass der Mann sie beobachtete.

»Es liegt nicht an Ihren Händen, Frau ... äh?«, sagte er.

»Tuffli. Mari Tuffli«, erwiderte Mali schnell.

»Frau Tuffli. Wir vermeiden nur jeden körperlichen Kontakt zwischen Männern und Frauen. Bitte nehmen Sie es nicht persönlich. Aber um auf Ihre Frage zurückzukommen: Nein, ich bin hier nicht der Leiter.«

Seine schwarzen Schläfenlöckchen wippten bei jedem Wort sacht mit.

»Bestimmt wüsste Rabbi Geiger, an wen Sie sich mit Ihren Fragen wenden können, aber leider erwarte ich ihn erst gegen Mittag zurück. Oder Sie wenden sich an den Besitzer des Hauses, Herrn Spändli. Er ist Bauunternehmer hier aus Scuol.«

Sie antwortete: »Ach, wie schade. Ich hatte gehofft, spontan vor Ort meine Fragen klären zu können. Aber vielen Dank, Herr ..., Herr ...«

»Isaak Vogel.« Er machte eine leichte Verbeugung. Die Löckchen wippten stärker.

Sie stammelte: »Also, Herr Vogel: Es war mir eine Freude. Ich geh dann mal ...«

Mali machte ein paar Schritte rückwärts und stolperte dabei fast.

Nun wippten die Löckchen besorgt: »Vorsicht: Fallen Sie nicht. Möchten Sie, dass ich Sie hinausbegleite?«

Hastig sagte Mali: »Nein, danke, nicht nötig. Sie haben sicher zu tun. Ganz reizend, aber ich finde allein hinaus.«

Sie drehte sich um und zwang sich, nicht loszurennen.

Im Türrahmen wandte sie sich nochmal kurz um und stammelte: »Auf … äh, … Wiedersehen.«

Doch der Mann hatte sich bereits wieder der Schriftrolle zugewandt.

»Schalom«, sagte er, ohne aufzuschauen.

Erleichtert sprang Mali die Treppe hinunter und wäre fast in eine Frau im blauen Kittel gerannt, die am Putzwagen am Fuße der Treppe hantierte. Sie schlug einen schnellen Haken und eilte durch die Drehtür nach draußen. Ein dunkles Augenpaar folgte ihr neugierig.

Am Mittag im Turmzimmer berichtete Mali O. A. von ihrem Erkundungsgang.

»Sie haben also die Gelegenheit am Schopf ergriffen und haben sich einen Eindruck von den Gegebenheiten verschafft. So weit so gut«, kommentierte die alte Frau. »Und Sie haben geistesgegenwärtig reagiert. Wie sicher sind Sie, dass außer diesem Orthodoxen und der Putzfrau keiner Sie gesehen hat?«

»Ich bin sonst niemandem begegnet.«

»Gibt es keine Überwachungskameras?«

Mali überlegte. Mist, darauf hatte sie nicht geachtet. Doch wenn sie jetzt so darüber nachdachte, hatte sie im Augenwinkel Kameras gesehen: eine beim Eingang und eine in der Halle. Sie senkte den Kopf.

O. A. sagte versöhnlich: »Nun gut, hoffen wir, dass Sie harmlos genug gewirkt haben und Ihr Besuch nicht weiter verdächtig schien. Und an diesem Handwerkereingang hängen vermutlich keine Überwachungskameras. Wenn

Sie also erst einmal auf dem Gelände sind, kommen Sie auf diesem Weg vermutlich ungesehen ins Haus.«

»Ja, aber die Kameras entlang des Zauns registrieren doch jede Bewegung«, wandte Mali ein. »Wie soll ich denn unbemerkt auf das Gelände kommen?«

»Es gibt eine Möglichkeit: vom Fluss aus. Am Ufer stehen keine Kameras. Und die Kameras am Zaun sind nach außen gerichtet, nicht auf das Gelände. Daher glaube ich, dass Sie das Kurhaus in einem Kajak erreichen können. Und dann auch wieder verschwinden.«

Mali war hin und her gerissen: Sie hatte sich entschieden, O. A. zu helfen. Doch allein die Vorstellung, mit so einem Boot umzukippen und dann kopfüber in eiskaltem Wasser zu treiben, ließ sie die Luft anhalten. Dann fiel ihr etwas ein: »O. A., wie ich schon sagte: Ich kann überhaupt nicht Kajak fahren.«

»Noch nicht«, antwortete O. A. mit einem Lächeln, »noch nicht! Ich habe mit der örtlichen Kajakschule gesprochen: In dem Anfängerkurs, der morgen beginnt, wäre noch ein Platz frei ...«

10

O. A. war zufrieden: Mali hatte noch ein wenig herumgedruckst, dann aber doch eingewilligt, den Kajakkurs zu besuchen. Die junge Frau hatte auch gleich selbst in der Kajakschule angerufen, 9.30 Uhr würde Treffpunkt an der Schule im Ort sein.

Nun stützte sich die alte Frau auf der Bank ab, um aufzustehen, und sagte: »Gut! Ich habe übrigens jemanden gefunden, der uns ein wenig herumkutschieren wird in den nächsten Tagen.«

»Oh, ein Chauffeur?«

»Nein, eine Chauffeuse«, O. A. schmunzelte. »Ihr Name ist Fräulein Anna. Kommen Sie!«

Sie führte Mali hinunter in den Hof und deutete auf den Carport neben der Villa.

Mali schaute sich um: »Und wo ist die Chauffeuse?«

»Na, dort«, sagte O. A. und deutete wieder Richtung Carport. »Anna hat eine Straßenzulassung und ist gleichzeitig voll geländegängig.«

Endlich verstand Mali und lachte.

Im Carport stand einer der beiden hoteleigenen Golfcarts, mit dem sie am ersten Tag vom Turmzimmer aus das Ehepaar Horwath hatten fahren sehen: ein offenes weißes Wägelchen mit Dach und stabilem Gestänge.

»Ich nenne sie Anna, weil ich das sichere Gefühl habe, dass sie im Gegensatz zu Siegmund keine Zicken macht.

Töchter sind meist vernünftiger als ihre Väter«, antwortete O. A. und zog einen Schlüssel aus ihrer Rocktasche. »Kommen Sie, wir machen einen kleinen Ausflug. Mal sehen, wie Annas Kurvenlage ist.«

Sie schob sich auf den Fahrersitz und winkte Mali, sich auf den Beifahrersitz zu setzen.

»Offiziell ist Annas Motor auf exorbitante 25 km/h gedrosselt«, sagte O. A., während sie den Zündschlüssel drehte.

Mit verschmitztem Grinsen fügte sie hinzu: »Aber Anna war einverstanden, sich ein bisschen frisieren zu lassen. So: Anschnallen, Türen schließen.«

Als hätte O. A. nie etwas anderes getan, stieß sie rasant rückwärts aus dem Carport heraus und bog links auf die kleine Straße ein. Erschrocken griff Mali nach dem kleinen Griff neben ihrem Sitz.

»Wo fahren Sie hin?«, fragte Mali atemlos. »Der Ort liegt in der anderen Richtung, diese Straße endet jetzt gleich an dem Golfgelände.«

»Richtig«, antwortete die alte Frau fröhlich, »aber dort fängt der Spaß an.«

Sie holperten über das unebene Zwischenstück zwischen Straße und Green, dann zog O. A. Anna schwungvoll nach rechts die steile Rasenfläche hoch. Noch schneller als die Horwaths zwei Tage zuvor rasten sie auf der gepflegten Grasfläche der Kuppe entgegen.

Am Scheitelpunkt angekommen drosselte O. A. das Tempo etwas und sagte bedauernd: »Auf dieser Seite des Platzes ist mehr Spielbetrieb. Aber Anna«, sie klopfte lobend auf das kleine schwarze Armaturenbrett, »hat ja schon gezeigt, was sie kann.«

Und mit einem spöttischen Seitenblick auf Mali sagte sie: »Sie können den Griff wieder loslassen.«

Sie passierten das Haus des Golfclubs und rollten kurz danach auf die Straße in den Ort. O. A. deutete auf den pompösen Gebäudekomplex auf der anderen Straßenseite: »Das ist der Schweizerhof – Sie erinnern sich sicher, dass wir vorgestern hier vorbeigekommen sind, als uns Reto vom Bahnhof abgeholt hat. Sehr nobel, mit einem guten Service und einem netten Gastgarten. Dort können wir etwas trinken.«

Sie ließ Anna vor den Haupteingang rollen. Sofort kam ein dunkelhäutiger Mann im Portiersanzug auf sie zugeeilt.

»Allegra, die Damen, wie kann ich Ihnen helfen?«, fragte er mit schweizerdeutschem Akzent.

O. A. antwortete: »Wir möchten gerne etwas bei Ihnen trinken. Wo darf ich unser Gefährt abstellen?«

»Wir haben einen Gästeparkplatz direkt unterhalb des Hotels. Wenn Sie möchten, stelle ich das Fahrzeug für Sie dort ab.«

»Sehr gern. Ich lasse den Schlüssel stecken. Aber Vorsicht: Das Ding ist flotter als Sie denken.«

Der Mann in der Livree nickte beflissen, aber es war ihm anzusehen, dass er O. A.s Worte nicht ernst nahm.

Sie schob sich vom Sitz herunter, Mali folgte. Der Portier setzte sich auf Annas Fahrersitz und startete. Prompt machte der Golfcart einen Satz nach vorne.

O. A. grinste.

Dann hielt sie – vorsichtig über das unebene, helle Kopfsteinpflaster gehend – auf den Gastgarten zu. Dieser lag direkt gegenüber dem Eingang. Zielstrebig steuerte sie auf einen Tisch ganz in der Nähe zu und setzte sich.

»Wollen Sie nicht lieber auf dieser Seite im Schatten Platz nehmen?«, fragte Mali. »Die Sonne brennt ziemlich.«

O. A. schüttelte den Kopf: »Ich ziehe es vor, den Eingang im Auge zu behalten.«

»Erwarten Sie jemanden?«, Mali setzte sich ihr gegenüber.

»Sagen wir so: Ich habe einen Tipp bekommen, dass hier heute Nachmittag ein Treffen stattfindet. Es hat möglicherweise etwas mit unserem Fall zu tun.«

»Und wer soll das sein?«

»Das konnte mein Tippgeber leider auch nicht so genau sagen«, antwortete O. A.

Ein Kellner im weißen Jackett erschien. O. A. bestellte ein Bitter Lemon, Mali einen Affogato, einen Espresso mit Vanilleeis.

Er war gerade wieder verschwunden, als O. A. den Hals reckte: »Da, sehen Sie!«

Ein teurer silberner Sportflitzer mit deutschem Kennzeichen kurvte in die Hotelauffahrt und hielt direkt vor dem Eingang.

Eine junge, schlanke Blondine schwang sich graziös aus dem Wagen. Sie trug ein ultrakurzes Röckchen, was die Länge ihrer Beine gut zur Geltung brachte. Traumhaft sicher schritt sie auf schimmernden Stilettos Richtung Tür. Sie wechselte zwei Worte mit dem Portier, ließ den Autoschlüssel in seine Hände fallen und verschwand im Gebäude.

O. A. rappelte sich hoch und sagte zu Mali: »Ich werde mich mal erkundigen, wer dieser Engel ist, der hier gerade hereingeschwebt ist. Sie beobachten bitte weiter, wer hier noch so eintrifft.«

Der Portier hatte inzwischen einen messingfarbenen Kofferwagen geholt und hob einen Koffer nach dem anderen aus dem Sportflitzer.

O. A. nahm die drei Stufen zum Eingang und betrat das Foyer des Hotels.

Der Engel beugte sich gerade über den Schalter der Rezeption und sagte ungeduldig: »Natürlich habe ich reserviert. Sehen Sie, hier steht ja auch mein Name.«

Sie tippte mit ihrem langen lackierten Fingernagel auf den Bildschirm.

»Ach ja, Entschuldigung, Frau von Grafenstein«, sagte die blutjunge Rezeptionistin nervös.

»Prinzessin von Grafenstein, bitte«, erwiderte der Engel scharf. »Sie können doch wohl lesen, oder?«

Die Kleine wurde rot, entschuldigte sich noch einmal. Sie hielt ihr den Zimmerschlüssel hin, den sich die Prinzessin ohne ein weiteres Wort schnappte und zum Aufzug stöckelte.

Einen Augenblick sahen sowohl das Mädchen als auch O. A. ihr hinterher, dann wandte sich die Kleine der alten Frau zu: »Und wie kann ich Ihnen helfen?«

Die erwiderte verständnisvoll lächelnd: »Wo finde ich denn bitte die Toilette?«

Beim Hinausgehen wäre O. A. beinahe mit einem älteren Mann in Jeans kollidiert, der eilig die Treppenstufen heraufgesprungen kam. Er hatte eine auffallend gepflegte weiße Haarpracht, in der eine goldumrandete Piloten-Sonnenbrille steckte.

»S-chüsa«, murmelte er und hastete weiter.

Im Hof sah O. A. den Portier in einem schwarzen Cabrio Richtung Parkplatz rollen. Ein goldener Schriftzug prangte auf dessen Heck.

Mali empfing sie ganz aufgeregt: »Wissen Sie, wer das war, der Sie fast umgerannt hat? Das ist derselbe Mann, den ich vor dem Kurhaus gesehen habe.«

O. A. nickte: »Dachte ich es mir doch: Das ist Reto Spändli, der Baulöwe und derzeitige Besitzer des Kurhauses.«

»Noch ein Reto«, sagte Mali mehr zu sich als zu O. A. »Scheint ein häufiger Vorname in der Schweiz zu sein.«

»Es ist ein gebräuchlicher Vorname. Und gleichzeitig ist es kein Zufall, dass die beiden Retos, die Sie kennen, gleich heißen: Unser Reto von der Villa Engiadina ist Reto Spändli junior, sein Sohn«, erwiderte O. A.

»Sein Sohn?«, fragte Mali erstaunt. »Warum arbeitet der als Hotel-Chauffeur, wenn sein Vater so ein wichtiger Mann im Tal ist?«

»Das ist eine gute Frage, Mali!«, sagte O. A. sinnend. »Aber erinnern Sie sich, dass er auf der Fahrt von Landeck nach Scuol etwas von seinem ›verdammten Vater‹ erwähnt hat? Die beiden scheinen nicht das beste Verhältnis zu haben. Darüber wüsste ich gerne mehr. Ich habe auch bereits eine Vermutung, wie und wo ich mehr dazu erfahren werde. Gleich morgen. Jetzt aber genießen Sie erst einmal Ihren Affogato, bevor das Eis ganz geschmolzen ist.«

Sie schwiegen einige Minuten, während Mali löffelte.

Dann stupste O. A. Mali an und wies auf den Hoteleingang: »Schauen Sie mal da: Diese beiden kennen wir doch auch, nicht wahr?«

Der Mineralwasserkönig und seine Gattin verließen den Schweizerhof und marschierten Richtung Villa Engiadina. Frau Breitwieser hielt einen zierlichen Sonnenschirm über sich, Herr Breitwieser trug einen Strohhut. Dennoch glänzten beide vor Schweiß. Auf der ledernen Aktenmappe, die er sich unter den Arm geklemmt hatte, zeichnete sich ein großer dunkler Fleck ab. Dennoch schienen die beiden bester Laune zu sein.

Während Mali den beiden noch nachsah, stupste O. A. sie erneut an: Reto Spändli senior stapfte aus dem Hotel heraus in Richtung Parkplatz. Seine Miene war finster.

Schließlich sah O. A. auf die Uhr: »Ich glaube, wir können zurückfahren. Ich werde vor dem Abendessen noch einiges in die Wege leiten: Ich habe so eine Ahnung, wo ich mehr zu den Verhältnissen in Scuol und im Kurhaus erfahren kann.«

Sie lächelte Mali an: »Und Sie nutzen die Zeit am besten, sich seelisch und moralisch auf Ihren ersten Paddeltag vorzubereiten.«

11

Kurz vor 9.30 Uhr am nächsten Morgen stand Mali vor einem einstöckigen rustikalen Wohnhaus in einer Seitenstraße von Scuol. Im Erdgeschoss des Hauses war irgendwann nachträglich eine Schaufensterscheibe eingelassen worden. Davor flatterte in der sommerlichen Morgenbrise eine Beach-Flag: »Kajakabenteuer Scuol – Curdin Sandri«.

Durch die Scheibe sah sie drinnen Leute stehen – vielleicht die weiteren Kursteilnehmer. Mali schob die grob geschnitzte Holztür auf und betrat den Raum.

Dieser schien Büro und Kajakladen in einem zu sein. Jeder Zentimeter Wandfläche war belegt – und fast jeder Zentimeter Fußboden auch. Lange Reihen von schwarzen Neoprenanzügen, Jacken in knalligen Farben, die aussahen wie Regenjacken ohne Reißverschluss, und Schwimmwesten. Unter den Kleiderstangen stapelten sich Schuhschachteln, aus den Regalen quollen bunte Helme, Karabiner, Schlingen und weiterer Krimskrams.

»Grüezi«, sagte der Mann an dem Schreibtisch gleich beim Eingang. Er hatte von einem Formular aufgesehen und schenkte Mali ein breites Lächeln. »Bin glei' soweit!«

Die weißen Zähne leuchteten in seinem tief braun gebrannten Gesicht, um die Augenpartie hatten sich erste Fältchen eingerissen.

»Kein Problem«, antwortete Mali und ließ ihren Blick zu den übrigen Menschen im Raum wandern.

Direkt vor dem Schreibtisch stand eine schlanke Frau in engen blütenweißen Hosen mit schwarzer Seitennaht. Der schwarze Streifen setzte sich auf ihrem ebenso blütenweißen T-Shirt fort. Passend dazu waren ihre makellosen langen Fingernägel schwarz lackiert. Sie hatte ihre Sonnenbrille ins dunkle, kinnlang geschnittene Haar geschoben und fächelte sich gelangweilt mit ihrem Pass Luft zu. Sie würdigte Mali keines Blickes.

›Aha, eine Österreicherin‹, dachte Mali, denn sie hatte auf dem scheckkartengroßen Ausweis den Adler mit der rot-weiß-roten Bauchbinde erkannt.

Vor dem Regal mit den Helmen hatte sich ein junger Mann in Schrankformat aufgebaut. Er trug ein ärmelloses Holzfällerhemd, ausgefranste Shorts und Badelatschen. Gerade zog er einen grellgrünen Halbschalenhelm aus dem Regal und setzte sich ihn auf den Kopf.

Der Helm war ihm viel zu klein, und als er einen prüfenden Blick in den kleinen Spiegel warf, lachte er und drehte sich zu Mali um.

»Servus! Schaug't guat aus, gell? Fast wie der Calimero, woaßt scho: Des Küken mit der Eierschale auf'm Hirn«, sagte er und lachte dröhnend über seinen Vergleich.

»Aber i glaub', i brauch eh koa so a Ding aufm Kopf«, trompetete er und legte den Helm zurück ins Regal.

»Das vermute ich aber schon!«, mischte sich die dritte wartende Person in strengem Ton ein. Der schmächtige Mann mit Brille, nur wenig größer als Mali, hatte die

Hände hinter dem Rücken verschränkt und wippte auf den Zehenballen auf und ab. Seine sandfarbenen Sommerhalbschuhe knarzten leise.

»Wer sich auf Wildwasser bewegt,«, er klang, als zitiere er direkt aus einem Lehrbuch, »muss entsprechende Sicherheitsvorkehrungen treffen. Deshalb gehört ein Helm zur obligatorischen Grundausstattung eines jeden Kajakfahrers.«

»Oh mei«, der Hüne zuckte mit den Achseln, »so g'fährlich wird's scho net sei.«

Und mit Blick auf die Statur des anderen fügte er hinzu: »Zumindest wenn man a bisserl Schmalz in die Arm' hat.«

Mali hörte ein aufforderndes »So!« aus Richtung Schreibtisch. Der Mann winkte sie herüber: »Jetzt zu dir. Du bist Mali, nehme ich an?«

Mali nickte.

»Gut. Ich bin Curdin«, sagte der Mann. »Mir gehört die Kajakschule. Füll doch noch bitte diesen Zettel aus. Der Reto wird auch gleich da sein.«

Er schob ihr ein Formular und einen Stift zu.

»Reto? Reto Spändli?«, fragte Mali.

»Ja, genau. Der wird euren Kurs leiten«, erwiderte Curdin. »Kennst du ihn schon?«

Noch bevor Mali antworten konnte, betrat Reto junior von der anderen Seite her den Laden.

»Grüezi mitanand«, grüßte er in die Runde.

Sein Blick blieb an Mali hängen, und er sagte fröhlich: »Hallo Mali! Das ist ja eine Überraschung. Du willst das Kajaken doch zu deinem Ding machen? Das freut mich.«

Mali nickte nur und füllte weiter ihr Formular aus.

Reto wendete sich wieder allen zu: »Ich hoffe, es ist für euch in Ordnung, wenn wir uns duzen – das macht man bei uns im Engadin und unter Kajakern sowieso.«

»Jo, freilich«, trompetete der Schrank. Die anderen nickten nur.

»Tiptop! Sobald wir vollzählig sind, machen wir eine Vorstellungsrunde. Aber noch fehlt einer. Der …«, Reto nahm ein Blatt von einem der Stapel herunter und las, »… der Lars.«

In diesem Moment riss ein klein gewachsener, breitschultriger Mann die Tür auf. Der rote Bart und die langen Dreadlocks ließen ihn aussehen wie die XL-Version von Gimli, dem Zwergenkrieger aus dem Herrn der Ringe.

»Schulldjung!«, nuschelte er mit unverkennbar sächsischem Zungenschlag. »Meen Auto wollte nich' anspringen. No musst ich es erst ä bissel streicheln.«

Er zeigte seine schwarz verschmierten Hände vor.

»Willkommen, Lars«, rwiderte Reto junior. »Schön, dass du da bist. Ich schlage vor, wir gehen jetzt zusammen auf den Hof, da ist mehr Platz. Lars, du kannst das Anmeldeformular nachher noch ausfüllen. Komm erst mal mit.«

Sie verließen das Büro durch die Tür, durch die sie gekommen waren. Draußen empfingen sie heller Sonnenschein und sommerliche Wärme.

»Einmal um die Ecke und wir sind im Hof.«

Reto ging voraus.

Im Hinterhof standen und lagen überall Kajaks: rote, gelbe, grüne, blaue und sogar einige papageienbunte. In der offenen Scheune dahinter hingen an der Wand etliche ärmellose Neoprenanzüge, in einem Gitterregal standen schwarze Neoprenschuhe.

Nachdem sie sich im Kreis aufgestellt hatten, sagte Reto: »Ich schlage vor, dass ihr der Reihe nach kurz sagt, wie ihr heißt, warum ihr hier seid und welche Erwartungen ihr an diesen Kurs habt. Okay?«

Alle nickten.

»Gut, ich fange an. Ich bin der Reto, bin hier im schönen Engadin geboren und aufgewachsen. Ich paddele, seit ich denken kann. Ich freue mich über jeden, der das Kajakfahren mal ausprobieren möchte. Mein Ziel ist, dass ihr alle«, er sah einen nach dem anderen direkt an und lächelte, »am Ende dieser Woche sicher und mit einem guten Gefühl im Boot sitzt. Und ich wünsche mir, dass ihr dann so viel Freude am Bootfahren gefunden habt, dass ihr am liebsten gar nicht mehr aussteigen wollt.«

Mit einer Handbewegung gab er das Wort an Lars, den XL-Gimli, weiter.

»Jo,« sächselte der. »Ich bin dä Lars, ich wohne in Berlin, aber stamme aus der Nähe von Chemnitz. Meine Ex hat mich zum Tegeler Kanu Verein geschleift. Nu iss sie weg und ich sitze da mit lauter Ommas, die sind zwar nett, aber wollen nur so'n bisschen auf der Spree rumdümpeln. Das iss mir zu langweilig. Also hab' ich jedacht, ich probier des jetzt ma richtig.«

»Danke, Lars«, Reto gab das Wort weiter. »Valentina?«

Die Frau hatte sich die Sonnenbrille vom Haar auf die Nase gesetzt und feuerte ihre Antwort ab wie eine Salve aus einem Maschinengewehr: »Mein Name ist Valentina Schmid, geborene Popowa. Ich bin Projektleiterin bei einem großen IT-Dienstleister in Vorarlberg und habe hohe Ansprüche an meine eigene Leistung und die Leistung anderer. Leider konnte ich meine Turnerkarriere im Nationalteam damals aufgrund einer Knieverletzung nicht fortsetzen, sonst würden Sie – äh, ihr – meinen Namen sicher kennen. Ich möchte in dieser Woche ausloten, ob der Kajaksport mir ausreichend Ausgleich zu meiner hohen beruflichen Belastung bieten kann. Ich erwarte mir deshalb«, sie lüftete die Sonnenbrille kurz und sah Reto scharf an, »dass wir uns zügig voranarbeiten, um auf ein vernünftiges Niveau im Paddeln zu kommen.«

Dann ließ sie die Brille wieder auf ihre Nase plumpsen und verschränkte die Arme.

»Ja, Wahnsinn!«, sagte der Schrank im Holzfällerhemd neben ihr. »Des klingt ja nach Stress! Den mach' i mir sicher net. Brauch' ich auch net, weil i bin der Zaki. Eigentlich Zacharias, aber dahoam sagen's alle Zaki zu mir. I bin zwar noch nie in so einem Boot gesessen, aber des kriag i scho. Ich bin verdammt sportlich. Sieht man mir auch an, gell?«, Zaki zwinkert erst zu Valentina, dann zu Mali herüber. »Und weil i jetzt g'rad eine Woche Urlaub hab, hab i mir denkt, ich versuch's einfach mal. Hauptsach', ihr habt's in der Gegend a g'scheits Bier für danach!«

»Schon mal was vom Booty Bier gehört?«, fragte Reto schmunzelnd.

»Naa. Ist das eine Spezialität von do?«, fragte Zaki zurück.

»Das ist eine alte Kajaker-Tradition: Wer kentert und schwimmt, muss am Abend ein Bier aus einem Neopren-Schuh trinken«, antwortete Reto lachend.

Zaki fiel in sein Lachen ein: »A Bier is a Bier!«

Reto sah Mali an: »Und du?«

Ihr Kloß im Hals war mit jedem Vorredner gewachsen. Wie sie diese Vorstellungsrunden hasste. Entsprechend haspelte sie ihre Antwort hervor: »Ich bin Mali. Ich wohne in München. Ich bin hier, weil ... weil ...« Was wollte sie nochmal sagen? Sie hatte sich doch so eine schöne Begründung zurechtgelegt. » ... weil ich ... das Paddeln lernen will.«

»Das kriegen wir hin«, lächelte Reto. »So, last but not least: André, bitte.«

Der schmächtige Mann räusperte sich und sagte steif: »André Andermatten. Wohnhaft in Basel, tätig in der Entwicklungsabteilung eines führenden Pharmakonzerns. Auch mir«, er machte eine angedeutete Verbeugung Richtung Valentina, »schwebt vor, einen Ausgleich zu meiner beruflichen Beanspruchung zu finden. Diesen erhoffe ich mir von diesem Aufenthalt in der Natur einschließlich der körperlichen Ertüchtigung. Ich habe vollstes Vertrauen, dass ... du«, das »du« kam ihm merklich zögerlich von den Lippen, »lieber Reto, uns hervorragend in diese mir unbekannte Materie einführen wirst.«

»Danke, ich werde mein Bestes geben.«, erwiderte Reto. »Gut! André und Lars: Ihr habt Kajaksachen dabei, habt ihr angegeben. Die holt ihr bitte! Mali, Valentina und Zaki kommen in der Zwischenzeit mit mir, damit wir euch die passenden Leihsachen heraussuchen können: Neoprenanzug und -schuhe, Jacke, Helm und Rettungswesten, besser gesagt Schwimmhilfen.«

»A Schwimmhilfe auch noch?«, maulte Zaki. »Ich kann doch schwimmen. Und ziemlich guat sogar.«

»Sorry, Helm und Schwimmhilfe sind Pflicht bei uns,« antwortete Reto und setzte mit einem Augenzwinkern hinzu: »Selbst für Supermänner.«

Er zog einen der ärmellosen Neoprenanzüge vom Ständer und hielt ihn neben Mali: »Der könnte passen, probier ihn mal an. Dahinten sind Umkleidekabinen.«

Mali nahm den Anzug. Das Neopren wirkte ziemlich dick, das beruhigte sie etwas, denn sie wollte so wenig frieren wie möglich.

Die »Umkleidekabinen« entpuppten sich als zwei Bretterverschläge in der Scheune. Auf dem linken war ein hellblaues »D« aufgemalt, auf der anderen Seite ein pinkfarbenes »H«.

Mali hatte schon vorsorglich ihren Bikini angezogen, so dass sie direkt aus ihrer kurzen Hose und dem T-Shirt in den Neoprenanzug steigen konnte. Der saß eng wie ein Mieder. Ob das so gehörte?

»Brauchen Sie ... brauchst du noch lange?« Valentinas Stimme klang ungeduldig.

»Ich bin gleich fertig«, sagte Mali schnell. Hastig faltete sie Hose und T-Shirt zusammen, steckte sie in die mitgebrachte Tasche und schlüpfte wieder in ihre Sandalen. Sie verließ den Verschlag und lächelte Valentina an.

Die rauschte an ihr vorbei, ohne die Miene zu verziehen.

Reto stand bei André und begutachtete dessen nigelnagelneue Ausrüstung.

»Alles tipitopi!«, sagte er anerkennend. »Da bist du gut beraten worden. Ah, da kommt auch Lars ...«

Der bog, beladen mit diversen Ausrüstungsgegenständen, um die Ecke des Hofes. Hinter sich her zog er ein Kajak von ausgebleichter lila Farbe, das mindestens einen Meter länger war als das von André.

»Oha,«, sagte Reto und stippte mit dem Fuß an das Boot, »dieses Modell habe ich ja schon ewig nicht mehr gesehen.«

Stolz setzte Lars das Boot ab: »Schönes Stück, nicht wahr? Das haben mir die Ommas aus meinem Kajakverein mitgegeben.«

»Nur kann ich dich auf diesem antiken Ding nicht vernünftig schulen«, erwiderte Reto bedauernd. »Aber du kannst dir ein vernünftiges Boot bei uns ausleihen – und am besten auch noch eine Rettungsweste von da drüben. Mit dem versteinerten Modell, das du da über dem Arm trägst, gehst du schneller unter als ohne.«

Wie ein geprügelter Hund schlich Lars zu dem Ständer mit den Westen hinüber.

Reto drehte sich zu Mali: »Und, passt es?«

»Ist das richtig, dass das Ding so eng ist?«, fragte sie.

»Kannst du atmen?« fragte er zurück.

»Ja.«

»Dann ist es richtig, es darf ruhig fest anliegen. Such dir noch da drüben Schuhe und eine Jacke raus, ich hole dir inzwischen ein Boot.«

Endlich waren alle mit allem versorgt und umgezogen. Gemeinsam luden sie die Kajaks auf den Anhänger und fuhren los.

Der Weg zum Fluss war kurz. Kaum hatten sie das Dorf hinter sich gelassen, hielt Reto auf einem staubigen, sonnenbeschienenen Parkplatz fast direkt am Wasser.

»Da sind wir«, sagte er. »Der Inn wird an dieser Stelle von einem Wehr zurückgestaut. Deshalb gibt es hier praktisch keine Strömung. Ihr könnt euren ersten Tag im Boot ganz entspannt verbringen! So: Alles aussteigen, Boote abladen, Paddel, Helme, Jacken und Spritzdecken rausholen, und dann ab in den Schatten.«

»Sollen wir neet liaber glei ins Wasser gehen?«, fragte Zaki. »Zwecks mia kannt ma auch eine Runde baden. Da vorne gibt's sogar a Liegewiesen.«

Auf der weiten Grasfläche, die fast bis zur Staumauer reichte, tummelte sich ein gutes Dutzend Männer in schwarzen Anzügen. Einige kickten sich gemessen einen alten Fußball zu, andere standen zusammen und plauderten. Der weiße Bart des Rabbi leuchtete in der Sonne. Trotz der Wärme trug er seinen Hut.

›Aha, die Summerschool ist wieder auf Ausflug‹, dachte Mali. Ob die öfter hier waren?

»Ihr seid ja zum Kajakfahren da, nicht wahr? Nach einer kleinen Einführung auf dem Trockenen gehen wir auch schnell auf das Wasser«, sagte Reto.

Er wies sie an, ihre Boote im Schatten auf den Boden zu legen und hineinzuklettern.

›Ganz schön eng hier‹, dachte Mali. ›Ich kann die Beine gar nicht ausstrecken. Und wenn ich die Knie unter diese gewölbten Dinger hier klemmen soll, sitze ich fast wie im Yogasitz. Ob das so gehört?‹

Sie hörte Zaki stöhnen: »Sehr bequem is dös aber neet.«

Reto: »Stimmt, aber es ist ja auch Sport, was wir hier machen wollen.«

Valentina sagte spitz: »Wenn man konsequent an seiner Gelenkigkeit gearbeitet hat, ist diese Position keine Schwierigkeit.«

Zaki streckte ihr die Zunge heraus.

Reto fuhr fort: »Ich stelle euch jetzt die wichtigste Steuermöglichkeit im Boot vor: das Kanten.«

Er setzte sich in sein Boot, hob die Hände in die Luft und kippte auf die rechte Seite – gerade so viel, dass er nicht nach rechts umfiel. Dann ließ er das Boot wieder in die Waagrechte auf den Boden plumpsen und kippte es nach links, die Hände weiterhin erhoben.

»So, jetzt ihr.«

Valentina lächelte siegesgewiss, hob graziös die Arme und kippte ihr Boot erst nach links, dann nach rechts.

»Sehr gut«, lobte Reto.

»Dös kann i aa«, sagte Zaki.

Er kippte sein Boot schwungvoll auf die rechte Kante. Und musste sich prompt mit der Hand rechts abstützen, um nicht umzufallen. Valentina grinste spöttisch.

»Mei Körperschwerpunkt ist oafach zu hoch«, verteidigte sich Zaki.

Mali probierte es zunächst vorsichtig. Das Boot bewegte sich nicht. Sie wiederholte die Bewegung energischer. Aha, jetzt klappte es ein bisschen.

»Okay, sehr gut«, sagte Reto und kletterte aus seinem Boot.

Er hielt ein schwarzes Neopren-Oval hoch. Es sah aus wie ein rundherumlaufender Nierengurt für Motorradfahrer, an den eine unförmige Schürze angenäht worden war: »Das ist eine Spritzdecke. Jeder von euch hat vorhin von mir eine in die Hand gedrückt bekommen. Bitte zieht die jetzt an. Ob ihr von oben in den Kamin einsteigt oder ihn über den Kopf bis auf die Hüften herunterzieht, ist egal.«

Mali stieg mit den Füßen in den Kamin und zog ihn mit Mühe nach oben. Hatte sich der Neoprenanzug alleine schon wie ein Mieder angefühlt, verstärkte die Spritzdecke dieses Gefühl noch.

»Seht her!« Wieder ergriff Reto das Wort und hielt das vordere Ende seiner Spritzdecke hoch: »Hier vorne befindet sich eine Schlaufe. Achtet darauf, dass sie herausschaut, nachdem ihr eure Spritzdecke über den Rand der Luke, den so genannten Süllrand, gezogen habt. Das ist wichtig, weil diese Schlaufe könnt ihr packen und anziehen, wenn ihr kentert. Dann öffnet sich die Spritzdecke und ihr könnt aussteigen. Probiert das gleich mal auf dem Trockenen.«

Mali und die anderen setzten sich in die Boote und versuchten, die Spritzdecken zu schließen. Das war gar nicht so leicht, denn der umlaufende Gummiring war stramm wie ein Expander. Prompt kämpften alle. Alle außer Zaki.

Der saß hochzufrieden mit geschlossener Spritzdecke

da und äffte Valentinas Ton nach: »Wenn man konsequent an seiner Kraft gearbeitet hat, ist das hier keine Schwierigkeit.«

Reto lachte nur und half den anderen, ihre Decken zu schließen. Dann sagte er: »Jetzt greift ihr nach der Schlaufe und zieht.«

Mit einem dumpfen Geräusch lösten sich gleichzeitig fünf Spritzdecken.

»Sehr gut!« Reto klatschte in die Hände: »So, jetzt ist es endlich so weit: Ihr dürft auf's Wasser! Schwimmwesten an, Helme auf, Paddel schnappen, und ab mit euch!«

Reto kontrollierte bei allen, ob die Gurte ihrer Schwimmweste fest genug gezogen waren, und wandte sich nochmals an alle: »Eines noch ...«

Er zog den Reißverschluss seiner Brusttasche auf, griff hinein und holte einen Gegenstand heraus: »In euren Schwimmwesten findet ihr in der Brusttasche ein solches so genanntes Kajakmesser. Ihr werdet es mit großer Sicherheit weder heute noch den Rest der Woche brauchen. Aber es gehört zur Safety-Grundausstattung, denn falls ihr euch jemals mit eurer Schwimmweste in einem Gestrüpp im Fluss hängen bleibt, könnt ihr euch losschneiden.«

Er hielt sein Messer hoch: »Ich zeige euch jetzt, wie ihr dieses Messer bedient: Ein Druck von Zeigefinger und Daumen genügt, und es klappt aus dem Schaft.«

Die Klinge blitzte im Sonnenlicht.

Reto klappte sie wieder ein: »Okay, und nun los.«

Mali schloss ihren Helm, nahm ihr Paddel und zog

ihr Boot Richtung Fluss. Sie schluckte und dachte: ›Jetzt wird es ernst.‹

Zugegeben: Die Farbe des Inns war auch heute atemberaubend schön – was für ein dunkles Türkisblau. Darüber ein wolkenloser Sommerhimmel, dazwischen ein Band aus ruhigem Waldgrün und strahlendem Felsgrau. Einen Moment sehnte sie sich danach, diese Schönheit einfach nur in aller Ruhe vom Ufer aus genießen zu können, statt sich auf das Wasser zu wagen. Aber es half ja nichts, sie hatte es versprochen.

Sie schob ihr Boot ins Wasser, und Reto hielt es fest, damit sie einsteigen konnte. Er wartete auch geduldig, bis sie es im dritten Anlauf schaffte, ihre Spritzdecke zu schließen, bevor er losließ.

»Werde ich nicht abgetrieben werden?«, fragte sie ängstlich.

»Nein.«, antwortete er und gab ihrem Kajak einen aufmunternden Schubs. »Wie gesagt: Hier gibt es praktisch keine Strömung.«

Er wandte sich um: »Der nächste!«

Mali saß wie erstarrt in ihrem Boot: ›Oh, ist das kippelig. Was, wenn ich jetzt umfalle?‹

Sie wagte kaum zu atmen. Ganz, ganz vorsichtig strich sie mit dem rechten Paddelblatt von vorne nach hinten über das Wasser. Prompt drehte sich das Boot nach links. Schnell nahm sie das Paddel wieder hoch. Sie versuchte dasselbe auf der anderen Seite mit dem Resultat, dass sich das Boot nun nach rechts drehte.

In der Zwischenzeit hatte Reto allen ins Boot geholfen und war ein Stück ins Wasser gewatet: »Das, was ihr gerade an Land geübt habt, machen wir nun im Wasser: Ihr lasst euch hier neben mir einer nach anderem umfallen, öffnet eure Spritzdecke und steigt aus dem Boot aus – nur damit ihr seht, dass kein Grund zur Panik besteht! Wer mag anfangen?«

Zaki meldete sich: »I' mog! I' g'frei mi schon die ganze Zeit auf a Abkühlung.«

Mit unbeholfenen Paddelschlägen manövrierte er zu Reto hin und ließ sich umfallen.

Alle warteten darauf, dass er lachend neben dem Kajak auftauchte. Aber eine Sekunde nach der anderen verstrich. Reto starrte irritiert auf die Unterseite von Zakis Kajak.

Was war los? Warum kam Zaki nicht hoch?

Schließlich griff Reto energisch über das Kajak und drehte es mit aller Kraft nach oben. Zaki saß, die Hände um den Süllrand gekrallt, im Boot und glotzte Reto mit angstverzerrtem Gesicht an.

Er stammelte: »Ich ... ich ... wusste auf einmal nicht mehr ...«

Reto legte ihm die Hand auf den Arm und sprach beruhigend auf ihn ein: »Es ist alles gut, Zaki. Das kann schon vorkommen, dass einem die Situation unter Wasser Angst einjagt. Mach kurz Pause, danach machst du es nochmal. Okay?«

Der Hüne saß wie ein Häuflein Elend in seinem Kajak und nickte nur.

Reto winkte Mali als nächste heran, aber sie schüttelte nur den Kopf. Also wandte sich Reto Lars zu: »Du traust dich, oder?«

»Ei freilisch!«, erwiderte der gelassen, schob sich mit einem Paddelschlag zu Reto hin und ließ sich umfallen. Keine zwei Sekunden später tauchte sein Kopf neben dem Kajak auf. Er grinste und schüttelte den Kopf, so dass die roten Dreadlocks flogen.

Auch Valentina und André waren innerhalb von Sekunden an der Wasseroberfläche.

Reto machte eine einladende Handbewegung Richtung Mali. Die schloss kurz die Augen, holte tief Luft und ließ sich umfallen.

Retos Schrei hörte sie nicht mehr.

Das Wasser war eiskalt. Nicht nur auf der Haut ihres Gesichtes und der Hände. Auch durch die Ärmel ihrer Jacke hindurch spürte sie die Kälte. Sie beugte sich nach vorne und tastete nach der Schlaufe. Vergeblich.

Panik erfasste sie. Luft, Luft, Luft.

Mit beiden Händen drückte sie sich vom Sitz weg – und plopp – löste sich die Spritzdecke vom Süllrand. Wasser strömte ins Boot, sie glitt wie von selbst aus dem Sitz, streckte sich zur Wasseroberfläche und tauchte auf.

Reto empfing sie mit den Worten: »Du hast es gleich mit der Alternative versucht. Man kann die Spritzdecke auch mit den Knien aufdrücken.«

»Äh ja. Aber die Schlaufe war irgendwie nicht da«, sagte Mali und wischte sich das Wasser aus dem Gesicht.

»Stimmt, sie war unter der Spritzdecke eingeklemmt. Sorry, das hätte ich sehen müssen«, erwiderte er. »War es schlimm?«

Mali schüttelte den Kopf: »Ich bin nur kurz erschrocken.«

Reto klopfte ihr anerkennend auf die Schulter und wandte sich Zaki zu: »Jetzt versuchst du es nochmal.«

Der nickte, atmete tief ein und ließ sich umkippen. Noch bevor das Boot sich komplett gedreht hatte, riss er schon die Spritzdecke auf und sprang heraus.

Reto sagte dennoch: »Gut gemacht!«

Und Zaki lächelte erleichtert.

Den Rest des ersten Tages verbrachten Mali und die anderen Kursteilnehmer damit, geradeaus paddeln zu lernen. Das war viel anspruchsvoller als erwartet, denn kaum hielten sie das Paddel auf der einen Seite ins Wasser, drehte sich das Boot auf die andere Seite weg. Heraus kam ein Zickzack-Kurs.

Zaki hatte seine gute Laune wiedergefunden und nutzte sein Paddel, um alle anderen nass zu spritzen.

Als Reto schließlich das Zeichen gab, dass für heute Schluss sei, spürte Mali beim Aussteigen jeden Knochen. Die ungewohnte Sitzhaltung, das Paddeln, das ständige Gleichgewichthalten in dem wackeligen Boot – das alles hatte Spuren hinterlassen. Beide Daumen taten ihr weh an der Stelle, auf die das Paddel drückte.

Auch die anderen stöhnten, als sie sich aus ihren Booten pellten.

»Jeder schnappt sich seine trockenen Sachen und zieht sich um. Hier ist«, Reto hielt eine Umhängetasche aus einem Material in die Höhe, die wie Lkw-Planen aussah, »für jeden ein wasserdichter Sack, in dem ihr eure Sachen zu eurer Unterkunft transportieren könnt. Hängt sie am besten gleich zum Trocknen auf, dann ist es morgen beim Anziehen angenehmer. Und wundert euch nicht: So ein nasser Neoprenanzug riecht gerne, als hätte eine Maus hineingepinkelt. Aber an diesen Geruch gewöhnt man sich ...«

12

Während Mali noch ihrem ersten Kurstag entgegenschlief, hatte sich O. A. bereits leise die Hoteltreppe heruntergeschlichen. Maurice war gerade dabei, den mit Frühstückstellern und Kaffeetassen beladenen silbernen Servierwagen in den Speisesaal zu schieben.

»Oh, Sie sind heute aber ein früher Vogel, Frau Dr. Weiss. Es ist noch nicht einmal halb sieben«, sagte er.

»Ja, so ist das bei alten Leuten: Die brauchen nicht mehr so viel Schlaf«, erwiderte O. A. und dachte bei sich: ›Zumindest die alten Leute, mit denen ich sprechen möchte. Ich selbst hätte leicht noch zwei Stunden schlafen können.‹

Maurice nickte betont verständnisvoll und hob dann entschuldigend die Hand: »Ausgerechnet heute ist das Frühstück noch nicht hergerichtet. Unsere neue Putzhilfe hat das die letzten beiden Tage übernommen, aber sie ist einfach weggeblieben. Wissen Sie: Es ist wahnsinnig schwierig, Personal zu bekommen. Und ich war überglücklich, als vor ein paar Tagen unverhofft eine Bewerbung hereinflatterte – mit guten Referenzen noch dazu. Aber es ist wie immer: Kaum sind sie da, werden sie unzuverlässig ...«

»Kein Problem«, antwortete O. A. »Ich wollte sowieso gleich zu einer kleinen Morgenrunde aufbrechen. Ich hole nur noch meinen Rollator.«

»Und darf ich fragen, wohin Ihre Runde Sie führt?«, fragte Maurice.

»Dahin, wo sich Menschen meines Alters wohlfühlen«, erwiderte O. A. ironisch. »Bis später!«

Unter Maurice fragendem Blick holte sie Siegmund aus seiner Ecke und begab sich nach draußen. Sie legte ihn zusammengeklappt auf die kleine Ladefläche und startete den Golfcart. Es juckte sie im Fuß, einen Kavaliersstart hinzulegen, aber damit würde sie das halbe Hotel aufwecken. Also ließ sie Anna ganz gemächlich anrollen.

Drei Ziele hatte sie sich herausgesucht, die sie eines nach dem anderen ansteuern wollte. Das erste lag in der Via da l'Ospidal.

»Center da Sandà Engiadina Bassa« stand über der großen Eingangstür des Hauptgebäudes. Eine Hinweistafel wies den Besucher des »Ospidal«, des Krankenhauses, den Weg nach links und denen der »Chüra«, des Pflegeheims, nach rechts.

O. A. hatte Anna auf dem kleinen Parkplatz gegenüber abgestellt, Siegmund aufgeklappt und folgte nun dem Pfeil nach rechts. Sie umrundete ein sandgelb gestrichenes Gebäude und steuerte direkt auf die angrenzende kleine Gartenanlage zu.

O. A. sah sich um. Aha, sie hatte richtig vermutet: Auf einer der Bänke mit Blick ins Tal saß bereits jemand. Die Frau schien nichts weiter zu tun, als auf die Berge gegenüber zu schauen.

Demonstrativ auf Siegmund gestützt und schlurfend ging sie auf die Person zu.

Die Frau hatte schlohweiße kinnlange Haare, die von einem Reif aus der Stirn gehalten wurden. Sie trug eine altrosa Strickjacke mit grauem Abschluss und eine graue Hose. Sie sah gepflegt aus, auch wenn ihr Gesicht von Falten und Altersflecken überzogen war. Die Hände hatte sie in den Schoß gelegt. O. A. fiel jedoch sofort auf, dass Daumen und Zeigefinger der linken Hand ständig gegeneinander rieben.

Die Frau zuckte zusammen, als O. A. sie ansprach: »Bitte entschuldigen Sie, dürfte ich mich zu Ihnen setzen?«

Die Greisin nickte und wies mit beiden Händen auf den freien Platz neben ihr. Mit der Bewegung war das Reiben der Finger verschwunden.

›Aha, Ruhetremor‹, dachte O. A. ›Eventuell Parkinson.‹

Laut sagte sie: »Schön ist es hier. Vor allem am frühen Morgen, nicht wahr?«

»Ja«, antwortete die Frau langsam und mit einem starken rätoromanischen Akzent, »ich mag diese Tageszeit am liebsten.« Dann schwieg sie wieder.

O. A. wartete einen Moment und fuhr dann fort: »Mein Name ist übrigens Hannelore Rütli. Ich habe vor vielen Jahren einen Schweizer geheiratet, aber seit kurzem bin ich leider verwitwet. Und weil meine Beine so langsam nicht mehr mitmachen«, sie deutete auf Siegmund, »überlege ich, in eine betreute Einrichtung wie diese hier zu ziehen. Sie wohnen hier, nicht wahr, Frau ... Frau ...«

»Caviezel. Aita Caviezel«, antwortete die Frau schleppend, doch mit jedem Wort schien ihr das Reden leichter zu fallen. So als würde sie sich in Schwung reden. »Ja, ich wohne hier, seit es alleine nicht mehr geht. Meine Kinder sind schon lange in die Stadt gezogen, aber ich wollte nicht weg aus meiner Heimat.«

»Ach, Sie stammen von hier?«

»Ja ja. Sehen Sie, da drüben?« Ihr gichtiger Finger deutete auf das größte Gebäude in der Ortsmitte. »Da stand das Haus, in dem ich geboren wurde. Meine Eltern verkauften das Gelände später und bauten am Ortsrand ein großes Hotel. Mein Bruder hat dann das Hotel übernommen. Das war mir recht. Ich arbeitete viel lieber in unserem Kindergarten. Der steht übrigens dahinten.«

Ihr Finger war am Horizont weitergewandert.

»Als Kindergärtnerin haben Sie gearbeitet? Ein schöner und wichtiger Beruf«, sagte O. A. freundlich.

»Oh ja! Es gibt keinen in Scuol, den ich nicht großgezogen habe. Aber das ist lange her.« Ihre Hand sank zurück in ihren Schoß, Zeigefinger und Daumen nahmen ihr Reiben wieder auf.

O. A. lächelte und dachte: ›Volltreffer. Und sie scheint in Fahrt zu kommen beim Reden. Jetzt bedarf es nur noch ein bisschen Steuerung, und sie wird mir erzählen, was ich wissen will.‹

Laut sagte sie mit Bewunderung in der Stimme: »Oh, dann kennen Sie die Einheimischen wohl besser als jeder andere hier.«

»Oh ja«, lächelte Aita Caviezel stolz. »Ich kenne sie alle. Ihre Eigenheiten, ihre Stärken, ihre Schwächen. Das zeigt sich alles schon bei den Kleinen …«

»Dann kennen Sie sicher auch Reto Spändli.«

»Natürlich, den Senior wie den Junior. Dickköpfe, einer wie der andere, sage ich Ihnen«, sagte die Greisin mit Nachdruck. »Wenn einer von den Spändlis sich etwas in den Kopf setzt, dann zieht er das durch, koste es, was es wolle. Reto senior bestand zum Beispiel damals über Wochen darauf, sein Mittagessen nicht am Tisch des Kindergartens, sondern auf einem grünen Spielzeugtraktor sitzend einzunehmen. Alles Gut-Zureden, alle Drohungen halfen nichts. Vor lauter Trotz zerriss er sogar sein liebstes Kuscheltier vor meinen Augen. Und sein Sohn war nicht viel besser.«

Sie sah O. A. ernst an: »Deshalb hat es mich auch gar nicht gewundert, als ich von ihrem letzten Streit gehört habe.«

Mitleidig schüttelte O. A. den Kopf: »Worüber haben sie denn gestritten?«

»Ach, sie hatten schon seit Jahren ein angespanntes Verhältnis. Obwohl Reto senior seinen Sohn abgöttisch liebt: Er hat ihn als Kind mit Spielzeug überschüttet. Doch sobald es irgendwie ging, ist der Junge von zu Hause ausgezogen. Lehnt jede Unterstützung ab und schlägt sich lieber als Chauffeur und Kajaklehrer durch. Aber vor ein paar Wochen hat es richtig geknallt: Die Zugehfrau von Reto senior hat mir erzählt, dass der junge Reto den Alten in seiner Villa gestellt hat und ausgerastet ist.«

»Und warum?«

»Ach, weil der Senior diese Juden in das alte Kurhaus einquartiert hat. Ich weiß ja nicht, was der Junge hat: Das

Kurhaus war ja vor einiger Zeit schon mal ein koscheres Hotel, und die Gäste dort haben sich immer ordentlich benommen. Aber vielleicht ist es deshalb, weil es diese speziellen Juden sind. Oder weil halt immer mehr Ausländer kommen. Na ja, jedenfalls hat Reto junior gedroht, diese Leute eigenhändig zu vertreiben, falls sein Vater sie nicht hinauswirft.«

Die Worte der alten Kindergärtnerin endeten in einem leisen Schluchzen. Sie nestelte ein zerknülltes Stofftaschentuch aus ihrer Jacke und tupfte sich die Augen ab: »Ach, es ist ein Unglück, wenn die eigenen Kinder sich gegen ihre Eltern wenden.«

»Ja, das ist wirklich furchtbar«, stimmte O. A. zu. »Aber meinen Sie wirklich, der junge Reto könnte ernst machen mit seiner Drohung?«

Aita ließ das Taschentuch sinken und sah O. A. direkt an: »Bestimmt sogar! Ich kenne die Spändli-Mannsbilder: Auf der einen Seite unglaublich großzügig, hilfsbereit und nett – Sie müssen wissen, dass Reto senior einer der größten Gönner der Vereine von Scuol ist, und viele verehren ihn deswegen regelrecht. Aber auf der anderen Seite eben ...«

Sie stockte.

»... sind sie bereit, über Leichen zu gehen?«, ergänzte O. A. fragend.

Die Greisin schluchzte erneut auf und nickte.

»Der Fadri Haaseloth, den sie vorgestern aus dem Inn gezogen haben, war dagegen ganz anders als diese beiden Dickköpfe, nicht wahr?«, fragte O. A. sanft.

»Ach, der arme arme Fadri!« Aita kam gar nicht auf die Idee zu fragen, woher O. A. wusste, wer der Tote war. »Ich kann es immer noch nicht fassen, dass er nicht mehr lebt. Er war eine Seele von einem Menschen. Immer hilfsbereit, immer nett. Zu nett! Ich weiß nicht mehr, wie oft ich ihm damals im Kindergarten gesagt habe, dass er sich von seinem Cousin nicht so ausnutzen lassen soll. Aber er war Reto schon von klein auf hörig.«

»Reto senior war sein Cousin?«

»Ja, sicher«, Aita klang verwundert. »Der hat ihn auch in das Amt des Gemeindeschreibers gehievt. Mein kleiner Fadri wäre doch viel lieber ein einfacher Verwaltungsangestellter geblieben. Aber nein, der große Reto wollte es anders. Ach, was für eine Tragödie.«

Nun rollten Tränen ungehemmt ihre welken Wangen hinunter, während sie mit den Händen das Taschentuch in ihrem Schoß knüllte: »Ach, ich verstehe die Welt nicht mehr. Unser Scuol war ein so friedlicher Ort. Und dann erwischt es erst diesen jungen Wassermeister – aber der war ja wenigstens noch von auswärts. Aber warum mein lieber Fadri?«

O. A. streichelte ihr über den Arm: »Liebe Frau Caviezel, ich bin sicher, Scuol wird wieder Frieden finden. Bald ist es vorbei!«

Aita sah sie halb zweifelnd, halb hoffend an: »Meinen Sie?«

»Ja!«, O. A. lächelte aufmunternd. »Ich danke Ihnen.«

»Für was?«

»Sie haben mir einen tiefen Einblick in die Seele dieses

Ortes gegeben. Doch nun muss ich leider gehen. Leben Sie wohl!«

Mit diesen Worten erhob sich O. A., packte Siegmund und schob ihn zurück zum Parkplatz, noch tief berührt von der Trauer der alten Frau. Aber sie hatte keine Zeit, ihre nächste Verabredung wartete.

O. A. legte Siegmund auf Annas Ladefläche und ließ den Golfcart die Via da l'Ospidal herunterrollen. Es war nicht weit: nur vorbei an der Einmündung der Stradun, der Hauptstraße von Scuol, und weiter auf der Via da l'Ospidal, bis diese nach links abknickte und in die Straße namens Pütvia überging.

An der nächsten Kreuzung bog sie links in die Prasaschèr und kam zum Halten. Das dreistöckige Gebäude am Eck war ihr Ziel.

Sie blickte auf die Uhr: 7.28 Uhr – perfekt.

»Kommen Sie am besten um das Haus herum direkt auf die Terrasse – dann müssen Sie nicht an diesen neugierigen Pflegewachteln vorbei«, hatte der Mann mit krächzender Stimme am Telefon gesagt.

Carlo Padrun war der ehemaligen Brunnenmeister von Scuol, zuständig für die Trinkwasserversorgung sowie für die über 20 Quellen des Gemeindegebietes. O. A. hatte ihn angerufen und um ein Gespräch gebeten: Sie wolle ein Buch über Engadins Wasser und seine treuesten Wächter schreiben und er könnte ihr ganz sicher etwas dazu erzählen.

Unwirsch hatte er geantwortet: »Ich bin nicht mehr

zuständig. Sie hätten meinen Nachfolger fragen sollen. Aber Sie haben Pech: Dieser neunmalkluge Städter hat es vor wenigen Tagen vorgezogen, sich umbringen zu lassen.«

Sie hatte geantwortet: »Herr Padrun, ich wende mich bewusst an Sie. Sehen Sie: Wir in unserem Alter wissen, dass Erfahrungswissen der größte Schatz überhaupt ist.«

»Ach, sind Sie auch so ein Auslaufmodell wie ich?« Trotz der beißenden Wortwahl hatte er schon zugänglicher geklungen. »Na gut, wenn es sein muss. Aber Sie müssen zu mir kommen. Ich bin nämlich wirklich ein Auslaufmodell: Es hat sich ausgelaufen.« Sein bitteres Lachen ging in einen Hustenanfall über. Dann legte er auf.

Jetzt stand O. A. also vor dem Haus, in dem Carlo Padrun in einer Senioreneinrichtung wohnte. Sie ließ Siegmund auf der Ladefläche des Golfcarts zurück: Hier war es nicht so wichtig, alt und gebrechlich zu wirken.

Der Garten erstreckte sich auf der Rückseite des Hauses. Von den pflegeleichten Gartenstühlen, die auf der Terrasse standen, war nur einer besetzt. Das musste Carlo Padrun sein: hager, zusammengesunken, die wenigen Haare glatt zur Seite gekämmt.

An seiner knittrig-grauen Gesichtshaut erkannte O. A. ihn schon von weitem als langjährigen Raucher. Und auch jetzt stieg ein dünner Rauchfaden von der Zigarette in seiner Hand in den windstillen Sommermorgen auf.

Er verfolgte O. A.s Herannahen ohne eine Regung. Als sie vor ihm stand, sagte er statt einer Begrüßung: »Viel besser als ich sind Sie auch nicht mehr zu Fuß.«

»Bei mir wird sich das wieder ändern«, antwortete O. A. ruhig. »Herr Padrun, nehme ich an?«

Der Alte nickte und wies auf einen zweiten Stuhl.

»Zigarette?«, er schob ihr sein Päckchen Parisienne hin.

O. A. schüttelte leicht den Kopf, während sie sich setzte: »Danke, ich rauche nicht mehr!«

»Als ob es darauf in unserem Alter noch ankommt«, bellte er und nahm demonstrativ einen Zug.

»Haben Sie Besuch, Herr Padrun?« Eine Frau in den Vierzigern im blauen Pflegedress streckte den Kopf aus der Terrassentür. »Und müssen Sie schon am frühen Morgen rauchen?«

»Was geht Sie das an? Ich bin ein freier Mensch!«, raunzte Carlo Padrun.

»Ich frage ja nur. Lassen Sie sich nicht stören ...«, antwortete die Frau mit der betont freundlichen Gleichgültigkeit, die man sich als Pflegepersonal wahrscheinlich aneignen muss, um den Tag zu überleben.

»Behandeln einen wie ein Kind hier«, brummelte er. »Aber nun zu Ihnen, Frau ... wie war nochmal Ihr Name?«

»Weiss. Weiss wie Schwarz«, erwiderte O. A., die sich gesetzt hatte. »Vielen Dank, dass Sie sich die Zeit nehmen, mit mir zu sprechen.«

»Ich habe eh sonst nichts zu tun.«

Die Glut seiner Zigarette war schon fast am Filter angelangt. Er betrachtete sie kurz, als ob er überlegen würde, den Filter mitzurauchen. Doch ließ er sie in den kleinen Aschenbecher fallen, der neben ihm auf dem Boden stand.

»Sie brauchen sich aber nicht lange mit Höflichkeiten aufzuhalten, die liegen mir nicht. Also: Was wollen Sie wissen?«

O. A. quittierte seine Worte mit einem Kopfnicken. Dann würde sie eben gleich zur Sache kommen. Trotz seiner Schroffheit gefiel ihr die Art des Mannes, zum Punkt zu kommen.

Sie fragte: »Scuol ist ja mit jeder Menge Quellen gesegnet. Sind denn schon alle Quellen hier erfasst und erschlossen?«.

»Ja, offiziell schon«, antwortete der alte Brunnenmeister.

»Was heißt ›offiziell‹?«

»›Offiziell‹ ist das, was mein oberschlaues Nachfolger-Bubi überall herumposaunt hat, bevor er hopps gegangen ist. Seine Messinstrumente hätten das eindeutig angezeigt. Pah, Messinstrumente! Ein guter Wassermeister spürt es, ob es irgendwo Wasseradern gibt. Aber dieses Gespür hatte er nicht. Weder für das Wasser noch für die Menschen hier im Tal.«

Er sah O. A. mit zusammengekniffenen Augen an, als er hinzusetzte: »Hat ihn vielleicht das Leben gekostet. Geschah ihm ganz recht, dem arroganten Pinsel.«

O. A. ignorierte demonstrativ die Bosheit in seiner Stimme und fragte stattdessen: »Sie dagegen haben dieses Gespür, nicht wahr?«

Carlo Padrun lehnte sich selbstzufrieden in seinem Stuhl zurück: »Ich bin hier geboren und werde hier sterben. Ich kenne die Gegend und die Leute hier in- und auswendig.

Mein Vater war schon Brunnenmeister in Scuol, danach war das 30 Jahre mein Amt.«

»Und was sagt Ihr Gespür: Gibt es noch unerschlossene Quellen in Scuol?«

»Selbstverständlich! Und das wissen auch viele andere hier. Nur will keiner darüber reden.«

»Warum?«

»Würden Sie über eine Goldmine reden wollen, bevor Sie sich die Schürfrechte daran gesichert haben?«

»Was meinen Sie?«

»Es gibt Quellen mit einer so besonderen Zusammensetzung, dass ihr Wasser sehr teuer verkauft werden kann. Erst recht, seit vor ein paar Jahren bei den Ölscheichs das Gerücht aufkam, dass sie mit solchem Wasser ihre Potenz steigern können. Was dem Chinesen sein Nashornpulver, ist dem Araber sein Heilwasser!« Carlo Padrun lachte schallend über seinen eigenen Witz. Prompt folgte dem Lachen ein Hustenanfall.

O.A. sah aus dem Augenwinkel, wie die Pflegerin daraufhin kurz am Fenster erschien und sich dann kopfschüttelnd zurückzog.

»Und die Quelle auf dem Areal des alten Kurhauses ist eine solche Goldmine?«, fragte O.A. so beiläufig wie möglich, als Padruns Hustenanfall verebbt war.

»Offensichtlich«, knurrte der alte Mann und griff erneut nach seiner Zigarettenschachtel. »Der Besitzer, der Spändli, verdient sich jedenfalls eine goldene Nase daran, heißt es. Das Merkwürdige ist nur …«

Er verstummte.

»Was ist daran merkwürdig?«, hakte O. A. nach.

Der alte Mann sah sie misstrauisch an und schwieg. Er schien zu überlegen. Doch statt zu antworten, holte er die nächste Zigarette aus der Schachtel in seinem Schoß, zündete sie an und stieß eine große Rauchwolke aus. Er warf das Feuerzeug neben den Aschenbecher und schnaubte: »Die stecken doch alle unter einer Decke.«

»Wer ist ›die‹?«, fragte sie sanft.

»Alle hier! Und vor allem die, die in dieser Gemeinde das Sagen haben: der Gemeindepräsident, der Gemeindeschreiber, der Chef vom Tourismusverband, die Vereinsvorstände – einfach alle. Für einen Spottpreis haben sie dem Reto das Gelände hinterhergeworfen, und dann hat der »zufällig« eine lukrative Quelle dort entdeckt. Aber der Schuss ist nach hinten losgegangen: Erst quartiert der feine Herr im Kurhaus dieses Fanatikerpack ein und jetzt muss er sich selbst fürchten vor denen ...«

»Was meinen Sie damit?« O. A. Stimme wurde scharf.

»Sagen Sie bloß, Sie haben nichts von den Morden gehört.«

»Doch, doch. Aber was haben die Gäste des Kurhauses damit zu tun? Warum muss sich Reto Spändli vor ihnen fürchten? Und was ist merkwürdig an dieser Quelle?«

Der Mann starrte sie wütend an, während die Glut an seiner Zigarette dem Filter schon wieder gefährlich nahe kam.

Schließlich zischte er: »Nichts. Ich habe Ihnen schon genug erzählt, Frau ... Schwarz oder so. Sie gehen jetzt besser!«

Er beugte sich zur Seite, stampfte den Zigarettenstummel im Aschenbecher aus und versuchte, sich zu erheben.

»Bleiben Sie ruhig sitzen, Herr Padrun, ich finde allein hinaus.« O. A. erhob sich. »Vielen Dank für Ihre Zeit, Sie haben mir sehr geholfen. Darf ich Sie in meinem Buch erwähnen?«

»Unterstehen Sie sich!«, schnaufte er, »Ich will mit all dem nichts zu tun haben. Wenn, dann will ich mich schon selbst zu Tode qualmen, statt mich wie die zwei anderen um die Ecke bringen zu lassen.«

»Dann viel Erfolg dabei!«, erwiderte O. A. milde.

Erst starrte Carlo Padrun sie an, dann lachte er: »Sie haben wenigstens Humor im Gegensatz zu diesen Pflegewachteln.«

O. A. lächelte: »Ich wünsche Ihnen noch einen schönen Tag.«

»Den werde ich nicht haben«, blaffte er, aber lächelte dabei. »Leben Sie wohl, Auslaufmodell.«

O. A. lächelte zurück: »Danke, ebenfalls!«

Dann ging sie, ohne sich noch einmal umzusehen, zurück zu Anna, setzte sich auf den Fahrersitz und sagte halblaut zu sich: »Habe ich es mir doch gedacht: Es ist etwas faul im Staate Scuol!«

Einen Programmpunkt hatte sie noch. Mal sehen, ob sie dort noch mehr über die Besitzverhältnisse in Scuol herausbekommen konnte.

Sie lenkte den Golfcart über die Pütvia zurück Richtung Ortskern und dann in die Stradun, bog aber gleich wieder nach links ab. Diese abschüssige, kopfsteingepflasterte Straße namens Bagnera war zu eng, als dass zwei normale Pkws aneinander vorbeikamen. Dafür gab es Ausweichbuchten. Da Anna jedoch schmaler als ein normales Auto war, konnte der silberne Sportflitzer, der ihnen entgegenkam, einfach vorbeibrausen.

O. A. erkannte am Steuer die Prinzessin, die im Schweizerhof abgestiegen war, und dachte: ›Interessant. Ganz schön früh für so ein Luxusgeschöpf ...‹

Auf dem Parkplatz vor dem schlichten Verwaltungsgebäude von Scuol stellte O. A. Anna ab und hielt auf den Schaukasten links von der Eingangstür zu. Hier hing die Agenda für die nächste Gemeinderatssitzung aus.

Obwohl der Aushang nur auf Rätoromanisch war, konnte O. A. sich den Inhalt weitgehend erschließen.

Sie las zum Beispiel von einem Antrag für eine Geothermie-Probebohrung auf dem Flurstück 10246 und einem Antrag auf Reparatur des Straßenabschnitts zwischen Scuol und Tarasp, der durch einen Felssturz beschädigt worden war. Die Landfrauenvereinigung wünschte sich die Genehmigung für ihr alljährliches Sommerfest auf dem Dorfplatz. Eine Filmproduktion bat um eine Dreherlaubnis in den Räumen des Dorfmuseums.

Alles soweit unspektakulär. Doch dann blieb O. A.s Blick an zwei weiteren Agenda-Punkten hängen: Der eine kündigte eine Diskussion über die Verwendung einer sechsstelligen Summe an, die dem Ort von der Stiftung Horwath kürzlich gespendet worden war. Horwath? Wie das Ehepaar in der Villa?

›Wie uneigenützig diese Spende wohl ist?‹, dachte O. A. ›Was haben die vor hier?‹

Der zweite Punkt schien ihr noch interessanter: Wenn sie es recht verstand, stellte die »Società da Tradiziun da Engiadina Bassa« den Antrag, den Mietvertrag für die Liegenschaft des Flurstücks 13574 auf zehn Jahre zu verlängern. Der Antragsteller war der Vorstand dieser Società. Sein Name lautete: Reto Spändli junior.

Società da Tradiziun da Engiadina Bassa – hatte nicht Mali von einer Fahne mit dieser Aufschrift gesprochen, die sie vor der kleinen Kirche oberhalb des Kurhauses gesehen hatte?

›13574‹, repetierte O. A. die Nummer des Flurstücks, um sie überprüfen zu lassen. Sie war sich sicher, die Nummer nicht zu vergessen. Das jahrzehntelange Gedächtnistraining machte sich bezahlt. Wenn sie sich schon nicht mehr auf ihren Körper verlassen konnte, dann wenigstens auf ihren Geist.

Prompt meldete sich der stechende Schmerz in ihrer Hüfte. Wohl oder übel würde sie sich wieder etwas Ruhe gönnen müssen. Aber immerhin war sie mit den Ergebnissen ihres morgendlichen Ausflugs recht zufrieden.

Wie es Mali wohl in ihrem Kajakkurs erging? Hoffentlich lernte die junge Frau schnell …

13

Am Abend humpelte Mali in den Speisesaal der Villa Engiadina.

›Ich wusste gar nicht, wo ich überall Muskeln habe‹, dachte sie. ›Und das nach einem einzigen Paddeltag – das kann ja heiter werden.‹

O. A. saß bereits am Tisch und sah ihr entgegen.

»Sie sehen aus, als sollte ich Ihnen Siegmund leihen«, sagte die alte Frau, ohne eine Miene zu verziehen, als Mali sich vorsichtig auf dem Stuhl ihr gegenüber niederließ.

»So fühle ich mich auch«, erwiderte diese. »Dieses Kajakfahren ist viel anstrengender, als es aussieht.«

O. A. grinste: »Klingt ja fast nach Sport.«

Mali lächelte nur gequält und griff nach der Menükarte: Mozzarella cun dschambun sech Grischunais (Büffelmozzarella mit Bündner Rohschinken), Filet da tschiervi dal grigl cun pizochels da versa (Hirschfilet vom Grill mit Engadiner Krautpizokels), Parfait da maruns Bergagliot (Bergeller Maroniparfait).

Die beiden Tage zuvor hatte sie gekämpft, um das Dessert zu schaffen. Heute würde sie alles locker verputzen! Sie hatte Hunger wie ein Bär.

»Waren Sie denn erfolgreich?«, fragte O. A.

»Na ja. Wenn Sie es als erfolgreich bezeichnen, dass ich fünf Meter geradeaus paddeln kann, dann schon.«, antwortete sie. »Aber der Trainer, also Reto – ja, genau der Reto junior, der Hotelchauffeur und Baulöwensohn –, gibt sich alle Mühe. Und schlechter als die anderen Teilnehmer bin ich auch nicht.«

Maurice kam herangeschwebt, mit noch mehr Öl in den Haaren als sonst: »Meine Damen, ich wünsche Ihnen einen wunderschönen Abend. Konnten Sie denn den Tag in unserem herrlichen Engadin genießen?«

»Ja, danke«, antwortete O. A. kurz angebunden. »Ich bekomme ein Bitter Lemon. Mali?«

»Ein stilles Wasser«, sagte die. »Aber eine große Flasche heute, bitte.«

»Sie beide leben beneidenswert gesund –«, flötete Maurice, »wie die Horwaths übrigens auch.«

Mali blickte sich um: Richtig, auch auf dem Tisch des Ehepaars stand einzig eine große Karaffe mit Wasser. Aus der schenkte er sich gerade nach, während sie sich mit ihrem pinkfarbenen Haarschopf über dieselbe große Karte mit den Rechtecken wie die Tage zuvor beugte. Mali glaubte zu erkennen, dass eines der sehr großen Kästchen doppelt rot umrahmt war.

»Zum Glück für unseren Weinkeller«, plauderte Maurice unterdessen weiter, »halten nicht alle unsere Gäste so an sich. Manche sorgen kräftig dafür, dass die Flaschen keinen Staub ansetzen. Und heute haben diese offensichtlich etwas zu feiern.« Er sah zum Tisch der Breitwiesers hinüber, die sich mit zwei Champagner-Kelchen zuprosteten.

»Und wo ist der junge Mann aus Bern?«, fragte O. A.

Jetzt erst bemerkte Mali, dass das Gedeck auf dessen Tisch unberührt schien.

»Offensichtlich verspätet er sich. Wie schade um das Menü – ich werde Emiliano, unseren kongenialen Koch, bitten, es warmzustellen«, sagte er und flatterte davon.

O.A. blickte ihm nachdenklich hinterher: »Ich habe kein gutes Gefühl dabei.«

»Beim Warmstellen?«, fragte Mali erstaunt.

»Nein, dabei, dass dieser schusselige Mensch verschwunden ist.«

»Sie meinen, er ist in Gefahr?«, fragte Mali.

»Er hat jedenfalls alles dafür getan, sich in Gefahr zu bringen, so auffällig, wie er sich verhalten hat«, antwortete O.A. leise. »Aber lassen Sie uns nachher im Turm darüber sprechen.«

»Wer ist also noch mit Ihnen im Kurs?« O.A. lehnte sich auf der Turmbank zurück und massierte ihre Hüfte.

»Lauter ulkige Typen«, grinste Mali. Als sie O.A.s forschenden Blick wahrnahm, setzte sie hastig hinzu: »Aber alle ganz harmlos.«

»Aha«, erwiderte die nur, »inwiefern ulkig?«

»Da ist zum Beispiel Zaki: ein junger Bayer mit so einem Kreuz«, Mali deutete mit ausgestreckten Armen die Breite an.

Mali erzählte von Lars, dem sächsischen Zwergenkrieger mit den Dreadlocks, von André, dem stocksteifen Schweizer Pharma-Forscher, und von der zielstrebigen Ex-Turnerin Valentina.

»Sie ist Österreicherin?« fragte O. A. nach.

»Zumindest hat sie einen österreichischen Pass«, erwiderte Mali. »Ihrem Akzent nach stammt sie aber eher aus dem osteuropäischen Raum: Russland vielleicht. Aber warum wollen Sie das wissen?«

»Nun, wir haben es hier noch mit einer unübersichtlichen und potenziell gefährlichen Situation zu tun. Ich habe Sie da mit hineingezogen und möchte nicht, dass Ihnen etwas passiert. Sie haben noch nicht so viel Erfahrung damit, Risiken zu erkennen – ich schon.«

Das sah Mali ein.

»Doch Sie haben recht: Ihre Kursgenossen klingen nicht verdächtig.«

Damit wechselte O. A. das Thema: »Sie haben mir gestern von einem Kirchengebäude in der Nähe des Kurhauses berichtet – Sie erinnern sich? Ich habe etwas Interessantes dazu herausgefunden ...«

Sie berichtete nun ihrerseits, was sie an diesem Tag an Erkenntnissen gesammelt hatte. Die Überprüfung der Flurstück-Nummer, die sie im Schaukasten gesehen hatte, hatte ergeben, dass es sich tatsächlich um das Kirchlein handelte, dessen Mietvertrag die »Società da Tradiziun da Engiadina Bassa« verlängern wollte.

O. A. hatte darüber hinaus in Erfahrung gebracht, dass das einstöckige Gebäude samt Glockenturm im Jahr 1882 im Auftrag des Erzbischofs von Canterbury erbaut worden war. Es hatte den englischen Kurgästen lange als Gotteshaus gedient. Nach dem Zweiten Weltkrieg war es allerdings verkauft, säkularisiert und zum Wohnhaus umgebaut worden – mit dem Kirchenschiff als Loft und dem Altar als Bar.

Das Gebäude war seither durch viele Hände gegangen. Nachdem der letzte Besitzer vergebens versucht hatte, es als exklusive Seminarlocation zu vermarkten, hatte es schließlich die Gemeinde Scuol erworben. Die hatte es zunächst als Ferienhaus vermietet, bis vor einem Jahr die Società als Dauermieter Einzug gehalten hatte.

»Was macht diese Società eigentlich?«, fragte Mali.

»Gute Frage, Mali, gute Frage«, antwortete O. A. nachdenklich. »Die öffentlich zugänglichen Informationen über diesen Verein geben nicht viel her. Die Satzung, die bei der Anmeldung letztes Jahr vorgelegt werden musste, ist schwammig formuliert: Da ist die Rede vom Schutz der Engadiner Werte und Traditionen. Was allerdings auffällt: Aufnahmeberechtigt sind ausschließlich gebürtige Engadiner in mindestens dritter Generation.«

»Uff, sind das Nazis?«, rutschte Mali heraus. »Wer wird denn in so einem Verein Mitglied?«

»Eine öffentlich einsehbare Mitgliederliste gibt es nicht. Namentlich bekannt ist nur der Vorstand, eben unser Reto Spändli junior.«

Mali schüttelte den Kopf: »Dabei ist er ein so ein netter Mensch. Das passt gar nicht zu ihm.«

O. A. überging ihre Anmerkung und berichtete stattdessen von ihren beiden anderen Begegnungen des Morgens.

»Ich verstehe gar nichts mehr«, sagte Mali verwirrt. »Warum die Morde? Warum so? Wem bringt das etwas?«

O. A. erwiderte: »So ein Fall ist wie ein Mosaik: Am Anfang trägt man viele bunte Steinchen zusammen und hat das Gefühl, dass die niemals ein stimmiges Bild ergeben. Doch irgendwann tun sie es. Sie lernen auf jeden Fall morgen weiter Kajakfahren, denn ich glaube nach wie vor, dass der Schlüssel für diese Vorgänge im Kurhaus zu finden ist!«

Sie rappelte sich auf: »Und ich werde diesem Rabbiner einen Besuch abstatten. Er scheint mir – verzeihen Sie den Kalauer – nicht ganz koscher zu sein.«

»Dem Rabbi? Darf der mit Ihnen als Frau überhaupt reden?«, fragte Mali erstaunt.

»Kindchen, Sie haben ein ganz schön schiefes Bild vom Judentum. Rabbiner dürfen selbstverständlich mit Frauen sprechen. Sie dürfen ja sogar heiraten – im Gegensatz zu katholischen Priestern. Der Rabbi DARF also mit mir sprechen. Und ich werde dafür sorgen, dass er auch mit mir sprechen WILL: Ich bin sicher, dass die Aussicht auf eine größere Zuwendung von einer Gläubigen, die auf ihre alten Tage von religiöser Reue befallen wird, ihn überzeugen wird«, sagte O. A. trocken.

Sie streckte die Hand nach dem Treppengeländer aus.

Düster fügte sie hinzu: »Ich hoffe nur, dass dieser Tollpatsch wieder auftaucht und nicht morgen den Inn hinuntertreibend gefunden wird. Machen Sie das Licht aus, wenn Sie hinuntergehen. Gute Nacht!«

Mali blieb noch einige Minuten sitzen und starrte in das Tal. Wie friedlich doch dieses nächtliche Stückchen Erde wirkte. Wie wenig friedlich diese Nacht für den Mann mit den Klavierspielerhänden war, sollte sie erst am nächsten Morgen erfahren.

Plumm-plumm-piep-piep. Plumm-plumm-piep-piep.

Sie streckte die Hand aus, um den Handy-Wecker auszustellen. Ihr Arm fühlte sich an wie Blei.

Vorsichtig spürte sie auch in alle anderen Glieder ihres Körpers hinein: Überall dasselbe geräderte Gefühl.

Dann fiel ihr etwas ein. Sie griff nach ihrem Handy und suchte nach Eckarts Nummer.

Dreimal, viermal klingelte es, bevor sich seine verschlafene Stimme meldete: »Ja?«

»Eckart, es geht mir gut!«, sagte sie rasch.

»Mali? Bist du das? Warum rufst du mich zu nachtschlafender Zeit an?«, maulte er.

»Ach nichts. Ich dachte nur, ... weil ich doch gestern Abend nichts von mir habe hören lassen ...«, stammelte sie.

»Na und? Du hast mir ja vorgestern geschrieben, dass du diesen Ruderkurs anfängst. Und da dachte ich, dass du am Abend eben einfach zu groggy warst, um zu schreiben.«

»Es ist ein Paddelkurs«, korrigierte Mali. »Und ich hatte befürchtet, dass du dir Sorgen gemacht und vielleicht schon die Polizei informiert hast.«

»Die Polizei?«, erwiderte Eckart. »Mann, Mali: Die würden mich doch auslachen. Du bist mit einer alten Dame in der Sommerfrische in der Schweiz – harmloser geht es ja kaum.«

Mali schwieg. Wenn Eckart wüsste. Aber er wusste ja

nichts und sie würde es ihm auch nicht erzählen – das hatte sie O. A. versprochen. Und O. A. würde sicher auch alles tun, um sie zu schützen. Aber was, wenn die alte Frau nicht so konnte, wie sie wollte?

»Eckart?«

»Ja?«

»Weißt du was? Ab jetzt werde ich dir wirklich zuverlässig am Abend schreiben, okay? Und wenn ich mich nicht melde, rufst du mich dann bitte an?«, sagte Mali bittend. »Und wenn ich beim dritten Anruf immer noch nicht rangehe, dann versuchst du dein Glück doch bei der Polizei?«

»Meinetwegen. Wenn mir das Anrufe am frühen Morgen erspart ...«, seufzte er.

»Danke, Eckart, danke. Und schlaf noch gut!«

Doch er hatte schon aufgelegt.

Ächzend stand Mali auf, zog sich an und quälte sich die Treppe zum Speisesaal hinunter.

»Fräulein Mali – schön wie der junge Morgen!« Maurice tänzelte ihr aus einer Ecke des Raumes entgegen.

Mali antwortete mit einem gequälten Lächeln. Sie konnte sich nicht erinnern, sich jemals schön wie der junge Morgen gefühlt zu haben, und heute ganz bestimmt nicht.

»Darf ich Ihnen Kaffee bringen?«

»Ja, gerne. Vielen Dank!«, erwiderte sie und setzte sich.

30 Sekunden später tauchte er mit dem Thermoskännchen in der Hand wieder auf.

Da fiel Mali etwas ein: »Sagen Sie, Maurice: Ist der junge Mann gestern noch zum Essen erschienen?«

Er schüttelte den Kopf und senkte die Stimme, während seine Augen vor Sensationslust sprühten: »Aber ich habe etwas gehört: Er ist wohl heute Morgen im Dorf aufgetaucht. Und zwar ...«, er räusperte sich, »in einer kompromittierenden Art und Weise.«

»Was meinen Sie damit?«

»Na ja, es heißt, er wurde in den frühen Morgenstunden sturzbetrunken und splitterfasernackt vor dem Eingang eines dorfbekannten Etablissements entdeckt. Aldo, unser Zeitungsausträger, hat ihn gefunden und die Polizei verständigt.« Maurice schüttelte amüsiert den Kopf: »Dass ein so korrekter Mensch dermaßen über die Stränge schlägt. Stellen Sie sich vor ...«

Er beugte sich noch weiter zu Mali herunter und raunte: »... er soll an ganz intimer Stelle ein Tattoo tragen. Stille Wasser gründen wirklich tief, nicht wahr, Fräulein Mali?«

Bei seinen letzten Worten sah er ihr tief in die Augen. Mali wich zurück.

Doch schon hatte er sich wieder aufgerichtet und sagte in normaler Lautstärke: »So, nun ruft mich die Pflicht. Mademoiselle ...«

Eine angedeutete Verbeugung und weg war er.

Mali blieb sinnend zurück: Hatte der junge Mann wirklich einfach nur über die Stränge geschlagen? Oder hatte O. A. recht gehabt, und er hatte sich nicht selbst in diesen Zustand gebracht?

Die Terminerinnerung ihres Handys riss sie aus ihren Gedanken: höchste Zeit, zum Kurs aufzubrechen. Sie schnappte sich ein Brötchen, zwei Scheiben Käse sowie den wasserdichten Sack mit ihren Sachen und stakste los so schnell, wie es ihre schmerzenden Glieder erlaubten.

»Allegra«, begrüßte sie Reto strahlend im Hof der Kajakschule. »Na, hast du den ersten Tag im Boot gut verdaut?«

Er stand neben dem Anhänger und prüfte, ob die Kajaks darauf noch fest verzurrt waren.

»Geht so«, antwortete Mali, »ich habe schon gemerkt, dass ich etwas getan habe.«

Sie versuchte, locker zu klingen, obwohl der Gedanke an die Società und Retos Engagement dort ihr Vertrauen in ihn erschüttert hatte. Doch konnte so ein offenes Lächeln wirklich täuschen? Sie merkte, wie sie sich innerlich weigerte, in Reto einen verabscheuungswürdigen Rassisten zu sehen.

»So soll das sein!«, antwortete der gerade, immer noch strahlend. »Wenn du magst, kannst du dich gleich umziehen. André, Valentina und Lars sind schon da. Und Zaki wird sicher gleich kommen.«

Einige Minuten später stand sie umgezogen im Hof. Auch Zaki war inzwischen eingetroffen, so dass sich alle im Kreis um Reto herum versammelten.

»Heute wird es spannend«, verkündete der. »Ihr geht zum ersten Mal dort auf den Fluss, wo er auch wirklich fließt.«

In den Gesichtern der Kursteilnehmer spiegelten sich ganz unterschiedliche Gefühle: Während Mali, André und selbst Valentina nervös wirkten, schaute Lars fröhlich. Und Zaki tönte sogar: »Dös is guat! Dann brauch' ich net paddeln, sondern kann mi treiben lassen.«

»Ganz so bequem wird es wohl nicht werden«, schmunzelte Reto, »Hat jeder seine Sachen zusammen? Dann lasst uns starten!«

Kurze Zeit später hielten sie neben einer kleinen Brücke auf dem rechten Ufer des Inns.

»Hier ist unsere Spielwiese für heute.« Reto deutete auf den Fluss. Das Wasser zog milchig-grün schimmernd dahin, hier und da zeigten sich kleine Wellen und weißschäumende Stellen.

»Alles aussteigen, abladen, anziehen – und rein ins Vergnügen. Ich hoffe, ihr habt euch die Reihenfolge gemerkt, in der ihr eure Sachen anzieht?!«

Alle nickten und mussten dann doch kurz überlegen: Erst die Rettungsweste und dann die Spritzdecke? Oder umgekehrt? Nach einigen Anläufen waren alle korrekt bekleidet, zerrten ihre Kajaks zum Flussufer und stiegen ein.

»Bevor wir uns nun ins Wasser schieben«, sagte Reto, »zeige ich euch noch einige Handzeichen, mit denen wir uns auf dem Fluss verständigen können. Das Rauschen des Wassers kann ziemlich laut sein, so dass wir uns schnell nicht mehr hören können. Also passt auf ...«

Er hob seinen rechten Arm, schloss die Faust und tippte damit von oben auf seinen Helm: »Das bedeutet: Bei mir ist alles okay! Je nach Situation kann es auch eine Frage sein: Alles okay? Wenn ich also meine Faust auf den Helm lege, antwortet ihr mit der gleichen Geste – dann weiß ich, dass bei euch alles gut ist. Also ...« Er hob nochmals den Arm und legte seine Faust auf den Helm.

Mali und alle anderen Teilnehmer machten es ihm nach.

»Das klappt schon mal super! Dann los!«, rief Reto und ließ sein Boot vom sandigen Ufer ins Wasser gleiten. Mali und die anderen folgten.

Wie gestern brauchte sie ein bisschen Zeit, um sich an das kippelige Gefühl zu gewöhnen. Das war heute schwieriger, weil ihr Kajak sich mit der Strömung bewegte. Doch zu ihrem Erstaunen trieb sie stromaufwärts.

Reto hatte sie lächelnd beobachtet und sagte an alle gewandt: »Nicht wundern: Ihr befindet euch hier in einem so genannten Kehrwasser. Was das bedeutet, erlebt ihr gerade: Das Wasser strömt entgegen der eigentlichen Fließrichtung des Flusses. Kehrwässer entstehen immer hinter Hindernissen im Wasser, meistens Felsen. Kehrwässer sind uns Paddlern heilig, denn sie sind unsere Ruhepunkte im Fluss! Die müssen wir ansteuern und auch wieder verlassen können. Und dafür brauchen wir die Technik des Kantens, die ich euch gestern gezeigt habe – wisst ihr noch? Einfach mit dem Gewicht auf eine Pobacke setzen.«

Vorsichtig, ganz vorsichtig belastete Mali ihre linke Pobacke.

»Trau dich, Mali. Da geht noch mehr!«, rief Reto ihr zu. »Schau Valentina an.«

Die balancierte triumphierend ihr Kajak auf der einen Seite.

Reto wartete ab, bis auch alle anderen ihre Boote mehr oder weniger erfolgreich auf die eine und die andere Seite gekippt hatten.

»Genau das machen wir, wenn wir hier vorne an dem Stein aus dem Kehrwasser heraus in die Strömung fahren. Schaut mir zu und macht es mir nach,«, sagte er.

Mit zwei Paddelschlägen war er am oberen Ende des Kehrwassers direkt bei dem großen Stein. Knapp rechts von dem Felsen steuerte er in die gemächliche Hauptströmung ein, neigte sein Kajak nach rechts und hob sein Paddel in die Luft. Sanft drehte sich sein Boot nach flussabwärts in die Strömung.

Fünf Meter weiter unten paddelte er mit einem weiteren Paddelschlag nach rechts wieder Richtung Ufer.

»Jetzt seid ihr dran!«, rief er.

›Das sieht ganz einfach aus‹, dachte Mali, und doch zögerte sie.

Valentina ergriff entschlossen die Initiative. Sie paddelte schlingernd an dem Felsen vorbei in die Strömung und lehnte sich nach rechts. Ihr Boot wackelte bedenklich, ihre Miene war alles andere als selbstbewusst, aber sie fiel nicht um.

»Sehr gut für das erste Mal«, lobte Reto. Das überlegene Lächeln kehrte zurück auf Valentinas Lippen. »Der nächste, bitte!«

Lars nickte, schaufelte los, so dass das Wasser spritzte, und donnerte voll auf den großen Stein.

»Ei, verbibsch!«, entfuhr es ihm.

»Gleich nochmal«, rief Reto, »Du brauchst hier nicht so viel Geschwindigkeit, also lieber mit der Ruhe.«

Beim zweiten Anlauf klappte es, doch auch bei Lars wackelte das Boot ziemlich.

»Dann werde ich einmal mein Glück versuchen«, sagte André. Er räusperte sich, setzte sich in seinem Kajak zurecht, holte tief Luft und tauchte links sein Paddel ein. Er zog so entschlossen an, dass sein Boot nach vorne und in die Strömung schoss und sich drehte. Erschrocken ließ er sein Paddel los und ruderte wie wild mit den Armen, um seine Balance wiederzufinden. Immerhin schaffte er es auf diese Art, ein Umkippen zu vermeiden, auch wenn das Wasser ihn einige Meter weit abtrieb.

Reto hatte sich abgestoßen, Andrés treibendes Paddel geschnappt und war ihm nach. In Nullkommanichts war er neben André, gab ihm sein Paddel zurück und schubste dessen Boot Richtung Ufer.

»So stürmisch gleich, lieber André!«, kommentierte er lachend. »Aber gut abgefangen! So, wer will der Nächste sein?«

Mali warf Zaki einen Blick zu: Der war kreidebleich geworden und starrte den großen Stein an. Na gut, dann würde sie sich eben vorwagen.

Sie stocherte sich mit ihrem Paddel ein wenig vom Ufer weg und konzentrierte sich.

›Du willst das lernen, Mali!‹, bestärkte sie sich in Gedanken. ›Du willst das, und du machst das! Los!‹

Sie schaffte es, in Richtung Stein zu kommen und kommandierte innerlich: ›Auf die rechte Pobacke setzen und Paddel hoch!‹

Ehe sie sich versah, war ihr Boot draußen in der Strömung und drehte sich so flott, dass ihr das Herz fast stehen blieb. Aber ihr Kajak wackelte nur ein ganz klein bisschen.

»Bravo! Super gemacht!«, rief ihr Reto zu.

Mali spürte eine Welle der Erleichterung – und des Stolzes. Es hatte tatsächlich geklappt. Mit ungläubigem Lächeln paddelte sie zurück zum Ufer.

»So, Zaki, du bist dran!«, rief Reto.

Langsam, ganz langsam löste sich dieser Baum von Mann aus seiner Erstarrung. Er machte einen vorsichtigen Paddelschlag und noch einen. Die Strömung erfasste seine Bootsspitze, sofort begann sich das Kajak zu drehen.

Zaki lehnte sich erschrocken nach links, sein Boot kippte. Mali sah ihn noch im Umfallen verzweifelt suchend in Richtung der Schlaufe der Spritzdecke greifen. Doch schon trieb er kopfüber in der Strömung.

Reto war sofort losgepaddelt und keine drei Sekunden später neben Zakis Boot. Er griff darüber und drehte es mit Schwung nach oben. Zaki saß wie versteinert im Boot, genauso wie gestern, die Hände um den Süllrand gekrallt. Nur seine Lippen bewegten sich wie zu einem stummen Gebet.

»Alles in Ordnung, Zaki?«, fragte Reto. Er wartete die Antwort nicht ab, sondern gab Zakis Boot einen kräftigen Schubs ins Kehrwasser. Er paddelte hinterher, sprang aus seinem Kajak und zog Zakis Boot ans Ufer.

Der junge Mann rührte sich noch immer nicht.

Reto sprach in beruhigendem Ton auf den Hünen ein: »Alles ist gut. Gib mir deine Hände, Zaki.«

Tatsächlich löste dieser langsam seine Finger vom Süllrand und streckte seine Hände Reto entgegen. Der führte sie zu der Schlaufe der Spritzdecke.

»Jetzt ziehst du an und schon bist du frei, okay?«

Zakis Finger umschlossen die Schlaufe. Mit einem Ruck öffnete er die Spritzdecke.

So als hätte die Bewegung seine Erstarrung endgültig gelöst, sprang der junge Mann aus dem Kajak – und rannte schreiend die Böschung hinauf. Er querte erst den Parkplatz, dann die Brücke und verschwand die Straße hoch in Richtung Ort.

Reto brauchte einen Moment, um sich von seiner Überraschung zu erholen. Dann warf er den anderen Kursteilnehmern zu: »Wartet hier am Ufer auf mich. Ihr geht nicht allein in die Strömung, verstanden? Ich laufe Zaki nach.«

Er spurtete los.

»Männer«, schnaubte Valentina verächtlich. Der Rest schwieg betreten.

Mali tat Zaki leid: Gerade er, der kraftstrotzende Held, war von seiner Angst bezwungen worden. Vielleicht ging es bei diesem Sport im Kern darum, sich seinen Ängsten zu stellen und mit ihnen umgehen zu lernen. Vielleicht war das wirklich der richtige Sport für sie.

Eine Viertelstunde später kam Reto zurück – allein.

»Zaki bricht den Kurs leider ab. Er sagt, dass ihm das

zu heftig ist. Ich soll euch aber schön grüßen«, sagte er, als er sich wieder in sein Boot setzte.

Er blickte in die Runde: »Ihr anderen aber seid noch voll motiviert, oder?«

Alle nickten.

»Cool! Dann machen wir das gleich nochmal ...«

14

Während Mali konzentriert Runde um Runde aus dem Kehrwasser und wieder hinein paddelte, stieg O. A. aus dem Fond des Taxis, das sie direkt vor den Eingang des Kurhauses gebracht hatte.

Anna und Siegmund hatte sie diesmal lieber bei der Villa zurückgelassen. Beide passten ihrer Ansicht nach nicht zu ihrem Auftritt als vermögende Gläubige. Wie erwartet war Rabbi Geiger gerne bereit, sie zu empfangen, nachdem sie hatte durchblicken lassen, dass sie zu einer großzügigen Spende für seine religiösen Aktivitäten bereit war.

O. A. ging um das Taxi herum und beugte sich zu dem Fahrer hinunter: »Bitte holen Sie mich in einer Stunde hier wieder ab.«

»Bain. A revair«, antwortete der und hob die Hand zum Gruß. Dann setzte er leise hinzu: »Gute Frau: Man erzählt sich eigenartige Dinge über die Leute, die hier eingezogen sind. Passen Sie besser auf sich auf.«

»Danke für Ihren Hinweis, junger Mann, das tue ich immer!«, erwiderte sie gelassen. »Bis später.«

Sie wartete ab, bis das Taxi gewendet und davongerollt war. Dann zog sie aus der Rocktasche ihres wadenlangen Kostüms einen durchsichtigen Schal und drapierte ihn über ihren grau-borstigen Dutt.

›Zum Glück gebe ich mich nicht als orthodoxe Jüdin

aus, sonst müsste ich ein Tichel tragen oder sogar eine Perücke‹, dachte sie.

In der Eingangshalle kam ihr ein untersetzter Mann in schwarzem Anzug und Weste entgegen. Sein weißer Vollbart fieselte in alle Richtungen aus. Auf dem Kopf trug er eine dunkle Kippa. Auf seinem linken Arm thronte ein großer weißer Kater, der O. A. griesgrämig anstarrte.

»Schalom! Rabbi Geiger?«, fragte sie und verbeugte sich leicht.

»Schalom! Dann sind Sie wohl Frau Dr. Weiss?« Der Rabbi hatte eine sanfte, leise Stimme.

»Richtig. Vielen Dank, dass Sie mich empfangen«, erwiderte O. A., »obwohl Sie ja sicher sehr beschäftigt sind mit Ihren Schülern.«

Er nickte: »Das stimmt, aber für wahrhaft Interessierte an unserem Glauben und die damit verbundenen Aktivitäten nehme ich mir stets gerne Zeit. Außerdem sind meine Schüler gerade unten am Stausee unterhalb von Scuol. Das erlaube ich ihnen alle zwei oder drei Tage – natürlich nicht zum Baden, das wäre unschicklich, aber zur Erholung ihres Geistes. Diese Zeit nutze ich normalerweise, um allein im Haus zu kontemplieren. Aber da Sie um ein Gespräch gebeten hatten ...«

O. A. quittierte seine Bemerkung mit einem huldvollen Lächeln.

»Bitte folgen Sie mir in mein Büro im ersten Stock.« Er wies die Treppe hoch. Die Bewegung schien dem Kater nicht zu passen, denn er sprang dem Rabbi vom Arm und stolzierte davon.

»Abraham scheint spazieren gehen zu wollen«, sagte der Rabbi und sah ihm nach.

»Ein edles Tier«, bemerkte O. A. »Haben Sie keine Bedenken, ihn hier frei laufen zu lassen?«

»Abraham ist ein ausgesprochen intelligentes Tier«, erwiderte Rabbi stolz. »Er weiß, wann und vor wem er sich in Acht nehmen muss. Ein Glück, denn es würde mir sehr weh tun, ihn zu verlieren. Aber kommen Sie.«

Während sie die Treppenstufen nahmen, plauderte er weiter: »Der Fahrstuhl ist leider noch außer Betrieb. Sie müssen wissen, dass die Renovierung dieses Gebäudes noch nicht abgeschlossen ist. Das bereitet noch manche Unannehmlichkeit, obwohl ich dem Eigentümer trotzdem dankbar bin, dass wir hier sein dürfen.«

»Sicher sind diese Unannehmlichkeiten im Preis für die Unterkunft berücksichtigt«, sagte O. A. möglichst beiläufig.

Der Rabbi lächelte: »Tatsächlich sind wir hier kostenfrei untergebracht. Der Besitzer des Hauses, Herr Spändli, hat uns großzügigerweise eingeladen und so diese Summerschool erst möglich gemacht. Freigiebige Menschen sind Gott ein wahrhaftes Wohlgefallen«, er sah O. A. vielsagend an. »Und unter uns gesagt, habe ich sogar berechtigte Hoffnung, dass wir hier dauerhaft eine Lehranstalt unterbringen dürfen.«

»Ach, tatsächlich? Das scheint ein wahrhaft großzügiger Mensch zu sein, dieser Spändli«, sagte O. A. freundlich. »Das hieße, Sie können hier eine richtige Tora-Schule einrichten, ein Rabbi-Geiger-Institut sozusagen?«

Der Rabbi errötete und machte eine kleine abwehrende

Geste: »Ach, wissen Sie: Mein Name spielt dabei doch keine Rolle. Vielleicht, also wenn ich darum gebeten würde ... na gut, es wäre schon meine Initiative ... aber für Eitelkeiten ist hier kein Platz. Es geht um viel Wichtigeres als meine Person.«

Oben an der Treppe angelangt, geleitete der Rabbi O. A. nach rechts in ein schlichtes kleines Zimmer. Das einzige Fenster ging zur Einfahrt hinaus. Vorhänge gab es nicht, nur einen einfachen Schreibtisch, zwei Stahlrohrstühle und ein Regal mit Ordnern.

»Bitte, nehmen Sie Platz«, sagte Rabbi Geiger und wies auf einen der beiden Stahlrohrstühle am Fenster. Er selbst setzte sich auf den anderen.

O. A. ließ sich erzählen, wie er auf die Idee dieser Summerschool gekommen war, von dem großen Interesse, auf das er damit bei den verschiedenen deutschsprachigen jüdischen Gemeinden gestoßen war und von seiner freudigen Überraschung, als Reto Spändli senior sich bei ihm gemeldet und angeboten hatte, die Summerschool hier im alten Kurhaus durchzuführen.

»Ach, Sie kannten Herrn Spändli vorher gar nicht?«, fragte O. A. nach.

Im selben Moment sah sie im Augenwinkel ein Taxi in die Einfahrt einbiegen. Verstohlen sah sie auf die Uhr: Die Stunde war noch lange nicht verstrichen, ihr bestellter Fahrer war das nicht. Unauffällig reckte sie den Kopf ein wenig, um zu sehen, wer aus diesem Wagen stieg.

Oho, dieser grell pink gefärbte Haarschopf kam ihr bekannt vor. Und auch der dunkle Männerkopf, der gleich danach aus dem Taxi kletterte: Das Ehepaar Horwath war also eingetroffen.

›Interessant‹, dachte O. A.

»Nein, wir kannten uns nicht«, sagte der Rabbi in diesem Moment. »Es war vielmehr eine glückliche Fügung, dass er von meinem Vorhaben erfahren hat. Er hat unseren Aufenthalt hier an eine einzige Bedingung geknüpft: Ich musste mich verpflichten, dass wir uns von den Räumlichkeiten fernhalten, in denen noch Renovierungsarbeiten stattfinden – aus versicherungsrechtlichen Gründen. Das fällt uns nicht schwer, denn die Arbeiten beschränken sich auf das Untergeschoss und den Keller. Und an den Baulärm haben wir uns ganz gut gewöhnt.«

Während er sprach, sah O. A. ein schwarz glänzendes Cabrio zügig in die Einfahrt einbiegen. Das abfahrende Taxi konnte ihm gerade noch ausweichen.

Die Horwaths hatten sich Richtung Eingangstür bewegt, mehr als ihre Haarspitzen sah O. A. nicht mehr. Doch die beiden schienen auf den Fahrer des Cabrios zu warten.

Sie musste erfahren, was da vor sich ging.

»Sagen Sie, dürfte ich kurz das Fenster öffnen? Ich habe in letzter Zeit etwas Probleme mit der Luft ...«, sagte sie. »Sie wissen schon: das Alter.«

»Aber sicher«, Rabbi Geiger nickte, und bevor er sich erheben konnte, hatte sie bereits die Hand an dem Fenstergriff, öffnete einen der Flügel und beugte sich kurz vor, um den ganzen Hof zu sehen.

Gerade schwang sich der Cabrio-Fahrer, in dessen weißer, sorgfältig gewellter Haarpracht eine goldumrandete Piloten-Sonnenbrille steckte, aus seinem Auto. Und schon stürzte das Ehepaar auf Reto Spändli senior zu.

›Ich muss den Rabbi am Reden halten‹, dachte O. A. ›Dann ist er beschäftigt, und dank seiner leisen Stimme kann ich hören, was da draußen los ist.‹

Sie setzte sich also wieder und sagte zu Rabbi Geiger: »Ihre Vision von einem residenziellen Tora-Institut finde ich faszinierend. Das deckt sich doch sehr mit meinen Vorstellungen, dem jüdischem Glauben in Europa wieder mehr Heimat zu geben. Erzählen Sie mir mehr von Ihren Plänen …«.

Es war ihm anzusehen, wie gern er dazu bereit war. O. A. konnte sich darauf beschränken, von Zeit zu Zeit zu nicken, und ansonsten die Ohren nach draußen richten.

Sie musste sich auch nicht besonders anstrengen, denn das Gespräch da draußen wurde schnell laut.

»Was wollen Sie hier?« O. A. erkannte Reto seniors rätoromanischen Akzent. »Ich habe doch wohl klar und deutlich ›Nein‹ gesagt, oder?«

Eine weibliche Stimme kreischte: »Wir akzeptieren das aber nicht!«

Das musste Frau Horwath sein.

Reto senior schrie: »Lauern Sie mir deshalb hier auf? Nein heißt nein, ob Ihnen das passt oder nicht!«

Sie antwortete: »Darüber sollten Sie ganz dringend noch einmal nachdenken. Sonst …«

Retos Stimme überschlug sich fast: »Wollen Sie mir etwa drohen?«

Eine andere männliche Stimme, Herr Horwath, mischte sich ein: »Das Einzige, was wir wollen, ist dieses Gelände kaufen. Und wir werden es kaufen!«

Sie, triumphierend: »Wir wissen nämlich aus gut unterrichteten Kreisen, dass Sie bald gar keine andere Wahl mehr haben als zu verkaufen.«

Jetzt explodierte Reto: »Das muss ich mir nicht bieten lassen. Sie verlassen sofort meinen Grund und Boden. Sonst hole ich die Polizei, verstanden? Sie, Sie ... Gummihälse.«

Eine Autotür knallte, ein Motor heulte auf, Reifen quietschten.

Als die Staubwolke in der Einfahrt sich lichtete, sah O. A. die Horwaths, empört gestikulierend, zur Straße hoch wandern.

»Was ist denn da los?«, fragte nun auch der Rabbi. Bis dahin hatte er sich in seinem Redefluss nicht irritieren lassen.

O. A. antwortete: »Ich weiß nicht. Aber erzählen Sie weiter.«

»Ja, also wie gesagt: Dieses wunderbare Werk der Tora-Schule kann nur vollendet werden, wenn wir weiterhin auf Menschen zählen können, die uns dabei unterstützen. Darf ich darauf hoffen, dass Sie bald zu diesem Kreis gehören werden?«

Ohne auf seine Frage einzugehen, sagte O. A.: »Und Sie sagten, Herr Spändli hat Ihnen bereits zugesagt, dass Sie Ihr Institut hier einrichten dürfen?«

»Noch nicht endgültig.« O. A. glaubte einen Hauch von

Hinterlist in seinem Lächeln zu erkennen. »Aber er wird. Da bin ich mir ganz sicher.«

»Was macht Sie so sicher?«

»Reto Spändli ist nicht nur ein großzügiger, sondern auch ein einsichtiger Mensch«, sagte der Rabbi, und das maliziöse Lächeln vertiefte sich. »Ich hatte viel Zeit, mich hier umzusehen und so viele Gründe zu finden, warum dies der ideale Platz für mein Institut ist.«

»Das ist schön zu hören«, sagte O. A. mit unschuldigem Augenaufschlag. »Wie ich hörte, hat Reto Spändli auch einen Sohn. Gilt das mit der Großzügigkeit und der Einsicht auch für ihn?«

Unvermittelt wurde die leise Stimme des Rabbis lauter.

»Dieser Apfel fällt sehr weit vom Stamm«, antwortete er zornig. »Der junge Spändli ist uns feindlich gesonnen. Und leider nicht nur er. Ich bin sicher, dass er sogar die lokalen Behörden auf seiner Seite hat: Warum sonst werden ich und meine Schüler immer wieder zu diesen schrecklichen Morden vernommen? Wir haben NICHTS damit zu tun. Und eines ist sicher: Wir werden nicht weichen! ICH werde nicht weichen.«

Die letzten Worte sprach er mit Nachdruck. Dann schwieg er.

Schließlich ergriff O. A. das Wort: »Rabbi Geiger, haben Sie vielen Dank für all die Informationen zu Ihrem Institut. Wie gesagt: Ich bin fasziniert von Ihrer Vision. Und Sie werden von mir hören! Aber nun wird mein Taxi jede Minute da sein.«

Sie erhob sich: »Schalom!«

Sie deutete eine Verbeugung an. Auch der Rabbi Geiger neigte sein Haupt und entließ sie mit einem »Schalom«.

Vor der Eingangstür nahm O. A. nachdenklich ihr Kopftuch ab und sah noch einmal zum Büro des Rabbis hoch. Dort zuckte ein Schatten zurück: Offensichtlich beobachtete er sie.

Nur eine Minute später bog ihr Taxi in die Einfahrt ein. Der junge Mann machte Anstalten, aus dem Wagen zu springen und ihr die Tür aufzuhalten, aber sie winkte ab, ging um den Wagen und öffnete die Beifahrertür selbst.

»Noch alles in Ordnung?«, fragte er sie, als sie sich mühsam auf den Sitz schob.

»Natürlich. Hatten Sie etwas anderes erwartet?«, fragte O. A. trocken.

»Na ja, bei allem, was hier so passiert ist ...«, gab er zurück, vollendete den Satz aber nicht. »Zurück zur Villa Engiadina?«

»Nein, noch nicht. Sagen Sie, Herr ...«, erwiderte sie.

»Gino. Gino Gennaro.«

»Herr Gennaro: Welches Restaurant würden Sie in Scuol empfehlen, wenn man sich gepflegt mit jemandem treffen möchte, ohne dass alle Welt davon erfährt?«

Abends im Speisesaal empfing O. A. Mali mit den Worten: »Und? Wie ist es Ihnen heute in Ihrem Kurs ergangen?«

Mali ächzte: »Oh, gestern dachte ich noch, dass es nicht anstrengender werden könnte. Aber vorhin konnte ich kaum den Neoprenanzug aufhängen, so schwer sind meine Arme. Und meine Beine. Und mein Rücken ...«

»Aber haben Sie auch etwas gelernt?«

»Ich denke schon. Zumindest konnte ich am Nachmittag schon fast wackelfrei aus dem Kehrwasser herausfahren.«

»Was ist ein Kehrwasser?«

Mali sagte stolz: »Das kann ich Ihnen erklären.«

Mit Feuereifer versuchte sie wiederzugeben, was sie am Morgen von Reto gehört hatte. Sie malte mit dem Messer einen Fluss auf die Tischdecke, platzierte Salz- und Pfefferstreuer als Felsen, fuhr mit dem Löffel wie mit einem Boot dazwischen herum, kippte ihn mal auf die eine, dann auf die andere Seite. Sie war ganz vertieft und bemerkte nicht, dass O. A. die ganze Zeit schmunzelte.

»Dafür, dass Sie Kajakfahren ganz furchtbar finden, klingen Ihre Erklärungen durchaus enthusiastisch«, bemerkte diese schließlich.

Mali ließ den Löffel sinken. Sie schien selbst überrascht, dass sich ganz heimlich so etwas wie Begeisterung eingeschlichen hatte.

Schließlich lächelte sie: »Da ist wohl etwas dran. Aber ich habe ja auch einen Auftrag: Ich muss so schnell wie möglich Kajakfahren lernen. Nur ...«, sie zögerte einen Moment, »... wissen Sie, was mir gerade auffällt? Valentina übt mindestens genauso verbissen wie ich. Ich frage mich, ob das daran liegt, dass sie als ehemalige Leistungssportlerin immer so an einen neuen Sport herangeht oder ...«

»Oder was?«

»Oder ob sie auch einen Auftrag hat.«

»Wie kommen Sie darauf?«

»Ich weiß nicht. Es ist nur so ein Gefühl.«

»Gefühle sind das Salz in unserer trüben Suppe des Erdendaseins, nicht wahr, meine Damen?« Maurice war unbemerkt an ihren Tisch getreten und setzte mit übertrieben eleganter Bewegung zuerst O. A., dann Mali einen zierlichen Suppenteller vor. »Heute darf ich Ihnen ein deliziöses Karottencremesüppchen mit Ingwer und Sahnehäubchen servieren, danach ein zartes Züri-Gschnetzeltes und zum Dessert eine hausgemachte Engadiner Nusstorte – ein Traum in Nuss, sage ich Ihnen!« Er spitzte seine Lippen mit einem schmatzenden Geräusch.

»Wasser und Bitter Lemon?«, fragte er noch.

Beide nickten.

Mit einem »Sehr gerne, kommt sofort!«, wollte er enteilen, doch O. A. hielt ihn noch zurück. Es war ihr etwas eingefallen.

»Maurice, ich habe eine Frage. Was meinen Schweizer, wenn sie jemanden als ›Gummihals‹ bezeichnen?«

»Sind Sie als solcher bezeichnet worden?«, fragte er entsetzt.

»Nein«, beruhigte ihn die alte Frau, »ich nicht. Ich habe nur gehört, wie jemand anderes so genannt worden ist. Und es klang nicht freundlich.«

»Es ist auch alles andere als freundlich gemeint. Bei uns ist das so ziemlich das schlimmste Schimpfwort für Deutsche, die hier leben oder leben wollen.«

O. A. erwiderte: »So etwas dachte ich mir. Vielen Dank, Maurice!«

Später oben im Turmzimmer fragte O. A. Mali: »Sie haben gehört, in welchem Zustand der Tollpatsch heute Morgen aufgefunden wurde?«

Mali sagte: »Sie hatten recht: Offensichtlich lebt der junge Mann gefährlich. Oder glauben Sie auch, dass er bei einem Barbesuch abgestürzt ist? Vielleicht macht er das ja öfter. Maurice sagte etwas von einem Tattoo an intimer Stelle.«

O. A. lachte kurz auf: »Nein, das glaube ich nicht. Jemand hat ihn in eine Falle gelockt. Jemand, für den er gefährlich wurde – jedoch nicht gefährlich genug, um ihn umzubringen. Offensichtlich waren die Täter damit zufrieden, seinem Auftraggeber ein Zeichen zu senden, indem sie ihn der Lächerlichkeit preisgeben.«

»Seinem Auftraggeber? Wer ist das?«

»Ich habe einen Verdacht«, antwortete O. A. »Schließlich ist er von einem ranghohen Beamten des Schweizerischen Geheimdienstes hier in die Villa empfohlen worden.«

»Woher wissen Sie …«, Mali vollendete ihre Frage nicht.

O. A. konnte sehen, wie es in dem Kopf der jungen Frau ratterte.

»War das der Mann, von dem Maurice sagte, Sie hätten sich bei Ihrem letzten Aufenthalt hier mit ihm getroffen?«, sagte Mali schließlich.

»Genau«, erwiderte O. A. »Leider habe ich den Guten noch nicht erreicht, um ihn zu fragen, mit welchem Auftrag er den jungen Mann hierher geschickt hat – und warum dessen Ausbildungsstand so unterirdisch ist. Aber ich kann Ihnen etwas anderes zeigen.«

Sie kramte in der Aktentasche, die sie mit ins Turmzimmer gebracht hatte: »Dieses ›Tattoo‹ macht den Fall nämlich erst richtig rätselhaft. Hier, sehen Sie!«

Sie zog den Ausdruck eines Fotos hervor. Die Bildqualität war mäßig, aber es zeigte eindeutig die haarige Leistengegend eines Mannes. Nur Zentimeter entfernt vom Geschlechtsteil war ein kleines Symbol zu erkennen, etwa so groß wie ein Daumenglied. Immerhin hob sich das schwarze Zeichen deutlich von der hellen Haut ab.

»Und hier ist noch ein Foto von ganz nah.« O. A. reichte Mali einen zweiten Ausdruck. »Können Sie das Symbol deuten?«

Mali betrachtete das Bild: »Sieht aus wie ein kleines ›m‹ in Schreibschrift, nur mit einem Bogen zu viel und auch noch einem gebogenen Strich darunter.«

Sie hob den Blick und sah O. A. fragend an: »Ein lateinischer Buchstabe ist das nicht, aber vielleicht einer aus irgendeiner anderen Schrift?!«

»Ja, es ist ein Buchstabe«, sagte die Alte, »und zwar der elfte Buchstabe des georgischen Alphabets.«

»Aus Georgien? Okay, ich habe mal gehört, dass die eine eigene Schrift haben, aber ich habe sie noch nie gesehen«, sagte Mali verwundert. »Und welchem Buchstaben entspricht dieses Zeichen in unserem Alphabet?«

»Es lässt sich am ehesten mit der Buchstabenkombination ›LAS‹ wiedergeben.«

»L A S«, buchstabierte Mali. »Merkwürdig. Was bedeutet das? Hat der junge Mann Verbindung nach Georgien?«

»Nein, zumindest nicht dass ich wüsste. Aber Sie stellen die richtige Frage. Auch ich habe das Gefühl, dass dieses Zeichen ein Schlüssel zu dem ist, was hier gerade vorgeht – sowohl in Bezug auf die Morde als auch auf das, was dem jungen Mann widerfahren ist.«

O. A. schob die beiden Fotos wieder in ihre Aktentasche und sagte dann: »Das Interessanteste an diesem Tattoo wissen Sie noch gar nicht: Es ist nicht wirklich ein Tattoo.«

Mali: »Kein Tattoo? Was ist es dann?«

»Es ist ein Brandzeichen. Ein ganz frisches.«

15

Wie an den Tagen zuvor brannte die Sonne bereits heiß auf den Hof der Kajakschule, als Mali dort eintraf. Sie begrüßte die anderen Kursteilnehmer schon fast wie alte Bekannte.

Reto winkte sie alle in einen Kreis, nickte Valentina zu, die mit verschränkten Armen dastand, und sagte: »Valentina hat mich gestern noch angesprochen: Sie möchte gerne ein Stück oberhalb der Stelle von gestern einsteigen und auch ein bisschen den Fluss herunterfahren, statt nur an einer Stelle zu üben. Was haltet ihr davon?«

Mali spürte ihr Herz klopfen: den Fluss hinunterfahren? Das konnte sie doch noch gar nicht. Gestern waren sie so schön in Ufernähe geblieben, und das war schon aufregend genug gewesen. Andererseits würde sie für O. A.s Auftrag in Kürze allein auf dem Fluss zurechtkommen müssen. Vielleicht war es sogar gut, wenn sie heute damit starteten.

Deshalb nickte sie vorsichtig.

Lars hatte nur breit gegrinst, während André fragte: »Traust du uns das denn schon zu?«

»Klar«, erwiderte Reto, »ihr habt gestern alle echt gute Fortschritte gemacht.«

Valentina nickte sichtlich zufrieden.

Reto fuhr fort: »Curdin, der Chef, wird uns zum Einstieg bringen und dann den Bus weiter unten am Ausstieg für uns abstellen – das heißt, eure trockenen Sachen bleiben im Bus. Und unsere Mittagspause können wir in der Büvetta Sfondraz direkt am Fluss machen.«

»Oh, schön«, entfuhr es Mali. »Das ist das Lokal unterhalb des Kurhauses, nicht wahr?«

Im Augenwinkel sah sie, wie Valentina sie auf einmal aufmerksam ansah.

»Genau«, antwortete Reto. »Wir können direkt vom Ufer aus über eine kleine Treppe auf die Terrasse hoch.«

»Een Kurhaus jibt es hier?«, frage Lars. »Das klingt mondän.«

»Wir fahren da nur vorbei«, antwortete Reto scharf. »Ihr seid hier, um Paddeln zu lernen, nicht um Sightseeing zu machen, oder?«

Lars antwortete verdutzt: »Iss ja gut, ich wollte ja gar nicht kieken gehen.«

Nachdem Curdin sie an einem kleinen Parkplatz nahe des Flusses abgesetzt hatte, trugen sie die Boote jeweils zu zweit über einen kleinen Trampelpfad zum Wasser. Der Inn leuchtete heute ganz besonders smaragdgrün in der Sommersonne.

Mali hielt die Hand ins Wasser: ganz schön kalt. Und die Strömung war hier eindeutig stärker als dort, wo sie gestern waren. Sie spürte, wie sich ihr Magen zusammenkrampfte. Sie versuchte, sich auf ihren Atem zu konzentrieren, doch das nervöse Gefühl wollte einfach nicht verschwinden.

Entsprechend flatterig setzte sie sich in ihr Boot und schloss mit zitternden Fingern die Spritzdecke.

»Ihr macht einfach dasselbe wie gestern«, hatte Reto gesagt. »Der Fluss hat ein bisschen mehr Druck, aber lasst euch davon nicht einschüchtern. Ihr schiebt euch hier im Kehrwasser ins Wasser, fahrt vorne bei dem Felsen aus dem Kehrwasser heraus, hebt die Kante und fahrt in die Strömung. Wir paddeln dann gleich ins Kehrwasser wieder hinein. Ich fahre vor, und ihr fahrt einzeln nach.«

Bei Valentina klappte es schon erstaunlich gut, ihr Kajak wackelte kaum noch, wenn sie vorwärts in die Strömung einbog.

Malis Boot dagegen schaukelte noch kräftig, und sie wäre fast umgekippt. Reto kommentierte ihren Versuch: »Du hast ein sehr gutes Bootsgefühl, aber du musst noch entschlossener paddeln und auf die Kante, Mali! Und weißt du, was das Wichtigste ist?«

Er setzte eine ernste Miene auf.

Mali schüttelte den Kopf.

Reto grinste: »Das Wichtigste beim Paddeln ist: Lächeln!«

Sie lächelte schwach.

Lars dagegen war bester Laune, obwohl er sofort kenterte. Er rettete sich mit ein paar kräftigen Schwimmzügen an Land und sah lachend Reto dabei zu, wie der sein Kajak einfing und wiederbrachte.

»Das gefällt mir, Lars: Du lässt dich nicht unterkriegen«, lobte Reto. »Wenn du jetzt noch auf die richtige statt die gegenüberliegende Seite kantest, wird es gut!«

Und André? Er paddelte so energisch an, dass er bis in die Mitte des Flusses schoss. Er musste kämpfen, um nicht am nächsten Kehrwasser einfach vorbeizutreiben. Sein Gesichtsausdruck war hochkonzentriert, er murmelte unablässig vor sich hin.

Reto führte sie geduldig von Kehrwasser zu Kehrwasser, lobte, gab Tipps, war zur Stelle, wenn Lars wieder einmal kenterte. Mali war mit Feuereifer dabei und überrascht, als Reto schließlich sagte: »So, es ist fast Mittag. Das passt, denn gleich nach der nächsten Kurve liegt das Kurhaus. An dem paddeln wir zügig vorbei und landen direkt unterhalb bei der Büvetta an. Ich fahre vor, nach mir Lars und dann Mali und André. Valentina, machst du den Schluss? Du bist die sicherste von allen.«

Sie nickte kühl.

»Juchu! Mittagspause, mer kommen!«, trällerte Lars beim Losfahren, um gleich ein »Hoppala« hinterher zu schicken, weil sein Boot schon wieder bedenklich wackelte.

Mali konzentrierte sich auf ihre Ausfahrt: Die Stelle links von dem Felsen anvisieren, lospadddeln und linke Pobacke belasten. Wie jedes Mal durchfuhr sie ein kurzer Schreck, wenn sie fühlte, wie die Strömung ihr Boot erfasste, doch sie hielt die Kante oben. Sanft glitt ihr Kajak im Bogen in den Strom.

Sie lächelte zufrieden, bevor sie ihre Augen gespannt nach vorne richtete: Das Kurhaus müsste nun bald auf der linken Seite in Sicht kommen.

Tatsächlich erahnte sie schon bald zwischen den Bäumen hindurch das dunkle Dach, dann das Kurhaus selbst. Von dem hohen Zaun um das Gelände war von hier aus nichts zu sehen.

Sie hörte auf zu paddeln, um möglichst langsam an dem Areal vorbeizutreiben. Das Gestrüpp, das sich an dem kiesigen Uferstreifen entlangzog, wirkte ziemlich dicht zu sein. Da würde sie sich hindurchzwängen müssen, wenn sie sich von dieser Seite zum Kurhaus hochschleichen wollte.

Die Augen auf das Ufer geheftet, glitt Mali langsam vorbei. Sie drehte ihren Kopf so weit wie möglich nach links, um den Blick nicht abwenden zu müssen. Plötzlich sah sie im Augenwinkel eine Bewegung oberhalb im Fluss.

Valentinas rotes Boot trieb mit dem Boden nach oben im Fluss. Valentina selbst schwamm ruhig und zielstrebig auf das linke Ufer zu. Warum war sie umgekippt? Der Fluss war an der Stelle ganz ruhig. Und warum machte sie sich nicht bemerkbar?

André, der hinter Mali paddelte, hatte ihren Blick bemerkt und sich ebenfalls umgedreht.

»Schwimmer«, schrie er, so laut er konnte, »Schwimmer!«

Ach, richtig. Das hatte ihnen Reto eingeschärft: Wenn einer von ihnen umkippte und aussteigen musste, sollten sie laut rufen, damit Reto schnell reagieren konnte.

Mali wendete sich nach vorn: Reto war weit voraus. Auf Andrés Ruf hin war sein Kopf herumgeflogen. Er gab Lars das Zeichen, ans Ufer zu paddeln. Dann wendete er sein Boot und begann, sich mit kraftvollen Paddelschlägen gegen die Strömung nach oben zu kämpfen.

Mali sah sich wieder nach Valentina um. Die hatte

in der Zwischenzeit den Kiesstreifen vor dem Kurhaus erreicht. Ihr Paddel hielt sie in der Hand.

Malis Augen suchten das Ufer nach einem Kehrwasser ab. Denn auch das hatte Reto ihnen gesagt: Wenn einer schwamm, sollten alle anderen Kursteilnehmer zum Ufer paddeln. Sie sollten dort bleiben, bis er das Zeichen gab, dass die Situation geklärt war.

Am rechten Ufer erspähte sie eine ruhige Zone, steuerte darauf zu, bog ein und bekam einen großen Stein zu fassen. Hier war sie erstmal sicher.

Jetzt erst bemerkte Mali, wie weit der Fluss sie mitgenommen hatte: Sie befand sich bereits ein ganzes Stück unterhalb des Kurhauses. Und sie hörte Reto aufgeregt schreien: »Da nicht, Valentina! Da nicht!«

Valentina aber schien sich am Ufer seelenruhig umzuschauen und machte dann einige Schritte in Richtung des Ufergebüsches. Sie wirkte überhaupt nicht erschrocken oder verängstigt. Sie kümmerte sich auch nicht um Reto und seine Rufe.

Sie bückte sich, legte ihr Paddel ab und griff mit jeder Hand nach etwas, das am Ufer lag, bevor sie sich wieder aufrichtete. Was tat die Frau da?

Reto war in der Zwischenzeit bei Valentinas treibendem Boot angelangt. Er streckte die Hand danach aus, drehte es routiniert mit einem Handgriff so, dass die Luke wieder nach oben zeigte, und schubste es Richtung Ufer – den Blick weiter auf Valentina gerichtet.

Erneut schrie er: »Valentina! Komm da weg!«

In diesem Augenblick ertönte ein wütendes, lauter

werdendes Bellen aus dem Garten des Kurhauses. Kurz danach brachen zwei massige Hunde durch das Gebüsch auf den Uferstreifen und rannten direkt auf Valentina zu.

Mali stieß einen spitzen Schrei aus, als die Hunde Seite an Seite zum Sprung auf Valentina ansetzten.

Die Hunde sprangen ins Leere. Valentina war blitzschnell beiseite getreten und hatte mit der gleichen Bewegung zu einem kräftigen Fußtritt ausgeholt. Sie traf das eine Tier im Flug in die Flanke, so dass es zur Seite und gegen das zweite geschleudert wurde. Beide Hunde schlugen jaulend auf dem Boden auf.

Noch während die Tiere sich aufrappelten, hatte Valentina die rechte Hand erhoben, zielte und warf. Der Stein traf den einen Hund mit Wucht direkt an der Schläfe. Reglos fiel er zur Seite.

Währenddessen hielt das zweite Tier mit gefletschten Zähnen auf Valentina zu. Die hob wieder die Hand, zielte – und traf den Hund mit einem zweiten Stein voll auf den linken Vorderlauf. Der heulte laut auf und ergriff auf drei Beinen die Flucht.

Mit offenem Mund verfolgte Mali, wie Valentina sich offensichtlich zufrieden die Hände abklopfte, zwei Finger in den Mund nahm und einen lauten Pfiff ausstieß. Dann sah sie sich nach Reto um.

Der hatte die Szene ebenfalls völlig perplex verfolgt. Erst als Valentina ihr am Boden liegendes Paddel ergriff und einige Schritte ins Wasser auf ihn zumachte, kam wieder Leben in ihn.

Gleichzeitig ertönten mit einem Mal vom Kurhaus aufgeregte Rufe.

Valentina beschleunigte ihre Schritte, sprang ins Wasser und kraulte auf Reto zu. Sie streckte ihm ihr Paddel entgegen und ergriff den vorderen Griff seines Bootes.

Mit Valentina als Galionsfigur drehte Reto das Kajak in der Strömung flussabwärts und paddelte dorthin, wo er Valentinas Boot ans Ufer geschubst hatte.

Mali sah, wie auf der Kiesbank mehrere Männer in Arbeitshosen und T-Shirts erschienen. Diese blickten sich suchend um, entdeckten den zurückgebliebenen Hund am Boden und liefen darauf zu. Einer kniete sich nieder und schien das Tier zu untersuchen, während die anderen suchend flussauf- und -abwärts starrten. Als sie die Paddler erblickten, hoben sie drohend die Faust und schrien wütend.

In der Zwischenzeit hatte Reto Valentina bei ihrem Boot abgesetzt und redete zornig auf sie ein. Die aber zuckte nur mit den Achseln, stellte ihr Boot hochkant und ließ das beim Kentern eingedrungene Wasser ablaufen.

Reto winkte Mali, André und Lars zu sich. Die lösten sich aus den Kehrwässern, in denen sie Zuflucht gesucht hatten, und paddelten wackelig zu ihm hinüber.

»So, nach dieser Aufregung haben wir die Mittagspause wirklich nötig«, sagte er gepresst. »Sobald Valentina eingestiegen ist, fahren wir das kurze Stück zur Büvetta.«

Als sie wenige Minuten später auf der Terrasse der Büvetta saßen und die Helme abgenommen hatten, konnte sich Lars nicht mehr zurückhalten und sagte, an Valentina gewandt: »Ei, du hast die Hunde ja voll niedergemäht. Wo hast du denn das jelernt?«

Sie aber antwortete nur gleichmütig: »Da, wo ich aufgewachsen bin, musste man sich häufiger gegen hungrige, streunende Hunde wehren.«

»Aber musstest du den einen wirklich gleich totmachen?«, wandte Lars ein.

»Tot? Ach was, der ist nur bewusstlos«, erwiderte sie kalt. »Ein paar Tage in der Tierklinik und beide sind wieder einsatzfähig.«

Dann beendete sie das Thema demonstrativ, indem sie nach der Getränkekarte griff und sagte: »So, was gibt es denn hier Schönes?«

Die junge Bedienung kam an ihren Tisch: »Allegra! Wisst ihr schon, was ihr möchtet?«

Reto erwiderte: »Allegra, meine Liebe! Gib uns einen Moment, denn wir hatten gerade ein echt unangenehmes Erlebnis da oben. Es ist also wahr, dass mein Senior dort scharfe Hunde hält.«

Er deutete mit dem Daumen flussaufwärts.

Die junge Frau verstand sofort, was mit ›da oben‹ gemeint war: »Ja, aber erst, seit diese ... du weißt schon ... da oben eingezogen sind. Wenn ihr noch braucht, komme ich gleich nochmal wieder.«

»Hast du Stress?«, fragte Reto.

»Ja, stell dir vor«, seufzte sie, »meine Saisonkraft hat mich letzte Woche von einem Tag auf den anderen im Stich gelassen. Aber ich hatte Glück im Unglück: Nur eine Stunde später hat sich eine Bewerberin gemeldet und auch gleich angefangen. Die kann zwar kaum Deutsch, aber sie stellt sich super an.«

»Gratuliere«, erwiderte Reto und sah sich um. »Und wo ist sie?«

»Sie hat gefragt, ob sie ausnahmsweise mal Mittagspause machen kann. Ein Termin oder so was …«

Am Nachmittag ließ Reto Mali und die anderen üben, wie sie von einer auf die andere Seite des Flusses paddeln konnten, ohne allzu sehr abgetrieben zu werden. Das war nicht so leicht: Immer wieder wurden sie viel weiter von der Strömung mitgenommen als geplant. Sogar Valentina hatte Schwierigkeiten.

Doch schließlich verkündete Reto: »Genug! Es ist schon spät. Eure letzte Aufgabe für heute ist, zu dem dunklen Felsen da drüben auf der anderen Uferseite zu paddeln. Dahinter befindet sich ein großes Kehrwasser, dort steigen wir aus. Ich fahre vor, und ihr kommt einzeln nach. Packt nochmal alles aus, was ihr heute gelernt habt.«

Mit einem »Auf geht's« stieß er sich ab, bog elegant in die Strömung ein und auf der gegenüberliegenden Flussseite ebenso elegant ans Ufer. Er gab das Zeichen, dass einer nach dem anderen nachkommen sollte.

Valentina schaffte es fast ohne Wackler nach drüben. Bei André wirkte das Ganze unsicherer, aber es klappte.

»No gut, jetzt nochmal eenen für den Kataloch!«, sagte Lars, setzte sich in seinem Boot zurück, warf seine triefenden Dreadlocks auf den Rücken und schaufelte los. Das Rausfahren klappte noch ganz gut. Daher gab Reto Mali bereits das Zeichen zum Losfahren, als Lars noch in der Flussmitte war.

Sie paddelte los und drehte sich schön in die Strömung, doch dann sah sie, dass Lars doch noch gekentert war. Reto winkte ihr, dass sie zurück zu ihrem Ufer und im Kehrwasser warten sollte.

Die Strömung hatte sie schon etwas mitgenommen, daher konnte sie nicht mehr in das Kehrwasser von eben. Doch sie fand schnell eine Stelle, wo sie sich an überhängendem Ufergestrüpp festhalten konnte. Von dort aus konnte sie bequem beobachten, wie Reto erst Lars an Land brachte und anschließend dessen Boot verfolgte.

Mali fädelte ihre Knie aus den Schenkelstützen aus und lehnte sich in ihrem Boot zurück so gut es ging – bequem war dieser Sitz wahrlich nicht. Sie freute sich aufs Aussteigen gleich. Da fiel ihr Blick auf ein wallendes, schmutzig-weißes Knäuel, das sich in dem Gestrüpp verfangen hatte.

Sie setzte sich auf und strengte sich an, vom Boot aus zu erkennen, was das für ein Bündel war. Vergeblich.

Sie löste mit einer Hand ihre Spritzdecke, während sie sich mit der anderen an den Zweigen festhielt. Vorsichtig stocherte sie mit einem Fuß im Wasser nach Halt und fand ihn.

Sie wand sich aus dem Kajak und schob es auf den schmalen Uferstreifen. Dann versuchte sie, sich durch das Gestrüpp zu dem Knäuel vorzuschieben. Mit der Rettungsweste an war das gar nicht so leicht, aber wenn sie sich hin- und herwand, kam sie doch voran.

Als sie nahe genug war, erkannte sie, dass das Bündel Pfoten hatte.

›Oh mein Gott‹, dachte sie, ›eine ertrunkene Katze. Die Arme!‹

Sie betrachtete mitleidig das Tier, dessen Fell mit der Strömung wogte.

›Ich kann sie doch nicht einfach so hier hängen lassen‹, dachte sie. ›Wenigstens ans Ufer muss ich sie bringen.‹

Mali arbeitete sich noch weiter in dem Gestrüpp vor, bis sie das Knäuel mit ausgestreckten Armen erreichte und daran ziehen konnte. Die Äste zerkratzten ihr die Hände, und es war schwer, gegen den Wasserdruck anzukommen, der den kleinen Körper gegen die Zweige des Gestrüpps drückte.

Nach einigem Ruckeln und Schütteln löste sich das nasse Bündel, und sie konnte damit den Rückzug antreten. Es war überraschend groß und schwer für eine Katze.

Als sie sich aus den Zweigen gelöst hatte, legte Mali den Körper vorsichtig auf den Uferkies ab – und erschrak: Beim Ablegen klappte der Kopf der Katze nach hinten und gab den Blick in Luft- und Speiseröhre frei. Er war bis auf die Wirbelsäule durchgeschnitten worden.

›Oh nein‹, durchfuhr es Mali. ›Bitte nicht noch ein Fall von Schächtung!‹

Mit fahrigen Fingern suchte sie nach der Stelle am Rücken, wo sie den Ischiasnerv vermutetet. Tatsächlich: Auch hier wies der Körper eine Wunde auf.

Zitternd sank sie neben dem triefenden Knäuel nieder und fuhr ihm über das weiße Fell.

Da durchzuckte sie eine Erinnerung. Sie betrachtete das tote Tier genauer. Konnte das der flauschige Kater sein, der ihr bei dem alten Gewächshaus begegnet war?

Wenn ja, musste er einen Chip unter der Haut an seiner Schulter tragen.

Sie tastete die Stelle ab: Ja, hier spürte sie den kleinen Knubbel. Man würde also den Besitzer ermitteln können.

»Nun werde ich dich auf jeden Fall mitnehmen, Kleiner«, murmelte sie. »Das bin ich schon allein deiner Besitzerin oder deinem Besitzer schuldig. Und die Polizei wird sich ebenfalls für dich interessieren. Doch wie kriege ich dich auf die andere Flussseite?«

Sie blickte hinüber, dorthin, wo die anderen bereits aus ihren Booten geklettert waren. Nur Reto saß noch im Boot und rief ihr etwas zu, doch das Rauschen des Wassers übertönte ihn.

Kurz entschlossen zog Mali ihre Spritzdecke aus und legte sie auf den Boden. Vorsichtig bettete sie den toten Katzenkörper darauf und wickelte die Spritzdecke so gut es ging darum herum. Sie stieg in ihr Boot und legte das Bündel auf ihren Schoss.

Sie dachte nicht darüber nach, ob das Wasser in ihr Boot schwappen oder sie umfallen würde, sondern schob sich ins Wasser und paddelte Richtung Felsen. Und es gelang.

»Was war los, Mali?«, fragte Reto. Die anderen standen schon oben an der Uferböschung und sahen neugierig zu ihnen hinunter.

»Ich habe etwas gefunden, was nicht jeder sehen muss«, raunte sie.

Er nickte und wandte sich an Valentina, Lars und André: »Geht ihr ruhig schon mal zum Bus und zieht euch um. Der Schlüssel liegt auf dem rechten vorderen Radkasten.«

Lars und André wandten sich zum Gehen. Valentina zögerte, doch schließlich folgte sie den beiden.

Als sie außer Sicht waren, hielt Reto Malis Boot fest, damit sie vorsichtig aus dem Boot klettern konnte. Sie legte die zusammengewickelte Spritzdecke am Ufer ab und klappte sie behutsam auf.

»Eine tote Katze?«, fragte Reto erstaunt.

»Ja. Und zwar eine, die getötet wurde – auf ganz besondere Weise.« Mali hob den Katzenkopf an, so dass Reto den Schnitt erkennen konnte.

Er sog hörbar die Luft ein: »Puh! Wer macht denn so was?«

»Das frage ich mich auch. Du weißt, dass die beiden Leichen, die in letzter Zeit hier gefunden worden sind, ebenfalls eine durchschnittene Kehle hatten?«, fragte Mali leise.

»Ich habe davon gehört«, erwiderte Reto zögernd. »Aber was hat das zu bedeuten?«

»Ich weiß es nicht«, sagte Mali wahrheitsgemäß.

Dann fiel ihr etwas ein: »Reto, was wäre passiert, wenn der Katzenkörper nicht da drüben im Gebüsch hängen geblieben wäre? Wäre er jemals gefunden worden?«

Er überlegte, bevor er antwortete: »Ziemlich sicher ja, denn dann wäre er bis zur Staumauer getrieben – du weißt: dorthin, wo wir am ersten Kurstag waren. Dort wäre er wegen des weißen Fells sicher einem der vielen Ausflügler aufgefallen, die sich dort auf der Liegewiese sonnen.«

»Ausflüglern wie der Gruppe der orthodoxen Juden, die wir dort gesehen haben?«

Reto nickte.

In Malis Kopf ratterte es.

Dann sagte sie: »Wenigstens wird die Polizei schnell herausfinden können, wem das Tier gehört hat – es ist gechippt.«

»Aha, ein Chip mit den Angaben zum Eigentümer? Immerhin ...«

Auch Reto schien zu überlegen. Dann sah er sie ernst an: »Mali, die Gerüchteküche im Tal kocht eh schon über wegen der beiden Morde. Noch mehr Unruhe würde niemandem etwas nützen. Ich denke, es wäre besser, wir informieren die Polizei ganz vertraulich und erzählen sonst niemandem davon. Ich kann das als Einheimischer sicher unauffälliger übernehmen als du. Aber natürlich nur, falls du einverstanden bist ...«

Retos Vorschlag klang vernünftig. Also nickte Mali.

Er holte das kleine Notfall-Set aus seinem Boot und zog die zusammengefaltete Rettungsfolie heraus. Er wickelte den Katzenkörper darin ein, legte das goldene Paket in seine wasserdichte Packtasche und zog den Reißverschluss zu.

»Lass uns nun zu den anderen gehen. Sobald ich euch an der Kajakschule abgesetzt habe, fahre ich zur Polizei.« Er schaute sie beschwörend an: »Aber, Mali, denk daran: Kein Wort zu den anderen!«

»Okay«, erwiderte Mali.

16

Als O. A. kurz vor 19.00 Uhr die Hoteltreppe herunterkam, sah Maurice von dem Stapel Formulare an der Rezeption auf: »Ah, Frau Dr. Weiss! Wie schade, dass Sie heute Abend auswärts speisen. Emiliano wird untröstlich sein.«

»Das tut mir leid«, antwortete O. A. kühl und machte keine Anstalten stehen zu bleiben.

Maurice plauderte unbeeindruckt weiter: »Es wird überhaupt heute sehr ruhig sein im Speisesaal: Die Breitwiesers haben sich ebenfalls abgemeldet. Und nachdem der junge Mann – Sie wissen schon –«, er räusperte sich kurz, »abgereist ist, werden die Horwaths die einzigen Speisegäste sein.«

»Na, dann haben Sie ja einen ruhigen Abend«, erwiderte O. A. Sie hatte die Klinke der Eingangstür schon in der Hand, als sie sich noch einmal umdrehte: »Wenn Mali kommt, sagen Sie ihr bitte, dass ich draußen auf sie warte.«

Noch während sie Anna aus dem Carport manövrierte, stakste Mali aus der Villa und ließ sich stöhnend auf den Beifahrersitz fallen: »Ich weiß nicht, ob dieser Muskelkater jemals wieder vergeht.«

»Haltung, Mali, Haltung!«, erwiderte O. A. »Wenn Sie Ihrem Körper erlauben, sich gehen zu lassen, wird er das tun. Hatten Sie einen erfolgreichen Tag?«

»Und wie!«, antwortete Mali aufgeregt. »Ich muss Ihnen eine Menge erzählen.«

»Tun Sie das während der Fahrt, sonst kommen wir zu spät«, sagte O. A. und drückte das Pedal durch. Anna machte einen Satz vorwärts, und Mali krallte sich am Haltegriff an der Seite fest.

»Für was zu spät?«, fragte Mali.

»Ich habe mich nach dem Besuch beim Rabbi noch in Scuols feinstem Restaurant vorbeifahren lassen und mit dem Besitzer, den ich von früher kenne, geplaudert: Reto Spändli senior hat für heute einen Tisch für zwei reserviert. Michele wusste auch nicht, mit wem sich Reto trifft, aber ich habe es im Gefühl, dass das eine wichtige Begegnung ist. Und wir werden Zeugen dieser Begegnung sein, sofern wir rechtzeitig da sind ...«

Ohne den Fuß vom Gas zu nehmen, bog sie am Ende der kleinen Straße nach links in die Hauptstraße ein und sagte: »Also, ich höre ...«

Mali berichtete zunächst von Valentinas eigenartigem Kentern und ihrem Umgang mit den scharfen Hunden: »Ich weiß nicht, wie sie das geschafft hat, aber sie hat diese riesigen Exemplare fertiggemacht. Sie schien noch nicht einmal erschrocken, als die auf sie zustürzten – so als habe sie mit ihnen gerechnet. Das ist doch nicht normal, oder?«

»Nein«, antwortete die alte Frau ruhig, während sie sich in die nächste Kurve legte. »Normal ist das nicht. Aber erzählen Sie weiter.«

Nun Mali schilderte, wie sie den toten Kater gefunden hatte, wie dessen Kopf auf einmal nach hinten geklappt war und warum Reto es übernommen hatte, die Polizei vertraulich zu informieren.

»So so, er will also weitere Unruhe im Tal vermeiden«, bemerkte O. A. nachdenklich, während sie rechts von der Durchgangsstraße in Richtung Dorfkern abbog und Malis Hand sich wieder fester um den Haltegriff schloss.

»Da ist übrigens noch etwas!«, sagte sie. »Ich bin mir sicher, dass ich diesem Tier schon mal begegnet bin – dort oben bei dem alten Gewächshaus. Dieses Mal ist er wohl zufällig dem Falschen begegnet.«

»Ich glaube nicht an Zufälle«, erwiderte O. A. »Ich bin diesem Kater nämlich wahrscheinlich ebenfalls bereits begegnet.«

»Oh, davon haben Sie mir gar nichts erzählt.«

»Es schien mir nicht wichtig. Aber jetzt … diese Katze saß gestern noch auf dem Arm von jemandem. Dieser Jemand war Rabbi Geiger.«

»Rabbi Geiger? Oh nein! Was bedeutet das?«

»Das weiß ich noch nicht, aber wir müssen es herausfinden«, murmelte O. A. mehr zu sich als zu Mali. »Doch jetzt müssen wir uns erst einmal um Reto senior und seine Verabredung im Trais Portas kümmern.«

»Trais Portas – heißt so das Restaurant?«, fragte Mali.

»Genau!«

Sie waren in die Via de la Staziun eingebogen, die kurz darauf in Scuols Ladenstraße, die Stradun, überging.

O. A. steuerte einen der Parkplätze an: »Das Trais Portas liegt in der Vi, einer kleinen Parallelstraße. Sie ist sehr eng, deshalb lassen wir Anna hier stehen.«

Sie stiegen aus, und O. A. wies den Weg eine schmale Straße hoch.

»Jetzt nach rechts«, sagte O. A. schnaufend, als sie auf die Vi trafen. Das Kopfsteinpflaster des Sträßchens machte ihr zusätzlich zu schaffen.

Die Vi selbst war gesäumt von den typisch Engadiner Häusern: zwei- bis dreistöckige gedrungene Bauten, hell verputzt, mit kleinen Sprossenfenstern und Fensterläden aus dunklem Holz. Zusammen mit den bogenförmigen Eingängen vermittelten sie einen eher trutzigen als einladenden Eindruck.

»Da vorne ist es«, O. A. deutete auf ein Haus auf der linken Seite. Die Fassade war mit geometrischen Mustern bemalt, über dem Türbogen prangte ein goldenes Schild »Trais Portas«.

Als sie durch das Tor in eine Art Vorraum des Hauses traten, schlug ihnen kühlere Luft entgegen. Rechts, links und geradeaus ging je eine Tür ab, sie standen offen und gaben den Blick auf kleine holzgetäfelte Räume frei. In jedem Raum schienen jeweils nur zwei oder drei schmale Tische zu stehen.

Im Vorraum selbst hatte sich eine junge Frau in dunkelblauen Stoffhosen und weißem Polo-Shirt an einem hölzernen Stehpult postiert. Vor ihr lag ein großes ledergebundenes Buch.

Sie begrüßte O. A. und Mali: »Allegra! Sie haben eine Reservation?«

Die alte Frau nickte: »Ich war gestern hier und habe mit einem Herrn namens Michele gesprochen. Er hat netterweise noch einen Tisch für uns ausfindig gemacht.«

»Auf welchen Namen, bitte?«, fragte sie.

»Dr. Weiss.«

Der Finger der jungen Frau fuhr die Zeilen auf der linken Seite hinab.

»Ah, da?!« Sie runzelte die Stirn: »Ich dachte, der Chef hätte gesagt, wir sollen in dieser Stube für heute keine weiteren Tische vergeben. Aber gut. Folgen Sie mir bitte.«

Sie führte sie durch die rechte Tür und wies auf einen der beiden gedeckten Tische. Während O. A. und Mali sich setzten, griff sie nach zwei in schweres Leder gebundenen Speisekarten und überreichte sie ihnen: »Möchten Sie bereits etwas zu trinken bestellen?«

»Ja«, antworteten O. A. und Mali wie aus einem Mund.

»Ein Bitter Lemon.«

»Ein stilles Mineralwasser.«

»Gerne.«

Beim Hinausgehen wäre die Bedienung beinahe mit Reto senior zusammengestoßen, der gerade den Raum betrat. Er runzelte die Stirn, als er sah, dass ein Tisch bereits besetzt war, und warf der jungen Frau einen missbilligenden Blick zu. Die zuckte nur mit den Achseln und murmelte etwas von »war der Chef« und verschwand.

Reto senior schien zu überlegen, aber dann hielt er doch auf den zweiten gedeckten Tisch zu. Seine weiße Mähne sah heute besonders sorgsam onduliert aus.

Sofort begannen seine Finger nervös auf den Tisch zu trommeln. Er starrte auf die Tür, nur ab und zu warf er einen misstrauischen Blick zu O. A. und Mali herüber. Die aber hatten sich demonstrativ in die Speisekarten vertieft.

Die Kellnerin kam mit dem Tablett zurück und stellte ihnen die Getränke auf den Tisch: »Haben Sie sich schon entschieden?«

»Ja. Für mich das Wildschwein-Filet«, sagte O. A. und klappte die Karte zu.

»Und als Beilage?«

»Rosmarin-Kartoffeln.«

»Gerne. Und Sie?«

»Einen mittelgroßen 3D-Burger«, antwortete Mali. »Und, sagen Sie, was sind Pizzochel?«

»Das ist eine Graubündener Spezialität – so ähnlich wie geschabte Spätzle.«

»Dann probiere ich die dazu, auch wenn es vielleicht nicht so hundertprozentig zum Burger passt.«

»Kein Problem.«, sagte die junge Frau. Sie tippte die Bestellung in ihren elektronischen Block und drehte sich dem Bauunternehmer am anderen Tisch zu: »Reto, was darf ich dir zum Trinken bringen?«

»Einen Weißen – aber gespritzt. Ich brauche heute noch einen klaren Kopf.«

Mali fiel auf, dass sie Reto senior noch nie hatte reden hören. Er hatte die gleiche Stimme wie sein Sohn: dunkel und samtig. Nur sein Ton war schärfer und irgendwie unangenehm.

»Und zum Essen?«

»Ich warte noch auf meinen Gast«, antwortete er und mit einem Blick auf seine Uhr: »Sie muss jeden Moment kommen.«

O. A. sah Mali an und sagte etwas lauter als nötig: »Wir

haben in unserem Urlaub bisher wirklich Glück mit dem Wetter, nicht wahr?«

Mali verstand.

»Oh ja, sehr«, gab sie ebenso laut zurück. »Es ist wirklich herrlich, wenn auch ein bisschen warm.«

Und so plauderten sie über das gute Wetter und die warmen Sachen, die sie umsonst eingepackt hatten, und ähnliche Belanglosigkeiten.

Minute um Minute verstrich. Retos Finger trommelten immer ungeduldiger. Sein Glas Gespritzter, das inzwischen vor ihm stand, rührte er nicht an.

Doch plötzlich erstarrten seine Finger in der Luft. Im Vorraum war das Stakkato von hohen Absätzen zu hören und ein »Hier hinein, bitte« von der Bedienung.

Im Türrahmen erschien – die Prinzessin.

Auch heute trug sie einen Minirock, nur schillerte dieser wie eine regenbogenfarbene Schlangenhaut. Traumhaft sicher bewegte sich die Blondine auf ihren Stilettos durch den Raum auf Reto senior zu.

Sie hielt ihm hoheitsvoll die Hand hin. Er zögerte kurz, so als ob er überlegte, ihr einen Handkuss zu geben. Aber schlussendlich ergriff er ihre Hand nur und schüttelte sie.

»Habe ich Sie etwa warten lassen?«, fragte sie ohne eine Spur des Bedauerns in ihrer Stimme.

»Wir waren vor zwanzig Minuten verabredet«, erwiderte er säuerlich.

Sie lächelte nur: »Sicher haben Sie die Zeit genutzt, um über unser Angebot nachzudenken, nicht wahr?«

Reto senior räusperte sich und richtete sich auf: »Ich habe ja sowieso keine andere Wahl, nicht wahr?«

»Da Sie wissen, was wir wissen, ist das wohl so!«, erwiderte sie freundlich-gelassen. »Darf ich bitten?«

Mit einer graziösen Bewegung streckte sie ihm ihre Hand hin. Er senkte den Kopf und griff in seine Hosentasche. Der kleine Gegenstand, den er herauszog und in ihre Hand legte, sah aus wie ein winziges Handy.

Ihr Ton wurde nur einen Hauch schärfer, als sie sagte: »Und der Seed?«

Er seufzte und griff in die andere Hosentasche. Diesmal holte er ein kleines, flaches, goldenes Metallkästchen heraus und legte es ebenfalls in ihre Hand.

Sie nickte zufrieden, griff nach ihrem Handtäschchen, das aus derselben regenbogenfarbenen Schlangenhaut gefertigt war wie ihr Röckchen, und steckte beides hinein.

Sie lächelte Reto senior verführerisch an: »Bevor wir das übrige Agreement besprechen: Wollen wir etwas bestellen?«

»Äh ja, sicher«, antwortete er und griff nach der bereitliegenden Speisekarte.

In diesem Moment brach im Vorraum Unruhe aus.

»Wo isch er, dieser hinnerforzige Mensch?« schrie eine Männerstimme.

»Hermann! Hermaaann, sei doch schtill«, kreischte eine Frau.

»Bei einer solchen Sauerei kann isch nett stille sein!«, tobte es weiter.

»Hallo?!«, die angespannte Stimme der Bedienung drang herüber. »Wie kann ich Ihnen helfen?«

»Sie könnet misch zu dem Schlabbsack führe, diesem Spändli, – sofort!«

»Ähm, ich weiß nicht, ob Herr Spändli hier ist«, war die schwache Antwort.

»Ei freilisch iss' er da, isch habe doch seine Karre vor der Tür gesehen. Gehen Sie mer aus dem Weg, Fräulein!«

»Hermann, lass doch!«, kreischte es erneut, doch zu spät.

Herrmann Breitwieser stand mit hochrotem Kopf in der Tür des Gastzimmers. Seine Fäuste waren geballt. Sein gestreiftes Hemd war schweißgetränkt.

Sobald er Reto senior erblickte, stapfte er auf ihn zu. Vergeblich versuchte seine Frau, ihn an seinen Hosenträgern zurückzuhalten.

Er plärrte: »Da isch er ja! Wusst ich's doch! Sie, Sie ...«

Reto war aufgestanden und sagte laut, aber beherrscht: »Was wollen Sie?«

Er überragte Hermann Breitwieser um mindestens einen Kopf. Doch das schien diesen nicht zu beeindrucken. Er schrie weiter: »Wie könnet Sie im letzten Moment Ihre Unterschrift verweigern, Sie Betrüger? Wir waren uns einig, und jetzt machet Sie einen Rückzieher? Das isch Betrug!«

Reto senior richtete sich noch mehr auf. Seine Stimme glich nun einem Donnern: »Was soll das? Machen Sie, dass Sie fortkommen, bevor ich die Polizei rufe!«

»Bin schon da!«, tönte es energisch von der Tür her.

Ein Mann in marineblauem Hemd mit dunkler Krawatte und dunkler Hose betrat den Raum. POLIZEI stand in weiß links auf Brusthöhe eingestickt, rechts ›D. Stecher‹. »Michele hat mich angerufen. Was ist hier los?«

Reto hatte sofort seine Fassung wiedergewonnen und antwortete ruhig: »Dieser Mann bedroht mich«.

Er deutete auf Hermann Breitwieser.

Der fuchtelte mit den Armen, klang jedoch schon weniger forsch: »Isch bedrohe ihn net, sondern ich weise ihn auf sein geschäftliches Fehlverhalten hin.«

»Ich schlage vor, Sie verlassen jetzt dieses Restaurant. Oder möchten Sie mir lieber auf die Wache folgen?«, sagte der Polizist streng zu Breitwieser.

»Hermann«, flehte Frau Breitwieser, »Hermann, lass uns gehen!«

Hermann Breitwieser rang mit sich. Schließlich schnaubte er laut, machte auf dem Absatz kehrt und stapfte aus dem Raum. In der Tür drehte er sich noch einmal um, hob die Faust und stieß hervor: »Wir zwei habet uns net zum letzten Mal gesehen! Sie werdet diesen Tag noch bereue ...«

Hastig folgte Viktoria Breitwieser ihrem Mann.

»Alles in Ordnung, Reto?«, fragte der Polizist.

»Ja ja, Dario, danke dir! Was für ein unangenehmer Zeitgenosse«, sagte Reto und ließ sich in seinen Stuhl fallen.

»Sag Bescheid, falls er noch einmal Ärger macht«, erwiderte der andere, grüßte und verließ den Raum.

Die Prinzessin, die die ganze Szene mit einem amüsierten Lächeln verfolgt hatte, sagte: »Es ist immer gut, die Behörden auf seiner Seite zu haben.«

Sie setzte streng hinzu: »Doch öffentliches Aufsehen tut unserer Sache nicht gut. Sie werden doch in dieser Angelegenheit für Ruhe sorgen?«

Reto nickte abwesend: »Ja, natürlich.«

»Dann tun Sie das«, sagte die Prinzessin spitz, »und am besten schnell. Aber unser Gespräch setzen wir wohl besser an einem anderen Ort fort.«

Noch ehe Reto etwas erwidern konnte, hatte sie elegant ihre übereinander geschlagenen Ewigkeitsbeine entflochten und war Stiletto-klackernd aus dem Raum geschwebt.

Reto sah ihr nach und vergrub sein Gesicht in den Händen. Doch er schreckte sofort wieder hoch, denn die Bedienung kam aufgeregt auf ihn zugerannt.

Sie packte ihn am Arm und zischte: »Reto, komm schnell. Ich muss dir was zeigen.«

Verwirrt stand er auf und folgte ihr.

»Mali«, sagte O. A. leise, »gehen Sie ihnen möglichst unauffällig nach. Wir müssen wissen, was sie ihm zeigen will!«

Mali nickte, schlüpfte hinter dem Tisch hervor und durch die Tür.

Eine Minute später kam sie wieder hereingehastet. Sie war blass.

»Haben Sie etwas gesehen?«, fragte O. A. leise.

»Ja«, zischte Mali. »Stellen Sie sich vor: Die Bedienung hat Reto senior zu seinem Cabrio gewinkt, das direkt vor der Tür steht, und in den Fußraum auf der Beifahrerseite gedeutet. Er hat sich hineingebeugt und ist sofort zurückgezuckt.«

»Und? Konnten Sie sehen, was die beiden so erschreckt hat?«, fragte O. A. ungeduldig.

»Ja, ich konnte mich auf den kleinen Absatz am Sockel des Torbogens stellen und einen Blick in den Fußraum erhaschen.«

»Und?«

Mali schluckte: »Dort lag der Körper der toten Katze. Und auf ihr weißes Fell war mit smaragdgrüner Farbe geschmiert: ›Ceda!‹«

»Ceda? Sind Sie sicher?«, bohrte O. A. nach.

»Absolut sicher. Und ich weiß auch, was es heißt: Es ist rätoromanisch für ›Hör auf!‹« O. A. stieß einen leisen Pfiff aus. Dann sagte sie: »Mali, wir müssen sofort los. Das ist eine heiße Spur, die uns ziemlich sicher direkt an einen unheiligen Ort führt. Kommen Sie!«

Als die Bedienung mit den zwei Tellern in der Hand in den Raum kam, war er leer.

II

AUS.

17

In dem betonierten Unterstand unterhalb des alten Kirchengebäudes war es bereits fast dunkel. O. A. ließ Anna in die hinterste Ecke rollen – vorbei an einem zweiten Golfcart und einer dunklen Limousine. Beide Fahrzeuge trugen den dezenten Aufkleber ›Villa Engiadina‹.

O. A. flüsterte Mali zu: »Schauen Sie nur: Ich hatte ja damit gerechnet, dass Reto junior da ist. Aber die Horwaths? Es wird immer verworrener. Umso wichtiger, dass Sie herausbekommen, ob und wer sich noch heute Abend in der Zentrale dieser obskuren Società ein Stelldichein gibt.«

Sie seufzte: »Ich warte hier auf Sie. Ich bin noch viel zu immobil für eine solche Anschleichaktion. Los, beeilen Sie sich!«

Mali nickte.

Sie glitt vom Beifahrersitz und sprang die Betontreppe empor, die sie vor vier Tagen bereits schon einmal gegangen war. Sie würde von der Treppe aus aber nicht den Weg nehmen, sondern sich oberhalb durch den Wald schlagen, um nicht entdeckt zu werden.

Leicht war das nicht, denn auf dem Boden lag eine dicke Schicht trockener Tannennadeln. Mali rutschte immer wieder ab. Aber wenigstens dämpften die Nadeln das Geräusch ihrer Schritte.

Endlich war sie auf der Höhe des Kirchenschiffs angelangt. Noch ein ganz kleines Stück weiter und sie würde vielleicht von schräg oben einen Blick in den umgebauten Chor werfen können.

Sie ging auf die Knie und schob sich zentimeterweise vorwärts.

Die Glastür zum Kirchenschiff stand weit offen, sie hörte Stimmen.

Mali erspähte die Beinpaare von drei Menschen. Eines in Jeans und Sneakern ohne Socken, zwei andere in weißen Stoffhosen und dunkelblauen Segeltuchschuhen.

In diesem Moment landete ein Knie schwer auf Malis Rücken. Gleichzeitig verschloss ein stählerner Handgriff ihren Mund und ihre Nase. Sie wollte schreien, doch durch die Hand drang nur ein leises Hmmpf.

»Still! Dann passiert dir nichts, Kleine«, raunte eine Stimme.

Mali spürte heißen Atem direkt an ihrem Ohr. Wer war das? Was wollte diese Person von ihr?

Eine Hand tastete sie zügig ab.

»Hör zu«, vernahm sie weiter, »du haust hier sofort ab. Dies ist kein Spielplatz! Ich meine es ernst!«

Mali spürte das kalte Metall einer Messerklinge an ihrem Hals.

»Ich lasse dich jetzt los und ziehe mich zurück. Du zählst bis zehn und dann verschwindest du leise. Die drei da unten dürfen dich nicht bemerken. Verstanden?« Das letzte Wort war etwas lauter gezischt, der Druck der Schneide an ihrem Hals verstärkte sich kurz.

Mali nickte.

»Dann los!«

Mali fühlte, wie die Hand sich von ihrem Mund löste und die Last von ihrem Rücken verschwand. Sie lauschte, wohin der oder die andere sich wandte, doch sie hörte rein gar nichts.

Sie zählte langsam bis zehn, dann stemmte sie sich vom Bauch auf die Knie hoch. Sie wagte nicht sich umzusehen, sondern konzentrierte sich auf ihren geräuschlosen Rückzug. Erst nachdem sie schon fast bei dem Treppenaufgang war, richtete sie sich auf und hastete die Stufen hinunter.

Mit drei Sätzen war sie bei Anna, schwang sich auf den Beifahrersitz und sagte zu O. A.: »Fahren Sie! Fahren Sie!«

Diese zögerte keinen Moment und startete den Golfcart.

»Wohin?«, fragte sie.

»Egal. Weg. Zur Villa.«

O. A. bog zügig auf die Straße Richtung Scuol ein.

Auf der Fahrt berichtete Mali, was sie erlebt hatte.

»Und die Person, die Sie ertappt hat, hat Sie einfach nur weggeschickt?«, fragte O. A. nachdenklich, während sie Anna über die hohe Inn-Brücke lenkte. »Interessant!«

»Ich war jedenfalls heilfroh«, erwiderte Mali. »Ich war so erschrocken, als auf einmal jemand auf mir kniete und sich diese Hand um meinen Mund schloss!«

»Tja, Sie sind noch einmal davongekommen«, sagte O. A. trocken. »Was können Sie mir über den Angreifenden sagen?«

»Äh, eigentlich nichts«, sagte Mali verwirrt. »Ich weiß nicht einmal, ob es ein Mann oder eine Frau war. Obwohl: Für eine Frau war diese Person eigentlich zu stark, der Griff um meinen Mund wie ein Schraubstock. Und lange Fingernägel hatte derjenige definitiv auch nicht, denn die hätte ich im Gesicht gespürt. Ich weiß also gar nichts. Außer ... wenn ich so darüber nachdenke ...«

»Was?«, fragte O. A.

»Diese Hand hat eigentümlich gerochen ...«

»Nach was? Parfüm? Motoröl? Erde?«, riet O. A. und bog die kleine Straße zur Villa ein.

»Nein, sie roch irgendwie zitronig. Wie nach Putzmittel.«

Eine gute Stunde später rollte sich Mali stöhnend in ihrem Bett zusammen. Sie spürte jeden Muskel und jeden Knochen: erst Kajakfahren, dann die Schleichaktion. Hoffentlich würde sie trotzdem bald einschlafen können, denn sie war todmüde.

O. A. und sie hatten sich an der Tankstelle des Ortes noch ein paar Kekse besorgt, denn sie waren ja ohne Abendessen aus dem Restaurant gestürmt.

»Für heute ist es genug«, hatte O. A. anschließend gesagt. »Ruhen Sie sich aus!«

Mali hatte Eckart noch schnell ein »Alles okay« geappt und war dann auf ihr Bett gesunken. Ihr Kopf schwirrte von den Ereignissen des Tages. Warum hatte der Kater sterben müssen? Wie war sein Kadaver, den sie Reto junior übergeben hatte, in das Auto des Seniors gekommen?

Und warum? Was hatte Reto junior mit den Horwaths zu schaffen? Und warum war Herrmann Breitwieser so außer sich gewesen? Warum schlich noch jemand um die Kirche herum? Und warum hatte diese Person sie einfach laufen lassen?

Eigenartig. Alles sehr eigenartig.

Sie streckte die Hand aus, löschte das Licht – und setzte sich sofort wieder auf. Waren da nicht Geräusche direkt vor ihrer Tür?

In diesem Moment klopfte es leise, aber vernehmlich, und ein Flüstern drang durch die Tür: »Mali? Hören Sie mich? Machen Sie auf!«

Mali erkannte O. A.s Stimme. Hastig erhob sie sich und öffnete die Tür einen Spalt.

»Lassen Sie mich hinein und schließen Sie die Tür hinter mir!«, sagte O. A. knapp.

Sie holte ihr kleines Gerät aus der Tasche, warf einen prüfenden Blick darauf, nickte und steckte es wieder ein.

»Tut mir leid, dass ich Sie aus dem Bett hole, aber es ist Gefahr im Verzug.« Sie sprach wie jemand, der gewohnt war, in brenzligen Situation klare Anweisungen zu geben. »Ich habe verlässliche Informationen, dass im Kurhaus etwas vorgeht, was wir verhindern müssen. Was SIE verhindern müssen!«

»ICH?«, Mali riss die Augen auf.

»Ja, Sie. SIE sind mit dem Kajak in der Lage, unauffällig auf das Gelände zu gelangen – ich nicht. Und auf die Polizei können wir in diesem Fall nicht setzen.«

»Aber, aber ...«

»Nichts aber, Mali. Jetzt nicht. Es hängt ein Menschenleben und noch viel mehr davon ab, verstehen Sie?«

»Okay«, Mali schluckte. »Aber wo bekomme ich ein Boot her?«

»Ganz einfach: Aus der Kajakschule. Ich bringe Sie mit Anna hin.«

»Aber der Anhänger mit den Kajaks steht im Hof, und der ist sicher abgeschlossen.«

»Das lassen Sie mal meine Sorge sein. Ziehen Sie am besten gleich hier Ihre Paddelsachen an – Sie haben doch alles dabei, oder?«

»Ja. Nur Rettungsweste, Spritzdecke und Helm liegen im Anhänger.«

Mali zog sich, so schnell sie konnte, im Badezimmer um, wo sie ihre Sachen zum Trocknen aufgehängt hatte. Der Neoprenanzug war noch feucht und ließ sich nur schwer die Beine hochziehen. Den fiesen Geruch, der sie in den letzten Tagen so gestört hatte, nahm Mali gar nicht mehr wahr. Jetzt noch in die Neoprenschuhe schlüpfen und die Spritzjacke überziehen.

»Fertig«, sagte sie und trat aus dem Bad.

»Gut, dann los. Aber leise!«, erwiderte O. A.

Geräuschlos öffnete sie die Tür und glitt ebenso leise hinaus ins Treppenhaus.

Im letzten Moment war Mali ihr Handy eingefallen, sie schnappte es vom Nachttisch und folgte.

Die Villa lag in der friedlichen Dunkelheit einer mondlosen Nacht.

»Holen Sie Siegmund und legen Sie ihn auf Annas

Ladefläche«, wisperte O. A. »Vielleicht brauche ich ihn später.«

Dann zog sie ihren Zimmerschlüssel aus der Rocktasche und schob ihn in das altmodische Schloss der Eingangstür. Sie drehte ihn langsam, um ein Quietschen zu vermeiden. Mali spürte den Luftzug, als O. A. die schwere Tür aufzog. Sie traten in die Nacht hinaus.

Wie gut, dass Annas Elektromotor nur leise schnurrte. Sacht setzte O. A. den Golfcart zurück und rollte zur Straße.

Mali warf einen Blick zur Villa zurück. Alles war dunkel geblieben. Doch hatte sich da nicht ein Vorhang bewegt? Sie war sich nicht sicher.

An der Kajakschule angekommen, gelang es O. A. im Handumdrehen, das Vorhängeschloss am Tor zu öffnen. Mali wuchtete ihr Boot so leise wie möglich aus dem Anhänger und griff nach Helm, Spritzdecke und Rettungsweste. Auch einen der Gurte, mit denen Reto die Kajaks festzurrte, nahm sie mit.

Sie bugsierte Boot und Paddel auf die Ladefläche und zurrte sie mit dem Gurt fest. Dann dirigierte sie O. A. zu der Stelle am Fluss, an der sie gestern mit dem Kurs eingestiegen waren.

»Und was tue ich genau, wenn ich im Kurhaus bin?«, fragte Mali, während sie ihr Boot ablud. Hier war weit und breit kein Mensch, sie konnten sich in normaler Lautstärke unterhalten.

»Sie schauen sich um. Wenn Sie etwas Verdächtiges sehen, fotografieren oder filmen Sie es und schicken es an meine Handy-Nummer. Ich habe die Weiterleitung an dieses Ding aktiviert«, O. A. hielt ein kleines Tablet hoch. »Und wenn Sie etwas beobachten, was eindeutig ein Verbrechen ist, schreien Sie ›Halt! Polizei!‹ oder so etwas – und hauen sofort ab, verstanden? Sie haben das Überraschungsmoment auf Ihrer Seite, das gibt Ihnen einen kleinen Vorsprung.«

Mali nickte zögernd.

»Vertrauen Sie sich!«, sagte O. A. ernst. »Wenn ich nicht sicher wäre, dass Sie das schaffen, würde ich Sie dort nicht hinschicken. Mali, Sie können das!«

Die junge Frau rang sich zu einem schwachen Lächeln durch und stieg in ihre Spritzdecke.

»Und was machen Sie in der Zwischenzeit?«, fragte sie, während sie sich in die Rettungsweste zwängte.

»Ich fahre mit Anna an die Ausstiegsstelle, die Sie mir beschrieben haben.« O. A. hielt ihr vorsintflutliches Mobiltelefon hoch. »Melden Sie sich, wenn Sie meine Hilfe brauchen.«

Mali nickte und stopfte ihr eigenes Handy in die Brusttasche ihrer Rettungsweste. Sie stülpte sich den Helm über den Kopf und griff nach ihrem Paddel.

»Bereit?«, fragte O. A.

»Bereit!«, antwortete Mali und legte, ohne darüber nachzudenken, die Faust auf ihren Helm – das Kajaker-Zeichen für »Okay«.

Erst als Mali sich abgestoßen hatte und ihr Boot wackelnd in die Strömung einbog, fiel ihr etwas ein: Wie sollte sie in dieser Dunkelheit erkennen, wann sie auf der Höhe des Kurhauses war?

Sie rief sich das Bild der Stelle in Erinnerung, an der sie Valentinas rotes Boot kopfüber hatte treiben sehen. Ah! Da hatte eine Art schmaler Brücke oder Rohrleitung in vier oder fünf Metern Höhe über den Fluss geführt. Aber ob sie die in der Nacht würde sehen können? Sie musste auf jeden Fall langsam fahren.

Mali ließ sich treiben und nutzte ihr Paddel nur, um ihr Kajak gerade zu halten. Sie hatte alle Antennen ausgefahren und starrte in die Nacht. Der Fluss rauschte leise, kein Windhauch ging. Die Dunkelheit legte sich wie ein Mantel um sie und ihr Boot.

Nach nur wenigen Minuten zeichnete sich schemenhaft ein dunkler, den Fluss überspannender Strich gegen den Nachthimmel ab. Das musste es sein.

Sobald sie unter dieser Rohrleitung hindurchgeglitten war, musste sie sich also Richtung linkes Ufer orientieren. Sie drehte ihr Kajak mit einem sachten Paddelschlag nach links und paddelte langsam auf das Ufer zu.

Schon schrabbte ihr Boot über die ersten Steine des seichten Uferstreifens.

Mali griff mit der linken Hand ins Wasser und schob sich noch ein paar Zentimeter Richtung Ufer, bis das Kajak festsaß. Dann öffnete sie die Spritzdecke und kletterte heraus.

Das Wasser kam ihr gar nicht so kalt vor. Sie packte den vorderen Griff des Bootes und zog es zwei Meter den glitschigen Uferstreifen hoch.

Ob sie das Kajak verstecken musste? Sie entschied sich dagegen. Sie würde weg sein, bevor es hell wurde – und in dieser Dunkelheit würde niemand das Boot bemerken.

Sie streifte den Helm, Rettungsweste und Spritzdecke ab und legte alles auf den Sitz ihres Bootes. Sie nahm das Handy aus der Brusttasche der Rettungsweste und drehte es unschlüssig zwischen den Händen: Alle anderen Kleidungsstücke hatten keine Tasche. Wohin also damit?

Schließlich stopfte sie es unter ihrer Spritzjacke in den Ausschnitt des Neoprenanzuges. Der war so eng, dass das Handy nicht verrutschen würde.

Sie sah sich um. Das Gebüsch zeichnete sich nur als unterschiedsloser schwarzer Umriss ab. Sie musste eine Stelle finden, an dem es weniger undurchdringlich schien als hier. Vorsichtig schob sie sich das seifige Ufer entlang, bis sie auf eine Art steilen Trampelpfad durch das Dickicht stieß. Oh verdammt, dieser war erst recht rutschig.

Mit den Händen suchte sie Halt an herausstehenden Wurzeln, während sie sich geduckt und Schritt für Schritt nach oben arbeitete. Ihr Haar verfing sich in den Ästen. Mit einem stummen Fluch auf den Lippen machte sie sich wieder los.

Glücklicherweise öffnete sich das Gebüsch schon nach wenigen Metern.

Eine weite Rasenfläche lag vor ihr. Hier war es ein klein wenig heller. Die Konturen des Haupthauses waren gut zu erkennen, kein Licht brannte.

Wenn sie sich rechts im Schatten des Ufergestrüpps hielt

und dann entlang der alten Bäume am Grundstücksrand schlich, könnte sie vielleicht ungesehen bis fast zum Kurhaus kommen. Immer noch geduckt schob sie sich voran. Die ganze Zeit behielt sie die Fenster und Türen des Kurhauses im Auge, aber dort blieb alles dunkel.

Sie kam an einem Hundezwinger vorbei, doch auch hier blieb alles still. Offensichtlich war der Zwinger leer.

›Danke, Valentina, dass du die beiden Hunde aus dem Weg geräumt hast‹, dachte Mali. ›Die hätten bestimmt schon lange angeschlagen.‹

Im Schatten des letzten Baums oben blieb sie stehen und spähte die vielleicht 15 Meter zu den Türen der Gartenfront des Kurhauses hinüber. Dort musste sie hin. Aber dort in diesem Bereich gab es mit Sicherheit Bewegungsmelder.

Mali überlegte. Ein Bewegungsmelder hieß doch sicher deshalb Bewegungsmelder, weil er auf Bewegungen reagierte. Aber galt das auch für ganz langsame Bewegungen? Sie würde es ausprobieren müssen.

Sie ließ sich auf alle viere nieder und begann, sich im Unter-Zeitlupen-Tempo aus dem Baumschatten herauszuschieben. Sie bemühte sich, pro Atemzug nur eine Gliedmaße zu bewegen.

Mali war nur noch wenige Meter von der Hauswand entfernt, als sich die Tür des Haupteingangs zum Garten öffnete. Sofort flammten mehrere taghelle Scheinwerfer auf. Sie sah zwei Männer aus dem Haus unter den kleinen säulenumstandenen Vorbau treten.

Nur ein blitzschneller Sprung zur Hauswand rettete Mali vor deren Blicken. Sie quetschte sich in eine schmale Ecke des Vorbaus und atmete so flach wie möglich. Solange die Männer unter den Säulen stehen blieben, würden sie sie nicht sehen. Aber sobald diese auch einen Schritt nach draußen machten und sich umsahen, war es um sie geschehen.

Sie hörte das Klicken von Feuerzeugen. Kurz darauf nahm sie den kratzigen Rauch von schwarzen Zigaretten wahr. Die Männer unterhielten sich leise in einer Sprache, die sie nicht verstand.

Ein oder zwei Minuten vergingen.

Schließlich sah Mali zwei glühende Zigarettenstummel in den Garten fliegen und hörte Schritte, die ins Haus zu gehen schienen. Die Tür ins Schloss fallen hörte sie nicht.

›Vielleicht habe ich Glück‹, dachte sie, ›und die Tür ist nur angelehnt. Aber erst muss diese Bühnenbeleuchtung wieder ausgehen.‹

Es dauerte weitere Minuten, bis die Strahler erloschen. Gleich darauf kroch Mali um die Hausecke und schielte zu der Tür. Sie stand tatsächlich einen Spalt offen.

Vorsichtig schlüpfte sie hinein.

Drinnen war es dunkel. Nur schemenhaft konnte sie erkennen, dass sie in einem Treppenhaus stand. Rechts führte die Treppe nach oben – wahrscheinlich in die Eingangshalle, die Mali von ihrem ersten Besuch im Kurhaus schon kannte. Links führte die Treppe nach unten – in das Untergeschoss, von wo es keine Pläne gab.

Mali lauschte. Von oben vernahm sie keinen Ton. Von unten jedoch hörte sie leises Rumoren. Wenn, dann ging dort unten etwas vor sich.

Sie dachte an O. A.s Worte: »Es hängt ein Menschenleben und noch viel mehr davon ab.«

Sie würde also da hinunter müssen, wenn sie das verhindern wollte.

Wie gut, dass ihre Kajakschuhe weiche Sohlen hatten: Ihre Schritte waren auf den Steinstufen nicht zu hören.

Die Treppe vollzog in der Hälfte eine 180°-Kurve. Am Fuß angelangt, erahnte Mali je einen breiten Gang nach rechts und nach links. Nach hinten weg öffnete sich ein großer Raum, der – soweit Mali erkennen konnte – auf der gegenüberliegenden Seite zu einem Tor führte. Das musste der Handwerker-Eingang direkt unterhalb des Hoteleingangs sein. Dort hinein war der Koloss mit seinen Metallrohren verschwunden, den sie von dem alten Gewächshaus aus beobachtet hatte.

Entlang der Wände dieses Raums schienen sich allerlei Handwerker-Gerätschaften zu stapeln. Mali glaubte, Putzeimer und Schalbretter zu erkennen, große Werkzeugkoffer, jede Menge Rohre und Maurerwerkzeug, eine Betonmischmaschine und Zementsäcke daneben. Alles andere verschmolz in der Dunkelheit zu einem undefinierten Haufen.

Hier rührte sich nichts. Auch aus dem Gang rechts vernahm sie nur Stille. Aus dem linken Gang dagegen drangen gedämpfte Geräusche. Sie hörte Klirren und

Klappern, dazwischen immer wieder dröhnendes Bohren.

Also nach links.

Mit einer Hand an der Wand tastete sie sich vorwärts. Jeder Schritt führte sie in eine noch schwärzere Dunkelheit. Fast wäre sie frontal gegen die Tür gedonnert, die den Gang nach etlichen Metern abschloss.

Mali tastete die Tür ab: fühlte sich an wie eine massive Brandschutztür.

Sie fand den Türgriff, drückte ihn vorsichtig herunter und öffnete die Tür ein klein wenig.

Ein schwacher Lichtschein fiel durch den Türspalt. Auch die Geräusche waren hier deutlich lauter. Jetzt konnte Mali auch Rufe unterscheiden, die wohl das Klirren übertönen sollten. Doch sobald das Bohrgeräusch einsetzte, war gar nichts mehr sonst zu hören.

Mali schloss die Tür leise hinter sich. Erst hatte sie überlegt, ob sie sie angelehnt lassen sollte, um schneller verschwinden zu können. Aber sie hatte sich dagegen entschieden: Jeder noch so kleine Lichteinfall hätte außen auffallen können.

Der Gang war zwanzig Meter lang und machte dann einen scharfen Knick nach rechts. Von dort drang genügend Licht, so dass sie sich nicht mehr an der Wand vortasten musste.

Zu beiden Seiten des Gangs gingen Türen ab. Mali drückte versuchsweise bei einigen leise die Klinke nach unten, aber sie waren alle verschlossen.

Die Stimmen – nur Männerstimmen, soweit sie hörte –

wurden immer lauter. Verstehen konnte Mali nichts. Es schien dieselbe fremde Sprache zu sein wie die, die die Männer beim Rauchen verwendet hatten.

An der Ecke angelangt schob sie langsam ihren Kopf vor.

Mali blickte in einen hell erleuchteten Raum, der fast so groß wie eine Fabrikhalle war. Auf der rechten Seite fiel das kalte Licht der Neonröhren auf eine riesige chromglänzende Maschine, die die gesamte Länge des Raumes einnahm. Neben vielen Rohren und Schläuchen war das Auffälligste daran die lange Schlange goldener Flaschen, die unentwegt auf einem Band entlang ratterten. Sie schienen eine nach der anderen befüllt, verkorkt und etikettiert zu werden. Mali glaubte, arabische Schriftzeichen auf den Flaschenetiketten zu erkennen.

An der Kopfseite des Raumes stand ein großes Gitterregal, das nicht ganz bis zur Decke reichte. Es war zum Bersten voll mit denselben goldenen Flaschen wie diejenigen, die über das Band liefen. Mit einem einzigen Unterschied: Die Flaschen im Regal trugen zusätzlich eine goldene Manschette um den Hals, was sie wie Champagnerflaschen aussehen ließ.

Mali sah einen Mann einen großen papiernen Sack zu der Maschine schleppen. Er öffnete eine Klappe und ließ ein weißes Pulver aus dem Sack hineinrieseln.

Ein anderer Mann mit Klemmbrett stand vor einem Display und schien die Daten abzugleichen.

Malis Augen wanderten weiter: Die hintere linke Ecke des Raumes war mit dicken Plastikplanen verhängt. Von dort kam das durchdringende Bohrgeräusch, das gerade wieder eingesetzt hatte. Sie spürte, wie die Wand, an der sie lehnte, vibrierte.

Ein paar Sekunden später brach das Bohren abrupt ab, ein lautes Fluchen folgte.

In die relative Stille hinein hörte Mali ein Rumpeln aus der vorderen linken Ecke. Weil die außerhalb ihres Sichtfeldes lag, streckte sie ihren Kopf noch ein wenig weiter.

Zu ihrer Überraschung war das, was da rumpelte, ein großer, alter Paternoster. Jedenfalls kam gerade eine Aufzugskabine ohne Tür von oben heruntergefahren. Aha, wahrscheinlich wurden damit die befüllten Flaschen an die Oberfläche gefahren und auf den schwarzen Pritschenwagen verladen, den Mali vom Gewächshaus aus gesehen hatte.

Jemand trat durch den Plastikplanen-Vorhang in der hinteren Ecke und brachte eine graue Staubwolke mit. Prompt beschwerte sich der Mann mit dem Klemmbrett, doch der andere hielt ihm schimpfend einen abgebrochenen riesigen Bohrer entgegen. Dann jedoch trat er noch einmal hinter den Plastikvorhang zurück, um sich abzuklopfen. Dabei streifte sein Blick die Einmündung des Ganges, in dem Mali stand.

Erschrocken fuhr sie zurück und presste sich mit dem Rücken an die Wand. Hatte er sie gesehen? Sie musste den Rückzug antreten. Sofort.

Schon hörte sie einen erstaunten Ausruf und erste Schritte.

Mali rannte zu der Brandschutztür, öffnete sie, glitt hinaus und drückte die Tür wieder zu. Sofort umfing sie Schwärze.

Es gelang ihr, den Weg zum Treppenaufgang aus dem Gedächtnis zu finden, ohne über irgendetwas zu stolpern. Als sie eben an den Treppenabsatz kam, hörte sie, wie die Brandschutztür aufgerissen wurde. Gleichzeitig flammte das fahle Ganglicht auf.

Verdammt, das waren die Schritte von gleich mehreren Menschen. Sie waren hinter ihr her!

Mali hastete beide Treppenabsätze hoch, griff nach der Türklinke des Gartenausgangs und drückte sie nach unten. Doch die öffnete sich nicht.

Mali warf sich dagegen, aber die Tür rührte sich nicht. Jemand musste sie abgeschlossen haben.

Was jetzt?

Sie hörte, wie die Schritte die Treppe erreichten.

Kurz entschlossen stürzte Mali die rechte Treppe nach oben, die in die große Eingangshalle führte. Vielleicht war die Drehtür nach draußen nicht blockiert. Oder sie konnte in den ersten Stock flüchten und sich dort irgendwo verstecken.

Als sie die letzte Stufe erreicht hatte, warf sie einen kurzen Blick über ihre Schulter: Mindestens drei Männer bogen da um die Ecke. Der vorderste deutete auf sie, und alle begannen, die Stufen hochzuspringen.

Den Kopf immer noch nach hinten gedreht, sprintete

Mali weiter – und kollidierte mit voller Wucht mit einer schwarzen Gestalt.

Sowohl sie als auch die Gestalt gerieten ins Straucheln, ruderten mit den Armen, suchten nach Halt. Malis Hand streifte ein Ohr, bekam eine Schläfenlocke zu fassen, doch schlussendlich schlugen sie beide lang hin.

Das Licht in der Eingangshalle flammte auf. Mali erkannte den Mann, der neben ihr zu liegen gekommen war. Es war Isaak Vogel – der ultraorthodoxe Jude, auf den sie bei ihrer ersten Erkundung im Studierzimmer gestoßen war.

»Frau Tuffli?«, fragte der verdattert.

Bevor Mali antworten konnte, spürte sie einen harten Schlag gegen ihre Schläfe.

18

O. A. hatte Anna am Rand der kleinen, einsamen Straße direkt am Fluss abgestellt. Wieder und wieder ließ sie ihre Augen den nächtlichen Flusslauf hinauf wandern. Und zum hundertsten Mal prüfte sie erst ihr Mobiltelefon, dann das Tablet: keine Nachricht.

Wo blieb Mali?

Sie trat von einem Fuß auf den anderen. Nicht einmal ihre Pfeife hatte sie dabei, um sich von ihrer Unruhe abzulenken.

Minute um Minute verstrich.

Plötzlich hörte O. A. aus dem Ufergebüsch oberhalb ein leises Knacken.

»Mali?«, rief sie halblaut in die Dunkelheit.

Vielleicht war die junge Frau auf dem Weg zum oder weg vom Kurhaus gekentert und hatte sich zu Fuß am Ufer entlang bis hierher durchgeschlagen.

»Mali?« O. A. rief noch einmal.

Statt einer Antwort sprang aus dem Gebüsch blitzartig eine massige Gestalt und holte mit dem Arm aus.

O. A. erkannte sofort, was dieser Mensch in seiner Hand schwang: ein Nunchaku, ein asiatisches Würgeholz – zwei Holzkolben, mit einer Kette verbunden.

Den einen Kolben hatte er fest gepackt, der andere schwang in rasender Geschwindigkeit in Richtung ihres Kopfes.

Geistesgegenwärtig drehte sie sich weg. Das Holz donnerte auf Annas Ladefläche nieder.

O. A. duckte sich und konnte damit gerade noch der Hand ausweichen, die nach ihrem Oberarm griff.

Erneut holte ihr Gegenüber mit dem Nunchaku aus. Er knurrte wie ein Tier.

Die alte Frau ließ das rotierende Holz nicht aus den Augen. Sie schaffte es erneut, ihm auszuweichen. Anna erzitterte, als der Prügel das Gestänge der Fahrerkabine traf.

Aus dem Knurren wurde nun ein monströses Brüllen, denn die Kette des Nunchaku hatte sich bei dem Schlag an einer der Stangen verfangen. Die Gestalt des Ungeheuers riss so heftig daran, dass Anna ins Schaukeln kam.

O. A. überlegte fieberhaft: Wenn sie auf den Fahrersitz springen und sofort losrasen würde, hätte sie eine Chance. Der Schlüssel des Golfcarts steckte, sie müsste nur schnell genug die ein oder zwei Meter um die Motorhaube herum zum Fahrersitz schaffen.

In diesem Moment wurde sie von einem heftigen Schlag in die linke Gesichtshälfte getroffen.

Das musste ein zweiter Angreifer sein.

Sie taumelte rückwärts, halb benommen, als eine harte Hand sie am Arm packte, herumdrehte und in den Schwitzkasten nahm. O. A. stieß ihren Ellenbogen mit Wucht nach hinten, doch die Person wich der Bewegung geschickt aus.

»Halt d' Schnurre, du Räf!«, zischte die Person.

O. A.s Gedanken rasten: Das war kein Zufall, dass sie hier überfallen wurde. Sie wusste noch nicht, wer sie überwältigt hatte und was die mit ihr vorhatten, aber ihr schwante nichts Gutes. Und aktuell sah es nicht so aus, als könnte sie sich selbst aus der Gewalt dieser Leute befreien.

Was würde passieren, wenn Mali jetzt auftauchte? Wahrscheinlich würden die zwei Angreifer auch sie überwältigen – die junge Frau war unbewaffnet und würde völlig überrascht sein.

Aber was, wenn Mali erst später kam? O. A. war sich ziemlich sicher, dass ihre beiden Angreifer sich nicht lange an diesem Ort aufhalten wollten. Entweder würden diese sie, O. A., schnell loswerden wollen, sie gleich hier töten und liegen lassen. Oder sie würden sie irgendwohin verschleppen.

Für diesen Fall musste sie Mali einen Hinweis hinterlassen, was passiert war.

Hinter ihr gab es einen dumpfen Schlag.

Der Mensch, der sie im Schwitzkasten hielt, drehte sich zur Seite, und so konnte auch O. A. sehen, dass das Monster in seiner Wut Anna umgerissen hatte.

So als hätte er einen Feind besiegt, stellte er seinen Fuß auf ihre Motorhaube.

Den winzigen Augenblick, in dem der Mann, der O. A. im Schwitzkasten hatte, seine Aufmerksamkeit auf den umgestürzten Golfcart richtete, nutzte O. A., um eine Hand in ihre Rocktasche gleiten zu lassen.

19

Als Mali wieder zu sich kam, brummte ihr der Schädel und es war ihr übel. Sie versuchte, tief einzuatmen, aber es ging nicht. Da war etwas vor ihren Mund gebunden. Etwas, was entsetzlich nach Benzin und Moder stank.

Wo war sie? Was war geschehen? Sie blickte sich um.

Sie saß auf kühlem feuchtem Boden, die Beine ausgestreckt. Ihr Oberkörper war seitlich links an irgendetwas Buschiges gelehnt. Rechts oberhalb erkannte sie in einiger Entfernung den säulenumstandenen Eingang wieder, wo sie die Männer bei ihrer Zigarettenpause beobachtet hatte. Wie lange war das her? Keine Ahnung. Aber es war immer noch Nacht, es konnte also nicht allzu viel Zeit vergangen sein.

Durch den Glaseinsatz in der Eingangstür da oben fiel ein gedämpfter Lichtschein.

Mali versuchte vergeblich, sich zu bewegen. Als sie an sich heruntersah, wusste sie, warum: Sie war gefesselt. Grobe, straff gespannte Stricke verliefen um ihren Oberkörper. Auch ihre Füße waren an den Knöcheln zusammengebunden.

Und langsam dämmerte ihr, dass sie nicht allein war. An ihrem Rücken spürte sie einen Körper.

Sie drehte ihren Kopf so weit zur Seite, wie sie konnte, und erhaschte einen Blick auf einen Ärmel und die Schulterpartie eines schwarzen Jacketts. Und im Augenwinkel sah sie einen hängenden Kopf mit kurz rasierten dunklen Haaren. Von der Schläfe hing eine einsame Locke. Isaak Vogel!

Ausgerechnet ein Mann, für den körperlicher Kontakt zu einer fremden Frau gar nicht ging, klebte nun an ihrem Rücken. Das machte die Situation für Mali noch unangenehmer, doch was sollte sie tun?

»He, Herr Vogel«, versuchte sie zu raunen. Wegen des Knebels wurde daraus jedoch nur ein leises Brummen.

Im Körper hinter ihr regte sich nichts. Hoffentlich war der Mann nicht tot.

Jedenfalls musste sie hier weg! Vielleicht konnte sie irgendwie aufstehen und sich mitsamt dieses menschlichen Rucksacks wegschleichen. Sie musste bis zum Fluss und zum Kajak kommen. Vielleicht fand sie dort sogar etwas, um die Fesseln zu lösen.

Mali versuchte, ihre Knie anzuziehen. Ja, das ging.

›Wenn ich mich weit genug und mit ein bisschen Schwung nach vorne beuge, komme ich vielleicht auf die Füße‹, dachte sie. Sie holte mit ihrem Oberkörper so gut es ging nach hinten aus und warf ihn dann nach vorn, die Fußsohlen in den Boden gedrückt.

Doch sie kam keinen Zentimeter vom Boden hoch: Der Körper, der an ihren Rücken gefesselt war, war viel zu schwer.

›Ich muss erst meine Füße unter mich bekommen. Dann kann ich die Kraft aus den Beinen holen‹, dachte sie.

Vorsichtig lehnte sie sich nach rechts und zog die zusammengebundenen Füße zu sich heran.

Plumpf – der Körper des bewusstlosen Mannes kippte auf die Seite ins Gras und zog sie mit.

Sie zappelte und versuchte, sich wieder aufzurichten. Vergeblich.

Enttäuscht ließ Mali ihren Kopf seitlich in die feuchte Wiese sinken.

Au!

Ein Wurzelstock ragte senkrecht aus dem dunklen Boden und pikste ihr direkt ins Ohr.

Verdammt! Sie konnte doch nicht die ganze Nacht den Kopf hoch halten.

Wenn sie nur wüsste, was die Männer mit ihnen vorhatten. Und was sie tun könnte, um sich aus dieser Lage zu befreien. Und wenn nur dieser Lappen nicht so stinken würde: Diese Benzindämpfe machte sie ganz dusselig.

Da durchzuckte sie ein Gedanke: Vielleicht konnte sie mit Hilfe dieser Wurzel diesen Lappen loswerden!

Sie wand ihren Kopf, bis der Strunk über den Lappen rutschte. Dann streckte sie ihren Hals und schnitt Grimassen. Und tatsächlich: Der Lappen rutschte nach unten. Bald war ihr Mund frei. Jetzt nochmal kräftig mit dem Unterkiefer mahlen. Geschafft.

Der Lappen lag wie ein Schal um ihren Hals – immer noch stinkend, aber das war schon mal besser.

»Was ... was ist passiert?«, fragte eine Stimme verwirrt.

Mali hatte gar nicht bemerkt, dass Leben in ihren »Rucksack« gekommen war, und erschrak. Schnell aber fing sie sich wieder und flüsterte: »Psst. Leise! Sie dürfen uns nicht hören.«

Isaak gab ein leises »Oh« von sich und flüsterte dann: »Wo sind wir?«

»Sie haben uns gefesselt und erst einmal in den Garten geschafft.«

»Aber warum? Und wer sind ›sie‹? Was ist überhaupt passiert?«, fragte er verständnislos.

»Wer die sind, weiß ich auch nicht so genau. Aber ich weiß, dass wir in größter Gefahr sind.«

»Sollten wir dann nicht um Hilfe rufen? Wenn wir laut genug rufen, wecken wir die anderen Toraschüler. Die können uns doch befreien!«, erwiderte er.

»Auf gar keinen Fall«, wisperte Mali. »Ich erkläre Ihnen später, warum. Wir müssen so schnell wie möglich weg von hier.«

Es klang schon fast fröhlich, als er fragte: »Ja, worauf warten wir dann noch?«

›Auf das koschere Taxi‹, lag Mali auf der Zunge. Aber sie verbiss sich die Antwort und sagte stattdessen: »Falls Sie es noch nicht bemerkt haben: Wir sind nicht nur jeder an Händen und Füßen, sondern auch noch aneinander gefesselt!«

»Oh!«, antwortete er.

Und nach einer Millisekunde: »Oh nein! Männer und Frauen sollten sich nicht so nahe kommen, solange sie nicht verheiratet sind.«

Jetzt klang Isaak Vogel wirklich besorgt.

»Entschuldigung, dass ich Ihnen zu nahe getreten bin!«,

zischte Mali. Respekt vor religiösen Regeln hin oder her, dafür war jetzt keine Zeit.

Sie spürte, wie er zuckte, und setze hinzu: »Sorry, aber wir haben gerade andere Sorgen. Probieren Sie, ob Sie Ihre Beine anwinkeln können.«

Dem Anspannen seiner Rückenmuskeln folgte ein unterdrücktes Stöhnen. Ein leises Geräusch, während die Anzughose über das feuchte Gras schliff.

Er flüsterte: »Ja, ich habe es geschafft. Und jetzt?«

»Wir versuchen, uns seitlich hoch und ins Sitzen zu wälzen. Okay?«

»Okay.«

Der erste Versuch misslang: Ihre Oberkörper hoben kaum vom Boden ab, sie plumpsten sofort auf die Seite zurück.

»Nochmal. Lassen Sie uns synchron Schwung holen.«, flüsterte Mali. »Auf 3. 1, 2 ...«

Sie spannte die Hüfte an, klappte den linken Oberschenkel auf den rechten, nur um ihn auf »3« blitzartig nach links zu werfen.

Diesmal klappte es. Immerhin saßen sie nun aufrecht.

»Und jetzt?«, flüsterte er.

»Jetzt schauen wir, dass wir hier wegkommen. Wenn wir unsere Füße ganz fest in den Boden rammen und unsere Rücken gegeneinanderpressen, müssten wir uns aneinander hochdrücken können. Sollen wir das versuchen, Herr Vogel?«

»Nennen Sie mich Isaak.« Mali registrierte, dass er eine Verbeugung andeutete, und musste fast laut lachen.

Diese Geste steifer Höflichkeit steigerte die Bizarrheit der Situation noch.

Aber sie antwortete nur: »Gerne, Isaak. Ich bin Mali.«

»Sagten Sie nicht, Sie heißen Mari?« Oh, verdammt: Er hatte sich bei ihrer kurzen Begegnung im Studierzimmer sogar ihren Vornamen gemerkt. Aber egal.

Möglichst gleichgültig sagte sie: »Nein, mein Name ist Mali. Das erkläre ich Ihnen später. Los, lassen Sie es uns versuchen. Bereit?«

»Bereit! Aber ... wohin sollen wir uns denn überhaupt wenden?«

»Zum Fluss. Das ist unsere einzige Chance.«

Isaak klang überrascht: »Zum Fluss? Das verstehe ich nicht. Und ich verstehe auch nicht, was diese Männer gegen mich haben? Was habe ich ihnen getan?«

Jetzt seufzte Mali: »Später, Isaak, später. Wir müssen hinunter zum Fluss. So schnell wie möglich. Dort liegt mein Kajak.«

»Ihr Kajak?«

»Ja, ich bin über den Fluss gekommen. Können Sie paddeln, Isaak?«

»Paddeln? Ist das so was wie Rudern?«

»Na ja, nicht ganz. Aber sind Sie schon mal gerudert?«

»Nein.«

»Aber in irgendeinem Boot gesessen?«

»Nein.«

»Können Sie wenigstens schwimmen?«

»Nein.«

Mali seufzte: »Okay, dann hängen Sie sich einfach hinten an mein Kajak, und ich paddele uns zum Ausstieg. Schaffen Sie das?«

»Ich weiß nicht«, erwiderte Isaak kleinlaut.

»Es hilft nichts, es ist unsere einzige Chance«, sagte Mali ungeduldig. »Wenn wir überhaupt bis zum Fluss kommen. Auf jeden Fall müssen wir uns beeilen. Sind Sie bereit zum Aufstehen?«

»Ja.«

»Dann los. 1, 2, ... 3!«

Sie rammten die Füße in den Boden, pressten ihre Rücken aneinander und drückten sich nach oben. Und wirklich: Sie standen.

Mali schaute zum Kurhaus hoch. Dort regte sich weiterhin nichts. Trotzdem war sie froh um die Dunkelheit des Ufergebüschs, in der sie standen. Jederzeit könnte einer der Männer auf die Idee kommen, auf die Terrasse zu treten und in ihre Richtung zu schauen.

Sie flüsterte: »Hier an dieser Stelle kommen wir nicht durch das Gestrüpp durch. Wir hüpfen in die Richtung, in die Sie schauen – Sie vorwärts, ich rückwärts. Da hinten ist ein Durchschlupf, und dort liegt auch das Kajak. Ich gebe den Takt vor: Eins. Zwei. Eins. Zwei ...«

Das Rückwärtshüpfen hatte Mali sich leichter vorgestellt: Hüpfte Isaak auch nur einen Zentimeter weiter, als sie erwartet hatte, stolperte sie fast. Hüpfte er weniger weit, rumpelte sie von hinten an ihn dran und brachte ihn ins Straucheln. Nachdem sie sich mehrfach nur mit knapper Not hatten halten können, flüsterte er: »So geht das nicht. Können wir versuchen, seitwärts zu hüpfen?«

»Einverstanden. Achtung: Ich wende mich in diese Richtung«, sagte Mali und tippte mit dem Finger an Isaaks linkes Bein.

Mit zwei kleinen Hopsern drehten sie sich um 90 Grad, so dass sie beide mit gedrehtem Kopf nach vorne schauen konnten.

»Und Eins. Zwei ...«, zischte Mali.

So ging es besser, wenn auch nicht schneller. Und anstrengend war das Hüpfen auch. Schnell japsten beide nach Luft, Isaak noch mehr als Mali.

»Sollen wir eine kurze Pause machen, Isaak?«, fragte sie.

»Sehr gerne«, keuchte er. »Meinen Sie, wir schaffen das überhaupt?«

»Wir müssen es zumindest versuchen«, erwiderte Mali. »Sagen Sie Bescheid, sobald Sie wieder können?«

So hüpften und pausierten sie, bis Mali plötzlich sagte: »Vorsicht, stopp! Wir sind da!«

Tatsächlich standen sie nun direkt an der Kante, wo das Gelände zum Fluss hin abfiel. Das Rauschen des Wassers war nicht mehr zu überhören.

»Hier müssen wir runter. Aber Achtung: Dieser Trampelpfad ist ziemlich glitschig.«

»Sollen wir uns nicht lieber im Sitzen herunterschieben?«, meinte Isaak.

Mali antwortete: »Sie haben recht. Wir drehen uns am besten so, dass Sie vorausrutschen, denn Sie sind schwerer als ich.«

Sie machten einen 90-Grad-Hüpfer, so dass Isaak mit

dem Gesicht zum Fluss stand, stemmten die Rücken aneinander und ließen sich so langsam wie möglich ab.

»Kann es losgehen?«, fragte Isaak.

»Ja – und zwar schnell!«, rief Mali unterdrückt. »Isaak, ich sehe sie kommen!«

Die Strahler entlang der Kurhausfassade waren aufgeflammt, mehrere Männer aus der Tür getreten. Sie hatten Taschenlampen in der Hand, einer trug eine Fackel.

»Ich beeile mich ja schon«, erwiderte Isaak, und wirklich begannen sie als Paket die mehreren Meter der steilen Böschung hinunterzurutschen. Erst langsam, dann immer schneller. Äste schnalzten um ihre Köpfe.

»Mali, ich kann nicht bremsen«, quietschte Isaak. »Was soll ich tun?«

»Rammen Sie Ihre Fersen in den Boden!«

»Hilfe, wir rutschen direkt auf ein großes dunkles Ding am Ufer zu!«

»Das ist das Boot! Isaak, wir müssen stoppen, sonst schubsen wir das Kajak ins Wasser, und es schwimmt weg!«

Mali versuchte verzweifelt, auf dieser Rutschbahn mit ihren gefesselten Füßen irgendwo Halt zu finden.

»Aaaah, Mali, gleich sind wir ...«

Endlich konnte Mali ihre angespannten Fußspitzen im Wurzelwerk verhaken. Ihr Oberkörper wurde unsanft nach hinten und auf Isaaks Rücken gerissen. Aber sie waren zum Stillstand gekommen.

»Uff!«, entfuhr es ihr. »Ist das Kajak noch da, Isaak?«

»Ja, aber das war sehr knapp«, antwortete er. »Ich musste schon meine Beine hochheben, mein Hinterteil berührt die Bootswand. Was sollen wir jetzt tun?«

»Wir müssen uns so neben das Boot schieben, dass ich mich in die Luke hinein beugen kann. Schnell, schnell, vielleicht haben die Männer schon entdeckt, dass wir nicht mehr dort sind, wo sie uns gelassen haben«, antwortete Mali hastig.

Sie mussten sich mehrfach verwinden, bis Mali wirklich mit dem Kopf in die Luke reichen konnte. Auf dem Sitz des Kajaks lag die Rettungsweste. Sie erwischte den Gurt mit den Zähnen und zog sie mit Schwung heraus. Die Weste landete auf ihrem Schoß.

Jetzt den Reißverschlussbügel der Brusttasche mit den Zähnen erwischen. Bäh, der war sandig. Aber es half nichts.

Sie zog und zuppelte eine Weile, bis der Reißverschluss sich öffnete und die Tasche aufklappte.

Da lag es: das Kajakmesser.

»Was machen Sie da eigentlich?«, fragte Isaak.

»Ich versuche, das Messer aus der Weste rutschen zu lassen und in die Hand zu bekommen. Sehen Sie schon etwas von den Männern?«

»Wir sitzen zu tief, ich kann nichts sehen. Aber ich fürchte, die Rufe kommen näher. Beeilen Sie sich.«

Endlich glitt das Messer aus der Weste neben sie auf den Boden. Sie drehte ihre gefesselten Arme so weit wie möglich zur Seite und bekam mit der Hand das Messer zu fassen.

›Ein Glück hat uns Reto gezeigt, dass sich die Schutzhülle des Messers mit einer Hand ablösen lässt‹, dachte Mali und atmete erleichtert auf, als sie die Klinge in ihrer Hand spürte.

Sie hatte nur wenig Bewegungsspielraum, aber schnell waren die ersten Fasern durchtrennt.

Oh verdammt, die Rufe kamen immer näher.

Sie säbelte und säbelte und spreizte dann mit aller Macht ihre Handgelenke auseinander. Der Strick riss.

»Ja!«, zischte sie triumphierend.

Mali drehte sich so weit wie möglich zu Isaak.

»Meine Hände sind frei. Ich durchtrenne jetzt das Seil, das uns zusammenbindet«, flüsterte sie. Da sie nun mit Kraft das Messer führen konnte, ging das Durchschneiden schnell. Noch ein Schnitt und auch ihre Füße waren frei.

Sie drehte sich zu Isaak um, der ihr schon seine Hände entgegenstreckte. Sie setzte gerade zum Schnitt an, als eine Stimme von oberhalb halblaut rief: »Ha, da sind sie!«

»Schneiden Sie, schneiden Sie«, Isaaks Stimme zitterte.

Dann ging alles ganz schnell: Sie kappte den Strick um Isaaks Hände, schnappte sich die Rettungsweste, sprang in das Kajak, warf Messer und Weste in den Fußraum, griff nach dem Paddel, das neben dem Boot lag, und schrie: »Halten Sie sich hinten am Boot fest.«

»Aber meine Füße sind noch gefesselt ...«

Der Mann mit der Fackel kam als erster heruntergesprungen. Die Männer mit den Taschenlampen folgten.

»Egal, kommen Sie, Isaak«, schrie Mali und schob das

Boot mit den Händen in den Fluss hinein. Die Strömung erfasste es sofort.

Mali machte einen unbeholfenen Paddelschlag rückwärts, um nicht abgetrieben zu werden, während Isaak hastig vorwärts hüpfte.

Mit schreckgeweiteten Augen sah sie, wie er stolperte und lang hinschlug. Immerhin bekam er mit einer Hand den Griff am hinteren Ende des Kajaks zu fassen. Doch der Mann mit der Fackel streckte bereits die Hand nach Isaak aus.

Geistesgegenwärtig griff Mali nach dem benzingetränkten Knebel, der ihr noch um den Hals hing. Sie riss ihn ab und schleuderte ihn in Richtung Fackel.

Der Stoff fing sofort Feuer.

Der Mann stieß einen Schrei aus, ließ die Fackel fallen und wich erschrocken zurück.

»Festhalten, Isaak!«, schrie Mali. »Und schieben Sie mich an!«

Doch mit der einen Hand am Kajakgriff und den gefesselten Füßen war Isaak nicht schnell genug. Einer der nachdrängenden Männer sprang vor, bekam Isaaks linken Lackschuh zu fassen und zog unter hämischem Lachen an. Durch den Zug jedoch löste sich der Schuh von Isaaks Fuß, der Mann stolperte rückwärts und wäre fast in die Fackel am Boden getreten.

Isaak dagegen wurde nach vorne katapultiert. Dadurch schob er das Kajak weiter in den Fluss, wo es sofort von der Strömung mitgerissen wurde. Mali reagierte umgehend und begann, in höchster Eile weiter weg vom

Ufer zu paddeln – so wie Reto es ihr beigebracht hatte: Paddelblatt weit vorne einstechen, kräftig durchziehen bis auf Höhe des Körpers, weit vorbeugen, das andere Paddelblatt einstechen.

Vom Ufer war mehrstimmiges lautes Fluchen zu hören.

Die Lichtkegel der Taschenlampen tanzten um sie herum, aber sie hatten längst die Hauptströmung erreicht. Und schnell verschluckte sie die Dunkelheit.

Wie gut, dass sich die weiß-sprudeligen Stellen im Fluss trotz der Dunkelheit vom Dunkel des fließenden Wassers schemenhaft abhoben. Dort lagen Felsen im Wasser, es gab vielleicht eine Walze, vielleicht ein Loch. Das wollte Mali weder sich noch dem japsenden Isaak am Heck zumuten und steuerte in möglichst großem Abstand um diese Stellen herum. Doch Isaaks Gewicht am Heck machte das Kajak unbeweglich wie einen Dampfer. Immerhin kamen sie dank der Strömung gut voran.

Jetzt erst fiel ihr auf, dass sie die Spritzdecke gar nicht geschlossen hatte. Mit jedem kräftigen Paddelschlag spritzten einige Tropfen Wasser ins Boot, ihr wurde kalt.

Wie kalt musste es erst für Isaak sein, der ganz und gar im Wasser hing?

»Isaak, alles okay?«, rief sie nach hinten.

»Ja, es geht schon«, kam es gequält vom Heck. »Außer dass ich nicht weiß, wie lange ich mich noch festhalten kann. Meine Hand ist schon ganz steif.«

»Halten Sie durch! Es kann nicht mehr weit sein bis zum Ausstieg.«

»Hoffentlich!«, kam es matt von hinten.

Tatsächlich dauerte es nur noch wenige Minuten, bis Mali die Stelle erkannte und ans Ufer steuerte.

Sie drehte sich nach hinten und sagte: »Hier müssten Sie stehen können.«

Isaak zog die Beine unter den Körper und richtete sich mühsam auf. Triefend hüpfte er zum Ufer, während Mali aus dem Boot kletterte.

Er setzte sich schlotternd auf einen großen runden Stein am Ufer, löste den Schnürsenkel seines verbliebenen Schuhs und zog ihn vom Fuß. Ein kleines Rinnsal lief heraus.

»Was für ein Glück, dass der andere nicht so gut zugebunden war«, sagte er.

In der Dunkelheit konnte Mali das kleine Lächeln um seinen Mund nur erahnen. Irgendwie hatte Isaak ja die Ruhe weg.

Mali stieg die Böschung hoch und sah sich um. Niemand da. Wo war O. A.?

Ein ungutes Gefühl beschlich sie. Ihr Handy fiel ihr ein. Es war noch da, das hatte sie schon beim Aufwachen aus ihrer Ohnmacht gespürt. Es war nur ein Stück tiefer in ihren Neoprenanzug gerutscht.

Sie griff unter ihre Spritzjacke und holte es heraus. Der Blick auf das Display sagte ihr, dass kein Anruf, keine Nachricht darauf gelandet waren.

War der alten Frau etwas passiert?

Mali blickte sich erneut um. Alles war still, sie sah nichts Auffälliges. Außer ... außer vielleicht das eckige, helle Ding dort vorne an dem Busch: Dieses eckige helle Ding – das sah seltsam aus.

Mali näherte sich vorsichtig. Doch als sie erkannte, dass das Ding Anna war, die auf der Seite lag, rannte sie los: Lag O. A. etwa unter dem umgekippten Golfcart?

Aber nein. Hier war niemand, weder eine alte Frau noch sonst jemand. Nur Siegmund war von der Ladefläche gefallen. Sogar der Schlüssel steckte noch. Was war geschehen?

Mit zitternden Fingern suchte Mali unter den Kontakten nach O. A.s Nummer und tippte darauf. Die Alte hatte versprochen, ihr Mobiltelefon angeschaltet zu lassen.

Zu ihrer Erleichterung tutete es auch nach zwei Sekunden – immerhin, O. A. war auf Empfang. Doch zu ihrer Überraschung hörte Mali gleich darauf einen zweiten Klingelton. Einen, der klang wie der Sound eines uralten Computerspiels.

Der Ton schien aus dem Gebüsch neben Anna zu kommen. Durch die Äste nahm Mali auch einen feinen Lichtschein wahr. Sie arbeitete sich in dessen Richtung vor, und da sah sie es: Tief in den untersten Zweigen hing ein unförmiges, dunkles Ding und dudelte.

Mali schob ihre Hand so weit vor, dass sie das Gerät zu greifen bekam. Sie zog es heraus, beendete den Anruf und starrte O. A.s Mobiltelefon an.

Das Leuchten von dessen Display war erloschen, sobald Mali aufgelegt hatte. Aber ein kleines Symbol blinkte da noch. Sie sah genauer hin: Das sah nach einer Audiosequenz aus. Eine Nachricht?

Mali probierte verschiedene Tasten aus, weil sie nicht wusste, wie sich bei einem solchen vorsintflutlichen Modell Audiodateien abhören ließen. Hoffentlich löschte sie sie nicht aus Versehen.

Plötzlich gab das Handy ein lautes Rascheln von sich, vermischt mit Wortfetzen. Das eine war O. A.s Stimme – ganz eindeutig. Ein Außenstehender hätte ihren Ton als gelassen bezeichnet, doch Mali kannte sie besser: O. A. war maximal angespannt.

Eine zweite Stimme war zu hören. Sie kam Mali bekannt vor, es fiel ihr aber nicht ein, woher. Außerdem war die Aufnahmequalität miserabel. Nach 20 Sekunden brach die Aufnahme ab.

Mali hörte die Sequenz mehrfach an. Was sie zwischen dem Rascheln glaubte zu verstehen, war:

Zweite Stimme: *... Hände aus der Tasch...*

O. A.: *....nior, wo bring... mich hin?*

Zweite Stimme: *Dahin, wo ... mit ... Rabbi Gei... streiten, wer ... unters Messer ... ganz oben.*

O. A.: *... warne Sie ... Polizei ist ...formiert ...*

Zweite Stimme: *... blöffen ... Wir ... Zugang ... Polizeicomputer ... jederzeit ... manipul...*

Mali dachte nach: O. A. hatte wahrscheinlich die Aufnahme in ihrer Rocktasche gestartet. Das Rascheln könnte von der Reibung des Stoffs am Mikrofon zustande gekommen sein. Und danach hatte O. A. das Handy unauffällig in den Busch geworfen.

Ganz offensichtlich hatte sie ihr eine Spur hinterlassen wollen. Und es klang fast so, als habe sie die Person gekannt, die sie entführt hatte: Sie hatte sie beim Namen genannt. Irgendetwas mit -nior am Ende.

Mali dachte nach. Es lief ihr eiskalt den Rücken hinunter, als ihr ein Name einfiel: Reto junior.

Konnte das die Stimme von Reto junior sein?

›Wäre möglich‹, dachte Mali entsetzt, ›wäre möglich.‹

Sie hörte ein unterdrücktes Rufen vom Ufer. Verdammt, Isaak hatte sie ja ganz vergessen.

Sie eilte zurück und berichtete Isaak in aller Kürze davon, dass jemand sie hier erwarten sollte, dass diese Person jedoch offensichtlich entführt worden sei und dass möglicherweise auch Rabbi Geiger in höchster Gefahr schwebe.

»Oh nein, oh nein, oh nein«, stammelte Isaak. »Ich verstehe das alles nicht. Wir müssen sofort die Polizei rufen.«

»Auf keinen Fall!«, entgegnete Mali heftig. »Sehr wahrscheinlich bekommen die, die den Rabbi und O. A. geschnappt haben, alle Meldungen mit, die bei der Polizei eingehen. Dann sind sie gewarnt, und wer weiß, was sie dann den beiden antun!«

Isaak hob verzweifelt die Hände: »Aber wir müssen doch etwas tun! Oh, Adonai, hilf!

»Bei allem Respekt: Ich glaube, wir müssen uns selbst helfen! Kommen Sie! Wir richten gemeinsam den Golfcart wieder auf, hoffen, dass er noch fährt, und düsen Richtung Kurhaus zurück«, erwiderte Mali.

»Dahin, woher wir gerade geflohen sind?«, sagte Isaak entgeistert.

»Nicht ganz«, erwiderte Mali, »ich habe da eine Ahnung, wo sie mit O.A. hingefahren sein könnten. Kommen Sie, Isaak!«

Mali wollte schon zum Weg hochklettern, als Isaak sie zurückrief und auf seine gefesselten Füße deutete.

»Ach, richtig«, sagte sie.

Sie trat zu ihrem Kajak und tastete den Fußraum ab: »Verdammt!«

»Was ist?« fragte Isaak.

»Das Messer – es ist weg! Ich dachte, ich hätte es bei unserer Flucht ins Boot geworfen, aber offensichtlich habe ich nicht getroffen.«

»Auch egal,« seufzte Isaak ergeben. »Ich werde schon irgendwie da hochkommen.«

Er rappelte sich auf und hielt ihr seine Hand hin, damit sie ihm über die Kante helfen konnte.

»Und das Boot?«, fragte er, nachdem er oben war und Richtung Anna hüpfte.

»Holen wir morgen«, warf sie ihm über die Schulter zu und deutete auf die hintere Seite des umgestürzten Golfcarts: »Sie packen da drüben an.«

Gemeinsam schafften sie es, Anna wieder auf die Räder zu stellen.

Sie sprang auch sofort an, und die beiden brausten durch die Nacht davon.

20

Die Schritte auf der Holztreppe wurden leiser.

›Das ist definitiv eine der aussichtslosesten Lagen, in der ich mich je befunden habe‹, dachte O. A. mehr grimmig als verzweifelt. Wenn sie ihr wenigstens den Knebel abgenommen hätten, der auf die geschwollene Gesichtshälfte drückte. Auch das Seil, mit dem sie ihr die Hände auf den Rücken gebunden hatten, schnitt tief ein.

Doch das Schlimmste war die Schlinge um ihren Hals.

Als sie gesehen hatte, dass das Ungeheuer ein raues Hanfseil über die oberste Sprosse einer Hühnerleiter geworfen und dann eine Schlinge geknüpft hatte, wusste sie, was sie erwartete.

Er hatte sie angesehen und höhnisch gesagt: »Mein Messer zu schade für alte Hexe.«

Als er ihr dann die Schlinge über den Kopf stülpte, hatte sie schnell so tief wie möglich eingeatmet. Und als er das Seil auf der anderen Seite mit einem hässlichen Lachen anzog, hatte sie sich ganz steif gemacht, um den Druck auf Luftröhre, Gefäße und Halswirbelsäule möglichst nicht noch zu erhöhen.

Sie hatte sich an einen Artikel über den Tod durch Erhängen erinnert: Ein rumänischer Forensiker hatte Ende des 19. Jahrhunderts einen Selbstversuch gemacht und mehr als 20 Sekunden ausgehalten, bevor er ohnmächtig wurde.

Der Schmerz war unbeschreiblich, ein alles übertönendes Pfeifen gellte in ihren Ohren. Doch sie durfte sich nicht bewegen. Noch nicht …

21

Die Nacht war immer noch stockdunkel und der Fahrtwind kühl. Annas halbhohe Windschutzscheibe hielt den Zug nur unzureichend ab. Mali bedauerte Isaak, der in seinem nassen Anzug neben ihr schlotterte.

Eigentlich war er ein ganz normaler, netter Kerl. Er schien ihr alles andere als ein Fanatiker zu sein, auch wenn er jetzt leise vor sich hin brabbelte und seinen Oberkörper vor- und zurückwiegte.

»Beten Sie, Isaak?«, fragte sie ihn.

»Ich flehe um Beistand für Rabbi Geiger. Und die entführte Frau, selbstverständlich«, antwortete er. »Ich hoffe, das stört Sie nicht!«

»Nein, nein«, antwortete Mali. »Aber Isaak ...«

»Ja?«

»Wissen Sie: Sie sind so anders, als ich mir einen Ultraorthodoxen vorgestellt habe.«

Isaak erwiderte: »Ach ja? Wie haben Sie sich denn Ultraorthodoxe vorgestellt? Wir nennen uns übrigens lieber Haredim. ›Ultraorthodox‹ nennen uns nur andere.«

Mali stotterte: »Ich weiß auch nicht. Also ich hatte mir vorgestellt, dass alle Ultraor... äh, Haredim total verbohrt sind. Wissen Sie, ich habe mal einen Bericht im Fernsehen gesehen: Da haben Ultraorthodoxe Reporter angegriffen, nur weil die in ihrem Viertel filmen wollten.

Und kleine Buben in viel zu großen oder viel zu kleinen schwarzen Anzügen warfen mit Steinen.«

Ruhig antwortete Isaak: »Solche Bilder sind natürlich spektakulär. Das ist gut für jede Einschaltquote.«

Mali warf ihm einen erstaunten Blick zu, bevor sie ihre Augen wieder auf die dunkle Straße heftete, weil sie sich der nächsten Kurve näherten: »Sie meinen, das war gestellt?«

Isaak schloss seine Hand fester um den Haltegriff an der Seite: »Nein, das habe ich nicht gesagt. Es gibt dieses aggressive Verhalten durchaus, und ich möchte es auch gar nicht verharmlosen. Aber erstens haben die Haredim sehr schlechte Erfahrungen mit sensationslüsternen Journalisten gemacht – und überhaupt mit einer Welt, die sie nicht so leben lässt, wie sie es für richtig halten. Und zweitens gibt es auch bei uns sehr unterschiedliche Auffassungen dazu, wie wir unseren Glauben und unsere Lebensweise am besten bewahren. Es gibt welche, die die totale Abschottung für ihre einzige Überlebenschance halten.«

»Und die anderen?«

»Wir anderen denken, dass wir einen anderen Weg beschreiten müssen. Wir glauben daran, dass wir mit unserer Lebensweise ein Vorbild sein können.«

Seine Stimme klang stolz, als er weitersprach: »Ein Vorbild für alle, die in Respekt vor einer höheren Macht und gegenüber den Menschen leben wollen. Die freiwillig auf vieles verzichten, was möglich, aber nicht gut ist. Deshalb arbeiten wir von unserer Seite an mehr Transparenz.«

Mali dachte kurz nach: »Und deshalb haben Sie sich an diesen abgeschiedenen Ort zurückgezogen? Weil Sie an der Transparenz arbeiten wollen?«

Isaak lächelte in das Dunkel der Nacht: »Dieser Ort hat sich einfach ergeben.«

»Was heißt ›ergeben‹?«

»Soweit ich weiß, hat der Besitzer des Kurhauses von sich aus Rabbi Geiger das großzügige Angebot gemacht, seine Summerschool hier einzurichten. Sie wissen ja sicher, dass dieses Haus einige Jahre lang das größte koschere Hotel der Schweiz war.«

»Ach, tatsächlich?« Mali bemühte sich, überrascht zu klingen.

»Ja, ja. Das Hotel lief auch gut, bis die Rezession kam. Danach gab es ein langes Gezerre mit Zwangsversteigerungen, dubiosen Investoren und lokalen Interessengruppen. Bis es endlich ein hiesiger Bauunternehmer übernommen hat, der wieder das erste Haus am Platz daraus machen möchte.«

»Aber das dauert wohl noch ...«

»Na ja, es muss wohl eine Menge renoviert werden, vor allem im Keller. Die Handwerker sind dort Tag und Nacht zu Gange. Wegen den Bauarbeiten ist es auch streng verboten, das Untergeschoss zu betreten: zu gefährlich.«

»Isaak, wissen Sie, was genau im Keller renoviert wird?«

»Das weiß ich nicht. Ich weiß nur, dass da unten viel gearbeitet wird.«

»Interessant.«, sagte Mali gedankenverloren. »Aber

Rabbi Geiger war sicher trotzdem froh über das Angebot, nicht wahr?«

Isaak sagte: »Absolut. Rabbi Geiger setzt sich in bewundernswertem Maße dafür ein, dass unser Glaube Verbreitung findet. Er genießt dafür auch hohes Ansehen. Dabei ist er ein so bescheidener Mensch. Apropos Rabbi Geiger: Sie waren doch vorhin im Kurhaus unterwegs – also bevor Sie mich umgerannt haben. Sie sind ihm nicht zufällig begegnet?«

»Nein, wieso?«

»Er war nicht in seinem Zimmer. Deshalb bin ich ja überhaupt nur in die Eingangshalle hinuntergegangen: Ich bin von einem Geräusch wachgeworden und wollte nachschauen, was das war. Dabei bin ich an Rabbi Geigers Zimmer vorbeigekommen, und weil die Tür offen stand, habe ich gesehen, dass das Bett zerwühlt, aber leer war. Es lagen auch einige Gegenstände wild verstreut auf dem Boden. Ich war beunruhigt, deshalb bin ich ihn suchen gegangen.«

»Also ist auch er entführt worden«, sagte Mali düster. »Genau wie O. A. ... Wir müssen die beiden suchen.«

»Meinen Sie, sie sind irgendwo im Kurhaus?«

»Nein, ich glaube nicht. Ich habe eine Ahnung, dass sie die beiden in die alte Kirche oberhalb verschleppt haben. Wir sind auch gleich da. Ich weiß nur nicht, wo wir Anna unauffällig stehen lassen können – in dem Unterstand direkt an der Straße wird sie zu leicht entdeckt.«

Isaak überlegte: »Wir könnten sie hinter dem Kunstzentrum abstellen. Ich habe bei meinen Spaziergängen dort einen winzigen Unterstand entdeckt, wo sie nicht gesehen werden kann. Von dort aus können wir entlang der Mauer auf der anderen Wegseite nach oben schleichen.«

»Gute Idee, Isaak. Dann müssen wir nur noch schnell irgendetwas finden, um Ihre Fesseln durchzuschneiden. Verdammt, die Zeit läuft uns davon.«

Kurz vor der Abzweigung von der Hauptstraße Richtung Kurhaus schaltete Mali Annas Licht aus, um möglichst unauffällig bis zum Kunstzentrum zu rollen.

Doch kaum hatte sie Anna um die Kurve gelenkt, tauchte wie aus dem Nichts von rechts ein Schatten auf und sprang auf die Beifahrerseite des rollenden Golfcarts auf.

Isaak schrie auf, wich nach links aus und gab Mali dabei einen kräftigen Schubs. Das Lenkrad entglitt ihren Händen, Anna kam ins Schlingern.

»Fahr weiter!«, zischte der Schatten. »Du fährst bis zum Ende der Brücke und hältst links hinter dem großen Schild. Dort kann man uns vom Kurhaus aus nicht sehen.«

Mali hatte Anna schon wieder unter Kontrolle. Sie zitterte am ganzen Körper, aber sie folgte der Anweisung.

Isaak drückte sich weiterhin an sie und starrte wie gebannt auf die schwarze Gestalt. Sobald Mali hinter dem Schild angehalten hatte, sprang die Gestalt ab.

Jetzt konnte Mali erkennen, dass es eine Frau in einem schwarzen Overall war. Über dem Kopf trug sie eine schwarze Sturmhaube, die sie jetzt herunterzog.

Mali glaubte, ihren Augen nicht zu trauen.

»Valentina?!«, stammelte sie.

Die Frau antwortete flüsternd. »Leise! Nicht Valentina: Mein Name ist Luana. Ist das der Typ, den sie mit dir zusammen geschnappt haben?«

»Woher weißt du davon?« Malis Verblüffung wurde noch größer.

»Später!«, erwiderte Luana kurz angebunden. »Ist das der Typ?

»Ja, das ist Isaak.«

»Le-le-lebt Rabbi Geiger?«, meldete sich Isaak zitternd zu Wort.

»Ja, er lebt. Noch!«, antwortete Luana ernst. Und mit Blick auf Mali setzte sie hinzu: »Bei der alten Frau sind wir uns nicht so sicher.«

Mali schluckte.

»Wir müssen jedenfalls schnell handeln, um zu retten, was zu retten ist«, setzte Luana hinzu.

Sie deutete auf Isaak: »Du schleichst in das Kurhaus und weckst deine Mitschüler. Das wird nicht leicht sein, denn wir sind ziemlich sicher, dass ihr jeden Abend mit dem Essen Schlafmittel verabreicht bekommt.«

»Und ich habe mich schon gewundert, warum ich hier so gut schlafen konnte«, murmelte Isaak. Er schien wie betäubt vor Aufregung.

»Aber diese Nacht offensichtlich nicht. Warum eigentlich nicht?«, fragte Luana bohrend.

»Äh, mir war nicht wohl gestern«, Isaak klopfte mit der flachen Hand auf seinen Magen. »Deshalb bin ich nicht mit den anderen zum Abendessen gegangen, sondern hatte mich auf mein Bett gelegt, um zu ruhen, und muss eingeschlafen sein.«

Luana nickte: »Okay. Also hast du verstanden? Du rüttelst deine Kollegen, bis sie wach sind, und suchst irgendeinen Vorwand, warum sie sich so schnell wie möglich versammeln sollen. Sie dürfen nicht panisch werden! Am besten stimmt ihr irgendein Lied an, und du führst sie singend aus dem Kurhaus raus. Bringe sie so weit weg wie möglich! Die Männer im Keller werden euch nichts tun, wenn sie glauben, dass ihr einfach eine religiöse Zeremonie abhaltet. Aber bleibt alle zusammen, hörst du?«

Isaak nickte eifrig: »Ich habe eine Idee: Ich könnte sagen, dass uns Rabbi Geiger zum Schacharit, also zum Morgengebet bei Sonnenaufgang ruft.«

Er schickte sich an, vom Beifahrersitz zu rutschen, doch dann fiel ihm etwas ein: »Ich kann nicht!«

Er streckte Luana seine Füße entgegen und deutete auf die Fesseln.

»Wenn es weiter nichts ist!« Luana griff in die Seitentasche ihres Overalls, zog ein silbernes Multitool heraus und klappte es auf. Zwei Schnitte und der Strick fiel zu Boden.

»Besser«, sagte Isaak und stellte sich vorsichtig auf die Füße. »Dann nur noch eines ...«

»Was noch?«, blaffte Luana.

»Was, wenn sie mich schnappen, bevor ich die anderen wecken konnte? Die Scheinwerfer werden angehen, sobald ich die Einfahrt hochlaufe.«

»Der Bewegungsmelder ist gekappt«, erwiderte sie

trocken. »Und die zweite Tür rechts im Gartengeschoss ist nur angelehnt. Jetzt lauf, Isaak!«

Und Isaak rannte, so gut er es mit nur einem Schuh konnte. Sein Schatten verschwand in der Nacht.

Luana hatte ihre Sturmhaube wieder übergestülpt, die auch Mund und Nase verdeckte, und sagte im Befehlston: »Mali, du kommst mit mir!«

»Zur Kirche?«, fragte Mali.

»Genau! Woher weißt du das?«, sagte Luana erstaunt. »Ach, erzähl' es mir später. Wir müssen uns beeilen.«

Sie duckte sich und rannte los.

Ohne nachzudenken, folgte Mali ihr. Sie wunderte sich über gar nichts mehr, obwohl die Situation mehr als absurd war: Sie rannte in einem nassen Neoprenanzug durch die Engadiner Nacht einer Frau hinterher, von der sie gerade erfahren hatte, dass sie eine andere war. Und gleich würde ein ultraorthodoxer Männerchor singend aus dem Kurhaus marschiert kommen.

Mali huschte hinter Luana her den Weg hoch und durch die Unterführung.

Dort stoppte diese kurz und sagte leise: »Zur Kirche hoch werden wir schleichen. Ich habe gehört, dass du dich dort mit Anschleichen schon auskennst.«

Ihr Ton klang ein bisschen spöttisch.

»Wie? Woher weißt du das?«

»Dein Schutzengel hat es mir erzählt. Sie heißt Susanna, und du wirst sie gleich kennenlernen«, war die Antwort.

Mali hielt sich hinter Luana und versuchte, sich ebenso

geräuschlos erst durch das Gras, dann durch das Unterholz des Wäldchens zu bewegen. Es gelang ihr nicht ganz.

»Wir machen einen Bogen, damit wir direkt hinter dem Kirchenschiff rauskommen – unterhalb der Stelle, wo Susanna dich getroffen hat«, wisperte Luana.

Mali konnte bereits die Spitze des Turms sehen. Nur noch an einer besonders dichten Nadelbaumgruppe vorbei und sie würden auf Höhe des Kirchenschiffs sein.

Plötzlich schoss eine schwarze Hand aus dem Dunkel der Bäume und legte sich wie ein Schraubstock um Malis Mund. Und ein zweiter Schraubstock legte sich um ihre Taille und zog sie an sich.

»Susanna, es ist okay«, flüsterte Luana. »Das ist nur Mali. Ich habe sie unten am Kurhaus aufgegabelt.«

Die Schraubstöcke lockerten sich etwas. Mali bekam wieder Luft. Und schnupperte: Da war er wieder, der zitronige Duft nach Putzmittel.

»Und warum hast du sie mitgebracht?« Das war exakt dieselbe tonlose Flüsterstimme wie gestern Nacht.

»Sie kann uns helfen«, antwortete Luana.

»Die Kleine soll uns helfen?«, fragte die Stimme zweifelnd.

»Ja! Ich sagte doch schon: Sie hat Potenzial!«

»Na, da bin ich ja mal gespannt.«

Susanna löste ihre Griffe ganz, so dass Mali sich zu ihr umdrehen konnte. Im Dunkel des nächtlichen Waldes erkannte sie schwach die Konturen einer Frau mit stämmiger Figur. Sie trug wie Luana einen schwarzen Overall und eine Sturmhaube.

Gleich darauf nahm Mali einen weiteren Schatten war, der sich zwischen den Bäumen bewegte. Sie hielt den Atem an, krallte ihre Finger in Susannas Arm und zischte: »Da!«

Susanna starrte in die Richtung, in die Mali zeigte.

»Ich sehe nichts.«

»Da hat sich aber etwas bewegt!«, insistierte Mali. »Ich bin ganz sicher.«

»Sie hat recht, da kommt jemand«, flüsterte Luana.

Mali spürte, wie sich Susannas Körper anspannte wie der einer Katze vor dem Sprung. Da war er wieder, der Schatten. Er bewegte sich auf sie zu. Gleich würde er …

Mali hörte neben sich ein Glucksen und sah Susanna verwundert an. Alle Anspannung war aus deren Gliedern gewichen.

»Was ist?«, fragte Mali.

»Das ist nur Adele. Sie gehört zu uns«, antwortete Susanna. »Und? Was hast du gesehen?«

Der schlanke hochgewachsene Schatten war lautlos zu ihnen getreten: noch ein schwarzer Overall, noch eine Sturmhaube. Wie viele waren da denn noch?

»Die zwei Männer sind mit dem Rabbi im Hauptschiff«, antwortete Adele leise. »Wir müssen sofort handeln. Es kann jeden Augenblick zu spät sein. Aber … hört ihr das?«

Ein vielstimmiger Männergesang wehte vom Kurhaus durch die stille Nacht herüber. Trotz der Anspannung musste Mali lächeln: Isaak & Friends on Tour. Er war schnell gewesen.

»Alles in Ordnung. Ich habe einen Weg gefunden, die

Haredims aus der Schusslinie zu bringen«, sagte Luana hastig. »Also, Adele, was schlägst du vor?«

»Die Glastür zum Kirchenschiff ist geschlossen, aber wir müssen trotzdem leise sein. Wir drei gehen hinüber. Susanna und ich postieren uns rechts, Luana links von der Tür. Susanna verschafft uns den Zutritt, und wir gehen rein.«

»Und was machen wir mit ihr?«, fragte Susanna und deutete auf Mali.

»Sie kommt mit mir«, sagt Luana bestimmt und an Mali gewandt: »Du hältst dich direkt hinter mir. Wenn wir reingehen, bleibst du draußen und wartest, bis ich dir ein Zeichen gebe. Verstanden?«

Malis Mund fühlte sich trocken an, als sie flüsterte: »Okay!«

Gleich darauf hastete Mali hinter Luana her über den kleinen Platz vor der Stirnseite des Kirchenschiffs. Als sie die Mauer erreichten, kauerte sie sich hinter diese und presste sich an die rauen Steine.

Sie hörte eine Männerstimme sprechen, beherrscht und drohend, gleichzeitig dunkel und samtig: »Alle Warnungen haben Ihnen nicht genügt. Sie machen einfach weiter. Aber jetzt ist Schluss!«

Mali durchfuhr es eiskalt: dunkel und samtig – das musste die Stimme von Reto junior sein. Es war also, wie sie es befürchtet hatte. Der nette, sympathische, attraktive Reto mit dem strahlenden Lächeln war ein grausamer Mörder. Wie hatte sie sich nur so in ihm täuschen können?

Was eine verquere Ideologie doch aus Menschen machen konnte ...

Krächzend stieß eine andere Stimme seltsam gepresst und mühsam hervor: »Sie Dibbuk!«

Die samtige Männerstimme erwiderte kalt: »Euresgleichen hat Warnungen noch nie verstanden. Ich hätte es wissen müssen.«

In diesem Moment schob sich Luana sachte Richtung Tür vor, warf einen Blick in den Raum und zog sich dann schnell wieder zurück.

»Reto steht vorne an der Galerie und dreht uns den Rücken zu«, flüsterte sie. »Der Schächter steht neben dem Rabbi und hat seinen Blick nur auf ihn gerichtet. Ihr ahnt nicht, was sie mit ihm gemacht haben ...«

Die dunkle Stimme ertönte wieder: »Entweder Sie unterschreiben das Geständnis über die drei Ritualmorde und verschwinden innerhalb von 24 Stunden mit Ihrer Brut aus diesem Haus. Oder ...«

›Oh Gott‹, schrie es in Mali. ›Was geht hier vor? Wieso drei Morde? Wen haben sie noch umgebracht?‹

Der andere stöhnte auf, wie von Schmerz. Dennoch stieß er hervor: »Nein! Ich werde dem Bösen niemals weichen!«

Eine tiefe, rohe Stimme unterbrach ihn: »Was jetzt, Chef? Ich machen?«

»Schnell, es wird ernst«, zischte Luana. »Susanna, du kümmerst dich um die Tür. Adele geht als erstes auf Reto, wir zwei kümmern uns um diesen Fleischberg, den Schächter. Bereit?«

»Bereit«, flüsterten zwei Stimmen von der anderen Seite der Tür.

Susanna schnellte auf die Füße und holte mit dem rechten Bein aus. Mali sah einen Metallsporn unter ihrer Fußsohle aufblitzen, und schon zersprang die Scheibe mit einem lauten Knall. Susanna griff durch das Loch, drehte den Schlüssel, der innen steckte, und öffnete die Türflügel. Sofort stürzten sich auch die beiden anderen schwarzen Gestalten in den Raum.

Mali versuchte, nicht auf die Glassplitter am Boden zu treten, als sie sich aufrichtete und einen Schritt auf die Tür zu machte. Der Anblick, der sich ihr bot, war filmreif: Fünf Gestalten, die miteinander rangen, drei davon ganz in schwarz. Und in der Mitte hing von der Galerie ein Strick. An diesem Strick waren die Füße eines nackten Mannes befestigt, der kopfüber daran baumelte.

Seine Hände waren auf den Rücken gefesselt. Die Flusen des weißen Vollbartes hingen ihm bis fast über die Augen. Der Rabbi!

Währenddessen hing die kräftige Gestalt Susannas am linken Arm eines grobschlächtigen Riesen. Er trug Arbeiterhosen und ein zerrissenes Karohemd voller dunkler Flecken. In seiner rechten Hand blitzte ein Messer mit schwarzem Griff und einer langen breiten Klinge.

Adele dagegen drehte gerade einem Mann in weißem Hemd und Jeans einen Arm auf den Rücken und hielt ihn mit dem anderen Arm im Schwitzkasten. Mit einem Tritt in die Kniekehlen zwang sie ihn zum Niederknien. Aber ... aber ...

Mali schnappte nach Luft: Ja, das war ein Reto. Aber nicht Reto junior, sondern Reto Spändli senior.

»Adele!«, schrie Susanna auf.

Der Schächter hatte sie gegen Luana geschleudert, beide Frauen waren zu Boden gegangen. Nun stand er mit erhobenem Messer über Luana.

Ein metallischer Blitz flog an Mali vorbei und bohrte sich in seinen Arm. Der Mann schrie auf und ließ sein Messer fallen. Blut schoss aus der Wunde.

»Tja, nicht nur du kannst mit scharfen Gegenständen umgehen«, sagte Adele seelenruhig, während Luana aufsprang und den blutenden Riesen zu Boden warf.

Auch Susanna hatte sich aufgerappelt, zog den Wurfstern aus dessen Arm und half Luana, ihm die Hände auf den Rücken zu binden.

Adele wandte sich unterdessen dem Rabbi zu, dessen hochroter Kopf unter seinen weißen Bartflusen hervorleuchtete, die Augen weit aus dem Höhlen getreten.

»Schnell, wir müssen ihn sofort herunterholen«, rief sie.

Susanna nickte und hastete die Treppe zur Galerie hinauf.

»Mali«, rief Adele. »Komm und hilf mir.«

Mali sprang in den Raum und eilte zu ihr. Im Vorbeilaufen fing sie den grimmigen Blick des knienden Reto senior auf.

»Du nimmst den Rabbi bei den Schultern und ich am Rumpf«, kommandierte Adele. »Susanna, lass ihn runter.«

Mit einem Schnitt war der Strick durchtrennt, das

Gewicht des Rabbis fiel in ihre Arme. So vorsichtig wie möglich ließen sie ihn zu Boden gleiten.

Der alte Mann stöhnte auf: »Oh, Adonai, ich danke dir für diese wunderbare Rettung.«

Dann fiel er in Ohnmacht.

Adele fühlte den Puls des nackten Rabbis: »Schwach, aber okay. Mali, hol die Decke von da drüben und breite sie über ihn.«

Dann zog sie mit einer lässigen Bewegung die Sturmhaube vom Kopf. Mali starrte die Frau überrascht an. Auch Reto senior gab einen erstaunten Laut von sich.

Vor ihr stand die Minirock-Prinzessin – nur nicht im Minirock, sondern im schwarzen Overall.

Mali schaute Hilfe suchend zu Luana hinüber, die ebenfalls ihre Haube abgenommen hatte.

»Na, da staunst du, Kleine«, sagte Susanna hinter ihr. »Du bist uns allen schon mal ohne Haube begegnet. Sogar mir.«

Mali fuhr herum und schaute in blitzende, dunkle Augen. Eine Erinnerung durchfuhr sie: Sie sah eine Frau im blauen Putzkittel im Kaminzimmer der Villa Engiadina mit einem tief in die Stirn gezogenen Kopftuch.

»So, und jetzt mach den Mund wieder zu, Kleine«, bemerkte Susanna spöttisch, bevor sie ernst hinzufügte: »Wir haben noch ein Problem!«

»Richtig!«, ergänzte Luana. »Die Alte fehlt.«

Mali blieb das Herz stehen: Wie hatte sie O. A. vergessen können?

»Wo ist sie?«, blaffte Adele Reto senior an.

Der hatte sich von seinem Schock erholt und antwortete in arrogantem Ton: »Ich weiß nicht, von wem Sie reden. Binden Sie mich sofort los. Was soll das hier? Was Sie tun, ist Hausfriedensbruch und Freiheitsberaubung.«

»Und was ist das da?«, fuhr ihn Adele an und deutete auf den Rabbi, der immer noch regungslos auf dem Boden lag.

»Das ist alles nur ein Missverständnis, Sie Betrügerin!«

Adele ignorierte seine Worte und wiederholte: »Wo ist sie?«

Aber der Baulöwe schnaubte nur.

Da fiel Mali etwas ein, und es brach aus ihr heraus: »Sie haben vorhin von drei Ritualmorden gesprochen: Ist sie etwa schon tot?«

»Ich antworte nicht mehr auf Ihre Unterstellungen. Ich habe mit der ganzen Sache nichts zu tun!«, antwortete er von oben herab.

»Es hilft nichts«, Luana schüttelte den Kopf. »Wir müssen die Alte suchen gehen. Sie muss hier irgendwo sein. Susanna, du suchst oben die Galerie ab, ich schaue in den hinteren Räumen nach. Und Adele: Fessele diesen Herrn noch an den Füßen, und dann suchst du den Boden nach einer Falltür ab.«

»Und ich?«, fragte Mali. »Was kann ich tun?«

»Du bleibst uns einfach aus dem Weg, okay?«, sagte Susanna schroff.

Mali wollte widersprechen, doch sie überlegte es sich

anders. Sie würde aus dem Weg bleiben, aber sie würde die Suche nicht allein den anderen überlassen. Sie würde sich draußen umsehen.

Sie schlüpfte also aus der Tür in den Hof und sah sich um. Wenn sie jemand kurzfristig verschwinden lassen wollte, wo würde sie das tun? Sie drehte sich um 360 Grad und schloss dabei halb die Augen. Dann blieb ihr Blick hängen.

Der Turm!

Der Zugang zum Turm lief über einen separaten Eingang. Eine Holztreppe mit drei Stufen führte zu dem schmalen Torbogen, in dem eine Holztür eingelassen war. Diese Tür sah neu und massiv aus.

Mali fragte sich, ob sie den dreien Bescheid geben sollte. Nein, die waren beschäftigt. Und sie wusste ja noch nicht einmal, ob sie mit ihrem Verdacht recht hatte.

Sie hüpfte die drei Stufen zum Turmeingang nach oben und drückte die Klinke. Abgesperrt.

Ein Fenster gab es hier unten nicht. Aber vielleicht würde sie durch das Schlüsselloch etwas sehen können.

Sie bückte sich zum Schloss hinunter. Ein schwacher Luftzug ging das Schlüsselloch hindurch. Wie von der Tarantel gestochen richtete sich Mali auf. Der Luftzug hatte einen Geruch mitgebracht, den sie kannte. Aus diesem Schlüsselloch drang eindeutig ein Hauch von Pfeifenrauch.

»Hier!«, schrie sie laut. »Hier ist sie, im Turm! O. A.: Hören Sie mich?«

Adele kam als erste angerannt.

»Woher weißt du, dass sie da drin ist?«, fragte sie hastig und rüttelte an der Tür.

»Äh, ich hab's gerochen«, antwortete Mali.

»Okay.« Adele schien nicht erstaunt.

Sie ließ sich auf die Knie und betrachtete das Schloss.

»Sollte kein Problem sein«, murmelte sie und griff in ihre Tasche.

Sie holte einen Draht heraus, der aussah wie der obere Teil eines Kleiderbügels mit platt geklopfter Spitze. Sie führte ihn mit der Spitze voran in das Schloss und nach oben. Ein metallisches Schiebegeräusch, ein Knacken.

»Erledigt«, sagte sie und steckte den Draht wieder ein.

»Bereit, Mädels?«, fragte sie über die Schulter Luana und Susanna, die inzwischen hinter ihr standen.

»Bereit«, antworteten alle drei wie aus einem Mund.

Adele riss die Tür auf, sie rannten hinein.

Die Grundfläche des Turms innen betrug kaum drei mal drei Meter. Eine Holztreppe führte nach oben.

Während die drei im schwarzen Overall sofort die Treppe hochstürzten, versuchte Mali, einen Blick durch das Treppenhaus nach oben zu erhaschen.

»O. A.? Sind Sie da?«, rief sie. Keine Antwort, nur das Trappeln der Füße.

Mali glaubte, einen dunklen Rock und einen Schuh zu erkennen, die im obersten Stockwerk frei zu schweben schienen.

›Oh nein, oh nein‹, dachte Mali, ›sie haben sie aufgeknüpft wie den Rabbi, nur nicht an den Füßen, sondern am Hals.‹

Sie nahm zwei Stufen auf einmal, wäre fast lang hingeschlagen, rappelte sich auf.

Sie hörte von oben Stimmen und rief: »Habt ihr sie? Lebt sie?«

Ein dumpfer Ton, als fiele ein schwerer Sack auf den Boden. Dann ein Husten und Krächzen.

»Unglaublich, wie haben Sie das geschafft?«, hörte Mali Adele fragen.

»Alles eine Frage des Willens!«

Diese raue Stimme kannte Mali. Tränen der Erleichterung traten ihr in die Augen. O.A. lebte.

Eine Sekunde später war Mali oben angekommen.

Die alte Frau saß hustend und würgend auf einem Stuhl. Sie war gerade dabei, sich einen zerschnittenen Galgenstrick abzunehmen. Ein tiefroter Striemen verlief rund um ihren Hals. Außerdem war ihre linke Gesichtshälfte blau und grün angelaufen, das linke Auge zugeschwollen.

Der andere Teil des Stricks baumelte von der obersten Stufe der Hühnerleiter, die bis ganz nach oben in die Turmspitze führte. Ein weiteres Stück lag am Boden.

»Wie ... wie ...?«, stammelte Mali.

»Sie hing da oben, die Hände auf den Rücken gefesselt. Aber sie hat sich mit einem Bein an der Wand und mit dem anderen an einer der Leitersprossen abstemmen können. So lastete ihr Gewicht nicht auf dem Strick um ihren Hals«, erklärte Luana und kopfschüttelnd an O.A.

gewandt: »Wie lange haben Sie sich denn in dieser Stellung gehalten?«

»Exakt 41 Minuten und 53 Sekunden« antwortete diese. »Es hilft, die Sekunden zu zählen, wenn man ... an einer Situation nicht verzweifeln ... möchte. Aber viel länger hätte ich es wohl ... nicht mehr halten können.«

Dann sah sie von einer zur anderen und fragte: »Was ist mit dem Rabbi?«

»Lebt«, erwiderte Adele.

»Ah, das Fräulein Prinzessin«, sagte O. A. ohne Überraschung und zeigte schon wieder ein kleines Lächeln. »Und wer hat mich aufgespürt?«

Die Augen der drei im schwarzen Overall richteten sich auf Mali.

Die lächelte verlegen und antwortete: »Wie gut, dass Sie Pfeifenraucherin sind.«

Sie fingerte unter ihre Spritzjacke und sagte: »Ich habe da übrigens etwas gefunden.«

Sie zog O. A.s Mobiltelefon hervor und streckte es ihr hin.

Die nahm das Gerät, und ihr Lächeln wurde breiter: »Ich wusste, dass Sie es finden und verstehen werden. Was ist übrigens mit Reto senior und diesem Meister des Schächtens?«

»Liegen beide unten an Händen und Füßen verschnürt«, antwortete Luana, »nicht wahr, Adele?«

Die nickte, doch dann schlug sie sich mit der Hand auf die Stirn: »Allerdings war ich bei Reto noch nicht ganz fertig, als Mali rief ...«

Alle vier jungen Frauen stürzten zu dem kleinen Fenster, das auf den Hof hinausging. Und so sahen sie gemeinsam, wie Reto senior mit auf den Rücken gefesselten Händen, aber an den Füßen frei gerade Richtung Straße stürzte.

»Ich weiß, wo er hinwill«, rief Susanna und wandte sich zur Treppe. »Ich habe bei meiner Erkundung im Keller des Kurhauses etwas entdeckt, ohne dass er niemals abhauen würde. Schnell!«

Luana und Adele folgten ihr sofort. Mali sah unschlüssig zu O. A. hinüber. Konnte sie sie allein lassen?

»Laufen Sie! Helfen Sie den dreien, diesen Menschen zu erwischen!«, bellte O. A. »Ich komme schon klar!«

22

O. A. hörte Malis Schritte verklingen und überlegte einen Augenblick.

Wenn es gut lief, dann würden die vier Reto senior stellen können. Aber er hatte Vorsprung, würde das Kurhaus als erster erreichen und seine Männer alarmieren können. So wie die jungen Damen sich benommen hatten, traute sie ihnen durchaus kämpferische Fähigkeiten zu. Aber würde das reichen?

Für O. A. war klar, dass jetzt der Zeitpunkt gekommen war, die Polizei einzuschalten. Und nicht nur die würde sie anrufen. Sie brauchten noch eine weitere Person zur Verstärkung.

O. A. hob ihr Mobiltelefon und tippte die erste der beiden Nummern.

Anschließend würde sie sich auch auf den Weg zum Kurhaus machen. Sollte ihre Hüfte doch Zeter und Mordio schreien. Sie hatte keine Zeit dafür.

III

ENDE.

23

Mali war die Turmtreppe förmlich hinabgeflogen. Unten angekommen, sah sie die drei schwarzen Overalls den direkten Weg den Abhang hinuntersprinten. Sie folgte ihnen.

Kurz vor der Unterführung sah sich Luana um und bemerkte Mali. Sie warf Susanna und Adele ein paar Worte zu. Die nickten und rannten in unvermindertem Tempo weiter, während Luana sich zurückfallen ließ.

Als Mali zu ihr aufgeschlossen hatte, sagte sie: »Gut, dass du kommst.«

Sie joggten Seite an Seite durch die Unterführung, Mali keuchend, Luana ganz entspannt.

»Mali, kennst du den Paternoster am Seitenflügel?«

»Den, der in dem Keller endet, wo die Abfüllanlage steht?«

»Genau! Reto senior wird möglicherweise versuchen, über diesen Weg zu fliehen, wenn wir ihm den Rückweg durch den Keller abschneiden. Dort unten sind wahrscheinlich noch ein paar seiner Männer, deshalb müssen wir drei alle dort hinunter. Das heißt: Keiner von uns kann diesen Paternoster blockieren. Aber du schon. Beeil dich!«

Luana zog das Tempo wieder an. Sofort lagen einige Meter zwischen den beiden.

»Ja, aber halt, Luana: Wie soll ich das denn machen?«, rief Mali ihr halblaut hinterher.

»Da wird dir schon etwas einfallen«, war die Antwort, bevor Luanas Kontur mit dem dämmernden Grau des Morgens verschmolz.

Während sie weiterrannte, versuchte Mali sich ins Gedächtnis zu rufen, was sie von dem Paternoster im Kurhaus gesehen hatte. Und was sie von Paternostern insgesamt wusste. Das war nicht viel.

Schon lief sie die schmale Fahrspur neben dem Kurhaus hinunter, auf der der Pritschenwagen gefahren war. Sie rutschte auf dem staubigen Asphalt aus, fing sich, hechelte weiter.

Die Fahrspur endete abrupt am Kopfende des Seitenflügels vor einer doppelflügeligen Metalltür. Dahinter hörte Mali ein mahlendes Geräusch. So vorsichtig wie möglich drückte sie die Klinke herunter. Die Tür war nicht verschlossen.

Mali öffnete sie einen winzigen Spalt. Sofort war das Geräusch lauter.

Sie linste ins Innere: Ja, das war der Paternoster, der direkt vor ihrer Nase seine Kreise drehte.

Schnell schloss sie die Tür wieder und lehnte sich an die Wand daneben.

Sie hatte nie zuvor einen Paternoster in echt gesehen, sie kannte die Dinger nur aus alten Filmen. Wie in aller Welt ließ sich so etwas blockieren? Sie kam sich vor wie die Kandidatin in einer dieser Quizshows, die an der Eine-Million-Frage zu scheitern drohte.

Da durchzuckte sie ein Gedanke: In diesen Sendungen gab es immer einen Telefon-Joker. Die Kandidaten durften irgendeinen Bekannten anrufen, der ihnen vielleicht weiterhelfen konnte. Das war es!

Sie griff unter ihre Paddeljacke und fingerte ihr Handy hervor. Nach dem fünften oder sechsten Klingeln meldete sich ein verschlafenes »Ja?«

Mali flüsterte in das Handy: »Eckart, ich bin es!«

»Mali? Doch nicht schon wieder um diese Uhrzeit!« Er klang wirklich empört.

»Eckart, Eckart, hör mir zu …«, raunte sie.

»Was? Ich verstehe dich nicht. Die Verbindung ist echt schlecht. Sprich lauter!«

»Geht nicht«, Mali versuchte so deutlich wie möglich zu flüstern. »Eckart, ich brauche deine Hilfe! Bitte! Ich muss einen Paternoster blockieren.«

»Hä, was? Ich habe verstanden, dass du einen Paternoster blockieren musst. Die gibt es doch gar nicht mehr. Also, was hast du wirklich gesagt?«

»Genau das, Eckart. Bitte sag mir: Wie kann ich das anstellen?«

»Mali, was ist da los bei dir?« Jetzt klang Eckart besorgt.

»Ich erkläre dir alles später. Hast du irgendeine Idee?«

»Moment, dazu muss ich ein paar Sachen wissen: Läuft dieses Ding gerade?«

»Ja.«

»Hmm, das heißt, du kannst wahrscheinlich nicht in den Schacht klettern und den Motor außer Betrieb setzen.«

»Ich weiß noch nicht einmal, wo dieser Motor ist«, erwiderte Mali.

»Meistens sitzt er unter dem Wendepunkt unten. Aber vergiss es, das funktioniert im laufenden Betrieb nicht.«

»Wie dann, Eckart, wie dann? Es muss doch eine Möglichkeit geben. Schnell!«

»Mali, hetz mich nicht! Also, rein theoretisch müsstest du den Paternoster blockieren können, indem du irgendetwas Dickes um eine der beiden Umlaufketten wickelst, an denen die Kabinen hängen.«

»Und wie komme ich an diese Umlaufketten ran?«

»Wenn du vor so einem Ding stehst, siehst du die Ketten immer dann, wenn die eine Kabine vorbei und die nächste noch nicht auf deiner Höhe angekommen ist. Diese Aufzüge sind einigermaßen langsam, denn man steigt ja während der Fahrt ein und aus. Theoretisch müsste die Zeit also reichen, um etwas um eine der Ketten herumzuschlingen. Wenn dieses Etwas dann dorthin kommt, wo die Kabinen in den anderen Schacht umgesetzt werden, klemmt es das System. Dann müsste alles zum Stillstand kommen.«

»Das klingt gut, Eckart. Was könnte dieses Etwas sein?«

»Puh, schwer zu sagen. Es muss halt eben verhindern, dass die Scheibe durchlaufen kann. Du könntest entweder mit etwas sehr Hartem wie einer Stahlkette arbeiten oder mit etwas, was zu dick ist, um durchgeschleift zu werden.«

»Ok, danke, Eckart. Du hast mir sehr geholfen. Drück mir die Daumen, dass es funktioniert!«

»Mali, ich weiß nicht, was du vorhast, und ich weiß

nicht, in welcher Patsche du sitzt«, erwiderte Eckart eindringlich. »Aber pass auf dich auf! Und gib mir Bescheid, wie es gelaufen ist, sobald es geht. Oder soll ich doch gleich die Kavallerie in Gang setzen?«

»Noch nicht, Eckart. Aber wenn ich mich bis 9.00 Uhr heute Morgen nicht bei dir gemeldet habe, dann setze Himmel und Hölle in Bewegung. Sie sollen das alte Kurhaus in Scuol nach uns durchsuchen!«

»Uns?«

»Später! Tschüss!«

Mali sah sich verzweifelt um. Verdammt, hier lag weder eine Stahlkette griffbereit noch sonst irgendetwas Brauchbares. Sie schaltete die Taschenlampe ihres Handys an und beleuchtete einen weiteren Umkreis: Da lag einfach nichts.

Dann sah sie an sich herunter. Und hatte eine Idee.

Hastig schaltete sie die Taschenlampe aus, legte das Handy am Boden ab und zog sich die Paddeljacke über den Kopf. Der Gummistoff ihres Neoprenanzugs war dick und zäh. Sie hatte keine Ahnung, ob er dick und zäh genug war, um die Scheibe am Umsetzen zu hindern, aber sie musste es versuchen.

Sie zerrte den Reißverschluss herunter, schälte sich aus dem Anzug und fing sofort an zu schlottern. Um diese Uhrzeit war es im Bikini selbst im Sommer verdammt kalt.

Sie klemmte sich ihr Handy seitlich in die Bikinihose und zog die Paddeljacke wieder über. Das half wenigstens ein bisschen gegen die Kälte.

Dann nahm sie den Neoprenanzug in die Hand, öffnete leise die Tür zum Paternoster und stellte sich so nah wie möglich an die Kante. Sobald die erste Kabine von oben nach unten an ihr vorbeigerattert war, streckte sie sich nach vorne. Sie schlang die Hosenbeine des Neoprenanzugs um die linke Kette und machte einen Knoten hinein. Dann stopfte sie die obere Hälfte so gut wie möglich mit in den Knoten. Gerade noch rechtzeitig zog sie ihre Arme zurück, bevor die nächste Kabine kam.

Für ein paar Sekunden schien es, als würde überhaupt nichts passieren. Die nächste Kabine ratterte vorbei. Und die nächste. Was, wenn es nicht funktionierte? Was, wenn Reto senior gleich aus der nächsten Kabine heraussprang, sie niederschlug und auf und davon war? Sie hätte keine Chance, ihn aufzuhalten.

Doch in diesem Moment gab der Paternoster ein eigenartiges Geräusch von sich. Es schabte, knautschte. Die Kabine, die auf halbem Weg nach unten war, begann zu vibrieren. Ein Quietschen, das mit einem Knall endete. Dann war Ruhe. Der Paternoster stand still.

Mali unterdrückte einen Freudenschrei.

Jetzt, da der Paternoster nicht mehr rumpelte, hörte Mali dumpfe Geräusche und Schreie durch den Aufzugsschacht herauf.

Was war in diesem Keller los? Ob die drei Hilfe brauchten?

Vielleicht war es besser, wenn sie ihnen nicht in die Quere kam. Andererseits: Sollte sie wirklich gemütlich hier draußen abwarten, bis alles vorbei war? Auf keinen Fall!

Mali rannte los, um die drei zu finden. Ihr Ziel: der Lieferanteneingang.

Sie fand die Tür unter dem Baldachin des Haupteingangs sperrangelweit offen und trat ein.

Drinnen brannte das fahle Ganglicht. Es beleuchtete die rechts und links an die Wand gelehnten Schalbretter, Putzwannen mit Kellen und aufgerissenen Zementsäcken. Die Brandschutztür, durch die sie letzte Nacht geschlüpft war, musste offen stehen, denn es drangen laute Rufe, Geräusche wie von Schlägen und Ächzen aus dieser Richtung. Ein Teil dieses Lärms klang ganz nah.

Noch bevor sich Mali entscheiden konnte, ob sie nicht doch besser auf der Stelle kehrtmachte, stolperte eine schwarze, hoch aufgeschossene Gestalt mit dem Rücken zu ihr um die Ecke, dicht gefolgt von einer deutlich größeren Männergestalt in verschmierter Arbeitsjacke. Ein Messer blitzte auf, der Mann gab ein höhnisches Lachen von sich.

Mali machte einen Satz nach vorne, packte einen der offenen Zementsäcke und schrie: »Adele, zur Seite!«

Die schwarze Gestalt verstand sofort und drehte sich im Ducken zur Seite weg, und Mali schleuderte mit aller Kraft den Sack in Richtung des Angreifers. Sie traf ihn mitten im Gesicht.

Der Sack riss vollends auf, der staubige Inhalt hüllte den Mann von oben bis unten ein. Er jaulte auf, ließ das Messer fallen und schlug die Hände vors Gesicht. Im selben Moment sprang Adele hinter ihn und gab ihm einen Fußtritt in die Kniekehle. Ehe er sich versehen konnte, war er an Hand- und Fußgelenken gefesselt und an den Betonmischer daneben gebunden. Er hustete und wimmerte abwechselnd.

»Gut gemacht«, sagte Adele hastig und hielt Mali die Hand zum High Five hin. »Aber ich muss nach den anderen sehen: Es sind insgesamt fünf von Retos Männern hier unten, und Reto selbst hat die Hände auch wieder frei. Du gehst besser wieder nach draußen – wir kriegen das schon hin.«

»Aber …«, Mali wollte widersprechen, aber Adele schüttelte nur den Kopf und verschwand im Gang. Von dort drangen langsam weniger Schreie, und selbst deren Stimmen gingen langsam in ein Gurgeln über. Bis auf eine.

»Mich kriegt ihr nicht!« Eine ehemals samtige Stimme hallte verzerrt den Gang hinunter. »Ich stehe hier mit gezückter Waffe und knalle jeden ab, der diesen Raum betritt, verstanden?«

Nein, sie würde nicht nach draußen gehen, sondern Adele folgen. Durch die weit geöffnete Feuerschutztür sah sie hinten links, direkt vor der Gangbiegung zwei Körper am Boden liegen. Sie schienen ebenfalls gefesselt. Rechts pressten sich Luana und Susanna an die Wand, Adele ein Stück dahinter.

Mali huschte zu ihnen hin.

»Wo sind die restlichen Männer?«, wisperte sie.

Adele deutete auf eine der Gangtüren: »Eingesperrt.«

»Und Reto?« fragte Mali.

»Der konnte sich in den großen Raum flüchten«, antwortete Adele. »Aber jetzt sitzt die Ratte in der Falle. Mali, geh nach oben und schau, ob sich dort etwas rührt. Wenn jemand kommt, musst du uns warnen.«

»Okay«, sagte Mali und lief los. Als sie fast schon beim Lieferanteneingang angekommen war, hörte sie das Knirschen von Reifen von draußen.

Von vielen Reifen.

Wer war das? Hoffentlich keine Verstärkung für Reto senior?! Mali musste es herausfinden.

Sie machte drei schnelle Schritte aus der Tür des Lieferanteneingangs und suchte sofort Deckung hinter der gegenüberliegenden Wand. Sie hörte Autotüren, die leise geöffnet und wieder geschlossen wurden.

Auf Zehenspitzen schlich sie den schrägen Weg zur Haupteinfahrt hoch und lugte vorsichtig über den Rand, sobald die Mauer nur noch in Kopfhöhe war. Sie seufzte vor Erleichterung.

In der Einfahrt standen mindestens vier Polizeiautos und Beamte mit gezogener Waffe. Neben dem ersten Wagen stand O. A. – gezeichnet, aber aufrecht wie immer.

Sie sprach eindringlich auf den Uniformierten neben ihr ein, der schließlich widerstrebend nickte. Sie klopfte ihm anerkennend auf den Arm, öffnete die hintere Wagentür und winkte den Passagier auf dem Rücksitz heraus.

Aus dem Verschlag stieg die nächste Überraschung für Mali: Reto junior.

Der sah sich unsicher um, doch O. A. hakte sich sofort bei ihm unter und zog ihn in Richtung Lieferanteneingang. Sie wirkte wenig überrascht, als sie Mali auftauchen sah.

Ohne Umschweife fragte sie: »Wie ist die Lage?«

Nachdem sie Malis kurzen Bericht angehört hatte, sagte sie: »Ja, so etwas hatte ich erwartet. Deshalb habe ich Reto junior mitgebracht.«

Der junge Mann hatte die ganze Zeit betreten neben O. A. gestanden und zu Boden geblickt. Er sah auch jetzt nur kurz auf.

»Äh«, erwiderte Mali, »ich verstehe nicht.«

»Ich möchte, dass Reto senior vor Gericht landet und die Vorfälle vor aller Augen aufgeklärt werden. Dafür brauche ich den Mann lebend«, sagte O. A. entschlossen. »Und es gibt nur einen einzigen Menschen auf der Welt, der ihn überzeugen kann aufzugeben. Der einzige Mensch, den er vielleicht je geliebt hat.«

Sie richtete ihren Blick auf Reto junior. Doch der schwieg beharrlich.

»Ich konnte Reto junior überzeugen, dass er mitkommt. Es ist definitiv genug Blut vergossen worden«, sagte sie.

»Aber er wird nicht auf mich hören«, brach es unvermittelt aus dem jungen Mann heraus. »Er hat noch nie auf jemanden gehört und schon gar nicht auf mich, seinen Versager-Sohn!«

»Reto, bitte!«, erwiderte O. A. »Wir hatten besprochen, dass Sie es wenigstens versuchen. Um Engadins Willen!«

Der Junge schnaubte kurz, nickte dann aber.

O. A. wendete sich an Mali: »Sie gehen voraus und sagen den drei Damen Bescheid, dass sie Reto senior noch einen Moment hinhalten. Ich habe mit der Polizei gesprochen: Sie werden erst in den Keller eindringen, wenn ich ihnen ein Zeichen gebe.«

Sie deutete auf ein winziges Mikro, das unauffällig am Kragen ihres Jersey-Oberteils befestigt war.

Mali nickte und rannte los.

»Und Sie stützen mich beim Gehen«, forderte O. A. Reto junior auf, »dann komme ich wenigstens ein bisschen schneller voran. Mein Gefühl sagt, dass wir keine Zeit zu verlieren haben.«

Sobald Mali den Keller wieder betreten hatte, hörte sie Reto seniors kreischende Stimme durch den Gang hallen: »Wo habt ihr es hin, ihr Moorä? Es gehört mir! Ich werde euch alle abknallen.«

Sie hastete so geräuschlos wie möglich nach vorne zu den drei Frauen, berichtete von der Anwesenheit der Polizei und von O. A.s Plan.

»Also, ich weiß ja nicht, ob das funktioniert«, murmelte Susanna.

»Aber wir haben keine bessere Idee«, wandte Luana ein.

»Zeigt euch nur, wenn ihr euch traut!«, heulte Reto senior erneut auf und schickte deftige Flüche hinterher.

»Reto, du hast keine Chance«, sagte Luana laut. »Du kommst hier nicht raus.«

»Das werden wir ja sehen!«, schrie er. »Kommt mich doch holen.«

»Was meint er denn eigentlich mit ›Es gehört mir‹?«, raunte Mali.

»Ich glaube, er meint das«, grinste Susanna und zog ein unauffälliges Kästchen aus der Hosentasche.

»Und was ist das?«, fragte Mali.

»Eine hübsche kleine Sparbüchse, die von Kryptowährung überquillt – all die herrlich anonymen Nummerdateien, die der gute Mann gehortet hat. Mehr wert als zehn Barren Gold und viel unauffälliger zu transportieren. Dabei einlösbar überall auf der Welt. Und hier«, sie zog eine weitere kleine, flache Box aus der anderen Hosentasche, »ist auch sein persönlicher Schlüssel dazu, die Seed-Phrases. Ohne die kommt er an seine digitalen Goldmünzen nicht heran.«

Sie ließ beides wieder in ihrer Hose verschwinden: »Schon nicht so schlau von dem Herrn, beides an ein und demselben Ort zu verstecken.«

»Da kommt die Alte«, flüsterte Adele.

Hätte Reto senior nicht weiterhin lautstark geschimpft, hätte er O. A.s Schritte sicher gehört, wie sie am Arm von Reto junior den Gang hinuntergeschlurft war. Doch so schien er überrascht, als sie ihre raue Stimme erhob: »Reto! Hier spricht Dr. O. A. Weiss.«

Nach einer kurzen Stille bellte er zurück: »Warum leben Sie noch? Stecken Sie mit diesen Betrügerinnen unter einer Decke?«

O. A. ging nicht auf seine Fragen ein, sondern sprach

laut vernehmlich: »Ich habe jemanden bei mir, der mit Ihnen reden möchte.«

»Warum?«

»Weil Sie ihm am Herzen liegen.«

Wieder kurze Stille. Dann kam ein barsches »Was soll das?«.

O. A. stieß Reto junior in die Seite. Der rief: »Bab? Bab? Hörst du mich? Ich bin's, der Reto!«

Stille.

O. A. wartete ein paar Sekunden und sagte dann ruhig: »Dürfen Reto und ich zu Ihnen kommen? Ich verspreche, wir beide sind unbewaffnet und werden uns Ihnen nicht nähern.«

»Ist sie wahnsinnig?«, wisperte Susanna in Malis Ohr.

Die schüttelte energisch den Kopf und flüsterte zurück: »O. A. weiß immer, was sie tut.«

»Aber was hat sie vor?«

»Keine Ahnung.«

O. A. packte den Arm von Reto junior fester und betrat mit ihm langsam den Raum.

Gleichzeitig schoben sich vier Augenpaare – von oben nach unten gestaffelt – vorsichtig um die Ecke. Mali hatte sich auf die Knie gelassen, ihr Kopf war der unterste.

Sie sah, dass Reto senior sich in die Ecke verzogen hatte, in der das Gitterregal mit den vielen goldenen Flaschen stand. Er hatte eine Pistole in der Hand, hob sie und zielte auf O. A. Die aber blickte ihn gelassen an.

Reto junior dagegen trat vor und rief: »Bab, nein!«

»Was willst du hier, Sohn?«, krächzte Reto senior.

»Bab, ich bin da, um dir zu helfen«, antwortete der junge Mann entschlossen.

»Mir zu helfen?«, der Senior lachte höhnisch. »Scher dich weg. Hast dich doch sonst auch immer weggeschert, wenn ich dich gebraucht hätte.«

»Wann hättest du mich denn je gebraucht? Ha? Nie!« Der Ton des Jungen schlug in Bitterkeit um.

Er spie aus: »Der große Reto hat noch nie jemanden gebraucht, er hat alle nur benutzt. Nur ich habe mich nicht benutzen lassen!«

Der Alte keifte zurück: »So ein Chääs! Für wen habe ich denn das alles aufgebaut? Nur für dich. Damit du ein wunderschönes Leben hast, damit dein Familienname der beste im ganzen Tal ist. Ich habe mein Leben lang geschuftet wie ein Tier – für dich! Und als das Bauunternehmen pleite war, habe ich trotzdem weitergekämpft – für dich! Du weißt nicht, was für schwarze Wege ich gegangen bin – für dich!«

Der Sohn bebte, als er zurückgab: »Für mich? Nein. Du tust alles immer nur für dich. Ich war dir egal. Von Anfang an.«

Reto senior schien einen Augenblick zu überlegen.

Dann antwortete er in völlig verändertem, weichem Ton: »Figl, du warst mir nie egal. Ich liebe dich, ich habe dich immer geliebt. Aber sag: Was willst du hier?«

Der junge Mann starrte seinen Vater feindselig an: »Ich will, dass du aufhörst. Du zerstörst meine Heimat, mein schönes friedliches Engadin. Hör auf! Gib auf! Bitte, Bab!«

Der Senior ließ die Waffe sinken und streckte die andere

Hand bittend nach seinem Sohn aus: »Reto, mein Sohn, komm zu mir.«

Der Junior sah erst ihn, dann O. A. an. Die schüttelte unmerklich den Kopf.

Der Blick des jungen Mannes wanderte zurück zu der ausgestreckten Hand seines Vaters.

»Komm«, wiederholte der samtig.

Und Reto junior machte, wie magisch angezogen, zwei Schritte auf ihn zu und streckte ebenfalls die Hand aus.

Da schnellte der ausgestreckte Arm des Seniors noch weiter nach vorne, packte den Junior, zog ihn mit einem Ruck zu sich her, nahm ihn in den Schwitzkasten und drückte ihm die Pistole an die Schläfe. Der Junge war so überrascht, dass er nicht auf die Idee kam, sich zu wehren.

Luana, Susanna und Adele stürzten in den Raum, jede eine Waffe im Anschlag. Doch O. A. breitete gebieterisch die Arme aus: »Halt! Nur mit der Ruhe. Auch Sie, Reto! Wir finden eine Lösung.«

»Ich habe die Lösung: Ihr gebt mir mein Geld und lasst mich gehen. Dann bleibt er am Leben«, bellte der Alte und verstärkte den Druck der Pistolenmündung.

»Bab!«, presste Reto junior mit schreckgeweiteten Augen hervor.

»Taci din gură«, knurrte der.

»Von welchem Geld sprechen Sie?«, fragte O. A. gelassen.

»Das wissen die drei da ganz genau!«, blaffte er.

O. A. drehte sich zu den drei Frauen in den schwarzen Overalls um und musterte sie scharf. Dann streckte sie die Hand aus.

Susanna sah erst zu Luana, dann zu Adele hinüber. Beide nickten kaum sichtbar.

Sie seufzte, zog das eine Kästchen aus ihrer Hosentasche und reichte es O. A. Die warf einen kurzen Blick darauf und machte eine aufmunternde Kopfbewegung.

Susanna verdrehte die Augen, zog auch die zweite kleine Box aus der anderen Hosentasche und legte sie in O. A.s Hand.

»Ist es das, was Sie suchen?«, fragte O. A. laut.

Reto senior: »Her damit!«

»Einen Moment«, sagte O. A. »Wie können wir sicher sein, dass Sie weder uns noch Ihren Sohn erschießen, sobald Sie die beiden Dinge haben?«

Und setzte sehr leise hinzu, so dass es der Senior nicht hören konnte: »Mali?«

Mali, die inzwischen hinter die alte Frau getreten war, antwortete ebenso leise: »Ja?«

Reto senior lachte inzwischen hässlich: »Sie können gar nicht sicher sein.«

O. A. antwortete ihm trocken: »Genauso wenig, wie Sie sicher sein können, dass die Damen hinter mir nicht schneller sind.«

Als Antwort schob Reto senior sich hinter seinen Sohn wie hinter ein Schutzschild. Der schien immer noch völlig überfordert von der Situation.

Ohne die Lippen zu bewegen, zischte O. A. Mali zu: »Sie werden Reto jetzt gleich die zwei Schächtelchen übergeben. Sie geben dem Junior vorher ein Zeichen, dass er sich dem Griff seines Vaters entwinden und wegspringen soll, denn ich werde den Alten kurz ablenken. Dann nutzen Sie das goldene Momentum.«

Bevor Mali fragen konnte, was sie damit meinte, sprach O. A. schon laut zu Reto senior: »Ich habe einen Vorschlag: Die Damen legen ihre Waffen vor sich auf den Boden und kicken sie in die Raummitte. Und Sie tun dasselbe. Dann übergibt Ihnen eine der drei die Kästchen.«

Der Alte lachte wieder auf: »Nein, bestimmt nicht! Ich habe gesehen, wie diese Weiber kämpfen können.«

Er machte eine Kinnbewegung Richtung Mali: »Die Kleine mit den blau gefrorenen Beinen soll das Wallet und die Box mit dem Seed hier vor mir auf den Boden legen.«

O. A. tat, als würde sie scharf nachdenken, bevor sie antwortete: »Einverstanden. Alle bereit? Ich zähle bis drei, dann legen alle ihre Waffen zu Boden. Anschließend zähle ich ein zweites Mal bis drei, und alle schubsen die Pistolen in die Raummitte.«

Sie zählte langsam: »Eins, zwei, drei.«

Lauernd wie Katzen gingen Luana, Adele und Susanna in die Knie und platzierten ihre Waffen auf dem Boden, ohne sie ganz loszulassen. Reto senior beugte sich mit seinem Sohn im Klammergriff nach unten und legte seine Waffe ebenfalls ab.

In der Zwischenzeit fixierte Mali Reto junior mit den Augen. Sie musste ihn irgendwie auf sich aufmerksam machen. Doch sein schreckgeweiteter Blick wanderte nur zwischen O. A. und der Waffe des Seniors hin und her.

»Gut«, kommandierte O. A., »auf ›drei‹ alle Waffen in die Mitte. Eins, zwei, drei!«

Die Pistolen schepperten leicht, als sie wie unförmige Boccia-Kugeln in die Raummitte schlidderten.

Immer noch hatte Mali den Blick des Sohnes nicht einfangen können.

»Ihre Hand, bitte, Mali«, sagte O. A.

Mali streckte ihre rechte Hand flach aus. O. A. legte demonstrativ die beiden Kästchen darauf und nickte ihr zu.

Jetzt endlich sah auch Reto junior zu Mali her. Sie blinzelte möglichst unauffällig, denn auch der Vater schaute nun auf sie. Wie würde sie seinem Sohn Zeichen geben können, ohne dass der Alte misstrauisch wurde?

Ganz langsam, als wäre sie sehr ängstlich, ging sie einen Schritt vor. Und noch einen.

Sie trug die beiden Kästchen möglichst auffällig auf ihrer rechten offenen Hand vor sich her. Ihre linke Hand ließ sie gerade herunterhängen. So müsste diese für den Senior durch ihr Bein verdeckt sein. Reto junior aber müsste ihre Hand sehen können.

Immerhin schien er ihr Blinzeln aufgefangen zu haben, denn nun starrte er sie unverwandt an. Sie ließ ihren Blick kurz auf ihre linke Hand sinken und schaute wieder auf: Ja, auch das hatte er verstanden. Sie hob ihre linke Hand mit geschlossenen Fingern kurz an: das Stopp-Zeichen der Kajaker. Anschließend streckte sie den Zeigefinger, ließ ihn kurz kreisen und nach links zeigen – das Kommando, das linke Kehrwasser anzusteuern.

Reto junior folgte jeder ihrer Gesten mit den Augen. Dann blinzelte er.

Mali tat zwei weitere sehr langsame Schritte vorwärts und war schon fast bei Vater und Sohn angelangt. Wenn sie nur wüsste, was O. A. mit »dem goldenen Momentum« gemeint hatte.

»So, jetzt mach keinen Unsinn,«, raunzte Reto senior, »sonst ... Schluss, aus, Ende – verstanden?«

Mali sah eine spitze schmale Klinge aus einem Griff in seiner Hand springen. Wo hatte er dieses Schnappmesser her? Was sollte sie tun?

»Ganz langsam runtergehen und ablegen«, befahl Reto senior.

Mali gehorchte, ging in die Knie und ließ die beiden Kästchen aus ihrer Hand auf den Boden gleiten.

Innerlich heulte sie laut auf: Nun war der Senior als einziger hier im Raum bewaffnet. Er würde sich garantiert gnadenlos den Weg frei stechen, jetzt, wo er das hatte, was er wirklich liebte – das Geld.

›Bitte, bitte, ein Hinweis‹, dachte sie, drehte sich noch in der Hocke hilfesuchend zu O. A. um. Und erstarrte.

O. A. war erstaunlich flink zwei große Schritte nach vorne getreten und erhob die rechte Hand. Mali sah drei oder vier kleine Feuerbälle aus ihrem Handgelenk auf Reto senior zuschießen.

Der schrie auf und lockerte den Griff um den Hals seines Sohnes. Reto junior schlüpfte nach unten durch und rollte sich zur linken Seite weg.

Währenddessen durchzuckte Mali endlich der Geistesblitz, um den sie gefleht hatte. Hinter Reto senior türmte sich diese riesige Menge gefüllter Flaschen – goldener Flaschen. Und das völlig überladene Gitterregal sah alles andere als stabil aus.

Dem Senior wurde nun bewusst, dass er sein Faustpfand verloren hatte. Er stieß einen Wutschrei aus und holte mit dem Messer aus, um sich auf O. A. zu stürzen. Doch dann fiel sein Blick auf die zwei Kästchen am Boden. Schnell bückte er sich, um nach ihnen zu greifen.

Das war Malis Chance: Sie schnellte aus der Hocke empor und auf die linke Ecke des Regals zu. Mit zwei Tritten war sie bis zum obersten Regalboden hochgeklettert und klammerte sich mit beiden Händen an der vorderen Strebe fest. Dann warf sie sich mit aller Kraft nach hinten und stieß sich auch noch mit dem Fuß an der hinteren Wand ab.

›Lieber Himmel, lass dieses Regal nicht am Boden festgeschraubt sein‹, dachte sie noch. Und der Himmel tat ihr den Gefallen.

Mali konnte gerade noch zur Seite wegspringen, als das Regal nach vorne kippte. Hunderte goldener Flaschen kamen ins Rutschen und polterten aus dem Regal. Gleich die ersten streckten den immer noch gebückt stehenden Reto senior von hinten nieder. Die nachrutschenden knallten um ihn herum auf den Boden, viele davon barsten unter ohrenbetäubendem Getöse.

Wasser spritzte nach allen Seiten, Glassplitter flogen durch die Luft. Mali sah, wie sich O. A. und die anderen schützend abwandten.

Das Wasser lief in einer Welle durch den gesamten

Raum bis in alle Winkel, plätscherte den Schacht des stehenden Paternosters hinunter.

Innerhalb von Sekunden war alles vorbei.

Als sie sich wieder umdrehten, starrten alle fassungslos auf den wüsten goldenen Haufen, unter dem Reto senior lag. Er regte sich nicht.

24

O. A. war als erste bei Reto seniors Körper. Sie bückte sich zu ihm hinunter, zog ein Stofftaschentuch aus der Rocktasche und wickelte es als Schutz um ihre rechte Hand. Dann schob sie die Scherben von seinem Rücken und griff prüfend nach seiner Halsschlagader.

Reto junior war neben ihr in die Knie gegangen und streichelte seinen Vater. Tränen schossen aus seinen Augen, als er den Kopf hob und O. A. fragte: »Ist er ...?«

»Er lebt, mein Junge«, erwiderte O. A. sanft. »Er lebt.«

Sie richtete sich wieder auf und sprach direkt in das kleine Mikrofon an ihrem Revers: »Die Lage ist geklärt, keine Gefahr mehr im Verzug. Aber wir brauchen sofort einen Krankenwagen.«

Luana, Adele und Susanne hatten inzwischen ihre Waffen aus dem Splitterchaos gefischt. Luana trat zu O. A., räusperte sich und sagte: »Wir würden uns nun zurückziehen, bevor die Herren von der Polizei hier auftauchen.«

Diese nickte: »Das hatte ich schon vermutet. Ich danke Ihnen für Ihren Einsatz, habe allerdings noch einige Fragen. Die können wir aber gerne später klären. Ich nehme an, Sie wissen, wie Sie hier ungesehen rauskommen?«

Die drei nickten.

»Gut, dann schlage ich vor, dass wir uns um 13.00 Uhr auf der Terrasse der Villa Engiadina treffen – einverstanden?«

»Okay«, antworteten Luana und Adele wie aus einem Mund.

Susanna salutierte grinsend und fügte hinzu: »Cool, wie Sie das mit den Feuerbällen gemacht haben!«

Als Mali, die neben Reto junior in die Hocke gegangen war und ihn tröstend in den Arm genommen hatte, wieder aufsah, fragte sie erstaunt: »Wo sind sie hin?«

»Weg!«, erwiderte O. A. nur.

Mit Blick auf die Gänsehautbeine der jungen Frau fügte sie hinzu: »Mali, Sie gehen am besten gleich den Polizisten entgegen. Ich warte hier mit Reto junior noch auf den Notarzt, dann komme ich nach.«

Mali nickte. Wegen der Scherben ging sie wie auf Eiern zum Gang und verschwand um die Ecke.

O. A. legte dem knienden Reto junior ihre Hand auf die Schulter und sagte ruhig: »Ich bin sicher, dass er Sie tief in seinem Herzen sehr liebt. Es ist ihm nur nicht gegeben, es Ihnen auch zu zeigen.«

Doch der schüttelte den Kopf. Er klang überraschend nüchtern, als er sagte: »Nein, mein Vater weiß nicht, was Liebe ist. Als Kind habe ich ihn angebettelt um Liebe – und er hat mir Spielzeug gekauft. Später habe ich gefleht um seine Aufmerksamkeit – und er hat mir einen Sportwagen vor die Tür gestellt. Ich musste weg von ihm, um nicht zugrunde zu gehen. Ich musste mir meine eigene Welt voll Liebe schaffen.«

»Und diese Welt voll Liebe ist das Engadin? Zumindest das Engadin, wie Sie es sich wünschen: rein, heil, ohne Fremde?«, fragte O. A. sanft.

»Meine Heimat ist meine Liebe«, antwortete Reto fest. »Das ist die einzige Liebe, die ich habe. Niemand darf sie mir kaputt machen. Weder mein Vater noch die Juden noch die Gummihälse. Von Jahr zu Jahr fallen mehr Fremde hier ein, sie missbrauchen dieses Tal und bluten es aus, sie korrumpieren seine Bewohner. Das darf so nicht weitergehen!«

»Haben Sie deshalb die Società gegründet?«

Er nickte stumm.

»Haben Sie gewusst, dass Ihr Vater hinter den Morden steckt?«

Reto junior seufzte: »Nein, so etwas habe ich nicht einmal ihm zugetraut. Aber als Mali mir die tote Katze zeigte, begann ich, etwas zu ahnen. Und ich dachte, dass –falls etwas dran ist an meinem Verdacht – ich meinen Vater irgendwie davon überzeugen muss, dass das aufhört. Morde gehören nicht in dieses Tal, egal von wem!«

»Und deshalb sind Sie am Trais Portas vorbeispaziert und haben die Katzenleiche in sein Cabrio fallen lassen?!«

Er nickte wieder: »Ich habe hinter einer Ecke gestanden und beobachtet, wie er reagiert. Stellen Sie sich vor: Er hat nur mit den Schultern gezuckt, ist eingestiegen und davongebraust. Er ist so eiskalt ...«

In diesem Augenblick bogen erst einige Polizisten, dann zwei Frauen in Warnwesten und mit Arztkoffer in den Händen um die Ecke.

»Hier«, rief O. A., »aber seien Sie vorsichtig. Es ist alles voller Scherben! Kommen Sie, Reto, gehen wir. Ihr Vater ist jetzt in den besten Händen.«

Er erhob sich, und O.A. nahm wieder seinen Arm.

Auf dem Weg nach draußen fiel ihr noch etwas ein: »Was wollten eigentlich die Horwaths von Ihnen, als sie sich mit Ihnen in der Kirche getroffen haben?«

»Pfff, diese Idioten!«, schnaubte Reto. »Sie wollten, dass ich meinen Vater überrede, ihnen den Kurkomplex zu verkaufen. Ausgerechnet ich!«

Sie passierten den Lieferanteneingang und schritten die letzten Meter bis zu den verlassenen Einsatzfahrzeugen. Alle Polizeibeamten waren offensichtlich zur Durchsuchung in den Keller beordert. Nur Mali stand in ihre Decke gehüllt etwas abseits und sprach mit einem Mann mit Schläfenlocken. Er trug nur einen Schuh.

O.A. machte sich von Retos Arm los und sah ihm direkt in die Augen. Eindringlich sagte sie: »Reto, der Spuk ist vorbei. Doch hören Sie zu: Ich denke, es ist niemandem geholfen, wenn das Engadin mit dieser Geschichte in die Schlagzeilen gerät.«

Reto junior lachte bitter auf: »Stimmt, der Sensationstourismus wäre vorprogrammiert.«

O.A. nickte: »Ich bin gerne bereit, meinen Einfluss geltend zu machen, damit die Mordermittlungen so diskret wie möglich ablaufen. Dafür wäre es allerdings hilfreich, wenn Sie weder die tote Katze noch die drei Damen oder den genauen Ablauf des Unfalls Ihres Vaters erwähnen. Es war ein tragischer Unfall, indem er im Rückwärtsstolpern selbst das Regal ins Wanken gebracht hat. Einverstanden?«

»Einverstanden.«

»Na, dann leben Sie wohl, junger Mann. Die Polizei wird Sie nach Hause bringen – oder zum Krankenbett Ihres Vaters. Ganz wie Sie wollen.« Sie hielt ihm die Hand hin: »Doch lassen Sie sich von einer alten Frau eines sagen: Sie bekämpfen Hass mit Hass. Ich weiß aus eigener Erfahrung, dass sich mit Hass nichts heilen lässt. Gar nichts.«

Zögernd schlug er ein.

25

Auf dem Weg zum Ausgang waren Mali einige eilige Polizeibeamte begegnet.

»Alles in Ordnung?«, hatten sie ihr zugerufen und waren an ihr vorbeigestürmt.

Mehrere Glassplitter hatten sich in die weiche Sohle ihrer Neoprenschuhe gebohrt. Sie blieb kurz stehen, zog die Schuhe von den Füßen und ging barfuß weiter.

Oben angekommen, nahm sie dankbar die Decke in Empfang, die ihr ein Polizist aus seinem Kofferraum reichte. Sie wickelte sich hinein und sah sich um: Der Morgen war lange schon angebrochen. Bald würde es die Sonne über den Berg auf der anderen Flussseite schaffen. Die Vögel zwitscherten.

Mali schloss die Augen. Würden die Einsatzfahrzeuge und der Notarztwagen nicht hier stehen, könnte man glauben, es wäre ein ganz normaler, friedlicher Sommermorgen in diesem wunderschönen Tal. Es kam ihr auf einmal so unwirklich vor, was in dieser Nacht geschehen war.

»Mali? Ist alles in Ordnung gekommen?«

Sie erschrak und fuhr herum. Ihr Blick fiel auf zwei wippende Schläfenlocken. Isaak stand vor ihr. Ein Kichern brach aus ihr heraus.

»Haben Sie mich erschreckt!«, sagte sie, als das Kichern abgeklungen war. »Ja, tatsächlich. Es ist so ziemlich in Ordnung gekommen. Wissen Sie, was mit dem Rabbi ...?«

Er nickte: »Er ist im Ospidal in Scuol, aber es geht ihm soweit gut. Ihre alte Dame hat einen Krankenwagen organisiert und unsere Wandergruppe abfangen lassen. Es sind alle wohlauf. Und einen so inbrünstigen Morgengesang haben sie noch nie gesungen.«

»Dann fehlt ja nur noch Ihr Schuh«, sagte Mali lachend und zeigte auf Isaaks linken Fuß.

Er fiel in ihr Lachen ein: »Der Herr hat's gegeben, der Herr hat's genommen.«

»Ach, Isaak«, sprudelte Mali plötzlich. »Ich bin so froh, Sie zu sehen. Noch vor ein paar Stunden hätte ich nicht geglaubt, dass wir beide das überleben. Am liebsten würde ich Sie umarmen!«

Mali sah, wie er zurückzuckte, und fügte hinzu: »Aber ich weiß, dass das nicht Ihr Ding ist. Das ist vollkommen in Ordnung. Sie sind ein feiner Kerl, Isaak!«

»Sie auch, Mali«, antwortete Isaak und verbeugte sich, »Sie auch!«

»Mali?« O.A. stand in der Einfahrt und winkte Mali zu sich.

Diese sagte noch ein tief empfundenes »Auf Wiedersehen, Isaak!« und eilte zu ihr.

»Lassen Sie uns zur Villa fahren. Anna steht auf dem Parkplatz über der Brücke, sagten Sie?«, fragte O.A.

»Ja, und ich glaube, ich habe in der Aufregung den Schlüssel stecken lassen«, erwiderte Mali. »Aber will die Polizei nicht erst mit uns reden?«

»Später, Mali, später. Es war eine lange Nacht.«

Wie selbstverständlich setzte sich O.A. auf Annas

Fahrersitz. Sobald Mali ihre splittergespickten Kajakschuhe auf die Ladefläche geworfen hatte und auf den Beifahrersitz geschlüpft war, brauste sie los.

Als Mali ihre Hand um den Haltegriff an der Seite schloss, stieß sie an ihr Handy, das immer noch seitlich in ihrer Bikinihose klemmte. Ihr fiel ein, dass sie Eckart versprochen hatte, ihm so schnell wie möglich Bescheid zu geben!

Mit der Linken zog sie das Telefon heraus, während sie sich mit der Rechten festkrallte, denn O. A. nahm die Kurven so rasant wie immer.

6:18 Uhr zeigte das Display. Normalerweise würde Eckart sie killen, wenn sie um diese Uhrzeit anrief, aber sie war sich ziemlich sicher, dass er auf ihren Anruf wartete. Und tatsächlich: Schon nach dem ersten Klingeln ging er dran.

»Mali?«, fragte er hastig.

»Hallo Eckart«, sie war selbst überrascht, wie glücklich und erleichtert sie klang. »Ich hoffe, ich habe dich nicht schon wieder geweckt?!«

»Machst du Scherze? Ich habe keinen Augenblick geschlafen seit deinem Anruf. Ich hatte echt Angst um dich!«

Mali musste das Handy kurz von ihrem Ohr weghalten, so laut rief er in den Hörer.

»Jetzt ist alles gut!«, erwiderte Mali. »Stell dir vor: Das mit dem Paternoster hat geklappt. Tausend Dank für den Tipp!«

Die Stimme am anderen Ende beruhigte sich: »Oh

Mann, Mali! Mach so was nie wieder, ja? Oder lass mich dir wenigstens ein paar Verteidigungs-Gadgets mitgeben das nächste Mal.«

Mali lachte: »So wie Q James Bond ausstattet, meinst du?«

»So ungefähr«, Eckart stimmte in das Lachen ein. »Nur eben in modern und nicht ganz so teuer. Einen Aston Martin mit Düsenantrieb und Flammenwerfer darfst du von mir nicht erwarten.«

»Schade eigentlich, aber okay. Wir haben ja schon Anna«, sagte Mali.

»Anna? Wer ist das? Was war da überhaupt los bei dir?«, fragte Eckart.

»Erzähle ich dir alles, wenn ich wieder zurück bin«, antwortete Mali.

»Wann wird das sein?«

»Ich weiß noch nicht genau, Eckart. Ich muss hier vorher noch etwas zu Ende bringen. Danke nochmal und Tschüss, ich melde mich …«, sagte Mali und legte auf.

Kaum hatten sie Anna im Carport der Villa Engiadina abgestellt, flatterte ihnen Maurice entgegen. Er war so aufgeregt, dass er weder O. A.s geschwollene Gesichtshälfte oder den Striemen um ihren Hals bemerkte noch die Tatsache, dass Mali in eine Armeedecke gehüllt war.

»Oh, meine werten Damen«, sprudelte es aus ihm heraus, »es tut mir soooo fürchterlich leid!«

Mali stutzte: Woher wusste er schon Bescheid?

»Was meinen Sie?«, fragte O. A. neutral.

»Das Frühstück, meine Damen, das Frühstück! Ich muss Ihnen nämlich leider sagen – ich bin sozusagen untröstlich, denn es ist unverzeihlich. Unsere neue Putzfee sollte sich darum kümmern, aber ich weiß nicht, wo sie steckt. Sie war bisher immer so zuverlässig! Nie wäre ich auf den Gedanken gekommen, dass sie mich und Sie so im Stich lässt. Und nun ist das Frühstück noch nicht hergerichtet. Ach, was für ein Unglück ...«

»Nicht so schlimm«, tröstete ihn Mali. »Ich habe heute Morgen sowieso keinen Appetit.«

O. A.s rechte Augenbraue zuckte verdächtig, aber ihr Ton war entspannt: »Lieber Maurice, Sie können etwas anderes für uns tun: Sagen Sie in der Küche Bescheid, dass wir um 13.00 Uhr ein leichtes Mittagessen für fünf Personen auf der Terrasse einzunehmen wünschen.«

Und setzte hinzu: »Sorgen Sie bitte dafür, dass wir dabei ungestört bleiben!«

Während sich Maurice noch wortreich für ihr Verständnis bedankte und zusicherte, dass sie die Terrasse selbstverständlich ganz für sich allein haben würden, steuerte O. A. schon auf die Eingangshalle zu. Sie winkte Mali, ihr zu folgen.

Drinnen sagte sie mit der üblichen Bestimmtheit: »Versuchen Sie, etwas Schlaf nachzuholen. Das werde ich ebenfalls tun, sobald ich geregelt habe, was noch zu regeln ist. Wir treffen uns um 12.45 Uhr auf der Terrasse.«

Mali wollte einwenden, dass sie auf keinen Fall würde schlafen können, aber O. A. hatte schon die ersten Treppenstufen erklommen. Es kostete sie sichtlich noch mehr

Mühe als sonst, aber sie gab keinen Laut von sich. Mali trottete wortlos in ihre Decke gehüllt hinter ihr her.

»Ah, Frau Dr. Weiss«, rief Maurice von unten, »einen Moment noch bitte. Vor lauter Aufregung hätte ich das fast vergessen.«

Er hielt einen Briefumschlag hoch: »Der lag heute Morgen in unserem Hausbriefkasten. Er ist an Sie adressiert.«

Er überreichte O. A. das Kuvert. Diese warf einen kurzen Blick darauf: In zittriger Handschrift stand da »An diese Frau Weiss wie Schwarz«.

Sie lächelte, ließ den Umschlag in ihre Rocktasche gleiten und setzte ihren Weg fort.

Im Zimmer legte Mali ihr Handy auf den Nachttisch und ließ sich mitsamt der Decke auf ihr Bett fallen. Sie würde sich gleich heiß duschen und etwas anziehen. Nur einen Moment die Augen schließen und die Wärme der kratzigen Decke genießen ...

Als Mali die Augen wieder aufschlug und auf ihr Handy sah, erschrak sie. Es war kurz vor halb eins. Sie musste sich beeilen.

Eine Viertelstunde später trat Mali, frisch geduscht und angezogen, auf die Terrasse der Villa. Die Sonne knallte herunter, so dass sie ihre Augen mit der Hand beschatten musste, um nicht geblendet zu werden.

Nur zwei der eleganten cremefarbenen Sonnenschirme waren aufgespannt. Sie beschatteten einen mittelgroßen, für fünf Personen gedeckten Tisch. Eine große Mineralwasserflasche ragte aus dem Sektkühler in der Mitte.

An diesem Tisch saß O. A. Sie hatte ihren Teller beiseite geschoben und stattdessen einige Papiere vor sich ausgebreitet. Ihre Pfeife lag in einem großen Kristallglas-Aschenbecher bereit. Alle übrigen Tische auf der Terrasse waren leer. Auch Maurice war nirgendwo zu sehen.

O. A. blickte auf, als Mali an den Tisch trat. Das Rot-Blau ihrer linken Gesichtshälfte war schon dunkler geworden, die Schwellung deutlich sichtbar.

»Haben Sie gut geschlafen?«, fragte sie lächelnd.

Mali nickte und setzte sich auf den Stuhl an der Balustrade, die die Terrasse von dem steil abfallenden Gelände trennte: »Ich hätte nicht gedacht, dass ich auch nur ein Auge zubekomme. Aber ich war sofort weg.«

»Gutes Zeichen«, erwiderte O. A. Sie griff nach der Pfeife und führte sie in den rechten, nicht lädierten Mundwinkel. »Schlaf ist das beste Verarbeitungsmittel. Sie sind solche Ereignisse ja nicht gewöhnt.«

Mali verkniff sich die Frage, ob O. A. sich je daran gewöhnt hatte.

Stattdessen sagte sie: »Ehrlich gesagt, verstehe ich immer noch nicht, was eigentlich vorgefallen ist.«

Die alte Frau nickte: »Ich habe auch lange gerätselt, wie diese Dinge zusammenhängen, doch in den letzten Stunden hat sich alles geklärt – zumindest fast. Und ich hoffe, dass unsere drei Gäste uns gleich noch den Rest erläutern können. Zuvor aber wüsste ich gerne von Ihnen den Teil der Geschichte, den ich noch nicht kenne: Was hat sich ereignet, nachdem ich Sie am Fluss abgesetzt habe?«

Mali überlegte einen Moment. Es war so viel passiert in

diesen Stunden, dass sie aufpassen musste, die Ereignisse in der richtigen Reihenfolge zu erzählen. Dann begann sie wiederzugeben, wie sie erfolgreich ins Kurhaus geschlichen war. Wie sie die goldenen Flaschen über die Abfüllanlage im Keller hatte rattern sehen. Wie sie auf der Flucht vor den Männern mit Isaak zusammengestoßen war.

»An Händen und Füßen sowie Rücken an Rücken waren wir gefesselt«, berichtete sie und zeigte die Striemen an ihren Handgelenken vor. Sie beschrieb, wie der Mann Isaaks Fuß geschnappt und samt dem Schuh abgeglitten war. Wie sie sich das benzingetränkte Tuch vom Hals gerissen und auf die Fackel geschleudert hatte. Wie sie die umgestürzte Anna und O. A.s Handy gefunden hatten.

O. A., die währenddessen auf dem Mundstück der kalten Pfeife gekaut hatte, nickte düster: »Reto senior oder sein Gehilfe muss uns beobachtet haben, wie wir die Villa verlassen haben. Sie sind uns gefolgt, und am Ausstieg haben sie mich dann überwältigt.«

»Ist da das mit Ihrem Gesicht passiert?«, fragte Mali.

»Ich bin leider nicht mehr so reaktionsschnell wie früher«, war die nüchterne Antwort. »Aber fahren Sie fort!«

Also schilderte Mali, wie auf einmal Valentina – oder besser: Luana – aufgetaucht war: »Wie ein Schatten hing sie auf einmal direkt neben Isaak.« Wie Isaak seine Mitschüler im Schutz des Morgengebets aus dem Kurhaus führte. Wie sie auf Susanna und Adele trafen und die Tortur des Rabbis beendeten. Und dann die Geschichte mit dem Paternoster.

»Den Rest kennen Sie ja …«, sagte sie. »Aber, O. A., jetzt sind Sie dran: Wie, um Himmels willen, ist es überhaupt zu den Morden gekommen?«

O. A. legte ihre Pfeife in den Kristallglas-Aschenbecher zurück und räusperte sich: »Tja, was ich mir aus den Archivberichten der Behörden, der Banken und der Presse des Tales und den Informationen, die mir meine alten Kollegen verschafft haben, zusammenreimen konnte, ist Folgendes: Angefangen hat es wohl damit, dass Reto senior die kleine, solide Baufirma, die er von seinem Vater geerbt hatte, zum größten Bauunternehmen der Gegend machen wollte. Ehrgeizig und machthungrig wie er ist, ist ihm das auch gelungen. Zwar basierte von Anfang an viel von diesem Glanz auf Pump, aber nach außen hin war Reto der Vorzeige-Unternehmer schlechthin – auch weil er viel in das Sponsoring der lokalen Vereine und sozialen Aktivitäten steckte. Dieses Ansehen ging ihm über alles.«

»Aber dann ging etwas schief?«, fragte Mali.

»Tja, über die Jahre und berauscht vom eigenen Erfolg hob er ab. Er hielt sich für einen genialen Strategen und verstrickte sich in immer riskantere Bauprojekte. Und nach zwei gescheiterten Riesenvorhaben drehten ihm die Banken den Geldhahn endgültig zu. Da er aber den Bankrott nicht eingestehen wollte – das hätte ihn seinen schönen Ruf gekostet –, sah er sich nach anderen Geldgebern um.«

O. A. nahm die Pfeife wieder in die Hand und jetzt auch das Feuerzeug. Sie entfachte die Glut und stieß eine dicke Qualmwolke aus.

»Wir wissen nicht genau, wie er an diesen arabischen Clan geraten ist, aber der hat ihm wohl schnelles und diskretes Kapital versprochen. Und Reto senior fragte nicht lange nach, nahm das Geld und machte weiter wie bisher. Natürlich konnte er diesen »Kredit« nicht zurückzahlen. Stattdessen begann er, dem Clan die ›kleinen Gefälligkeiten bei ihren Geschäften‹ zu erweisen, die sie von ihm forderten. Das heißt, er fing an, das Geld aus all den dunklen Quellen des Clans zu waschen: Drogenschmuggel, Prostitution, Menschenhandel. Das muss ihm klar gewesen sein, auch wenn ich sicher bin, dass er vor Gericht behaupten wird, nichts davon gewusst zu haben.«

O. A. nahm einen Zug und fuhr fort: »Aber vergessen Sie nicht: Reto senior hielt sich für genial. Also heckte er einen Plan aus, der ihn mit einem Schlag sowohl von dem Clan als auch von all seinen Schulden befreien sollte. Zunächst überredete er den Clan-Chef dazu, ihm das Geld zu geben, damit er das alte Kurhaus kaufen und renovieren konnte: Das sei nicht nur eine perfekte Geldwaschmöglichkeit, sondern darüber hinaus eine extrem lukrative Verdienstquelle. Er legte ihnen allerlei Zertifikate vor, die bescheinigten, dass das Quellwasser des Kurhausgeländes wie natürliches Viagra wirkt. Der Clan willigte ein, das Wasser exklusiv und teuer im arabischen Raum zu vermarkten – und Reto versprach, von seinem Anteil seine Schulden abzustottern. Sie müssen wissen, dass die Einnahme synthetischer Aphrodisiaka in der islamischen Welt nicht gerne gesehen ist. Deshalb Strenggläubige gerne ein Vermögen für religionskonforme Alternativen.«

Mali überlegte: »Aber warum hat Reto senior dann ausgerechnet ultraorthodoxe Juden im Kurhaus einquartiert?«

O. A. lachte bitter: »Das hielt er für seinen genialsten Schachzug überhaupt! Nicht nur in Deutschland herrscht seit Jahrzehnten eine Art kollektive Beißhemmung, wenn es um jüdische Aktivitäten geht. Alles, was nur den Hauch von Antisemitismus trägt, wird in der breiten Öffentlichkeit per se verurteilt. Und Reto seniors perfider Plan war es, diese Stimmung zu nutzen. Er glaubte, dass es keiner wagen würde, genauer hinzusehen, was im Kurhaus vor sich ging. Gleichzeitig wollte er damit den Gerüchten im Tal den Wind aus den Segeln nehmen, er habe irgendetwas mit Arabern zu tun.«

»Und was hat Rabbi Geiger damit zu tun?«

»Der Rabbi hatte wohl zunächst tatsächlich keine Ahnung, warum Reto senior ausgerechnet auf ihn zugekommen war. Aber der Vorschlag, im alten Kurhaus eine jüdische Summerschool einzurichten, gefiel ihm natürlich«, sinnend ließ O. A. die Pfeife sinken. »Rabbi Geiger hatte schon lange davon geträumt, ein Tora-Institut zu gründen. Eines, das seinen Namen trägt. Und als sich die Chance bot, diesen Traum zumindest temporär zu erfüllen, fragte er nicht lange nach.«

»Aber Reto seniors Plan ging nicht auf …«, konstatierte Mali.

»Nein, er hat sich schlichtweg verrechnet und das gleich auf mehreren Ebenen. Weder hat er erwartet, dass sein eigener Sohn samt seiner Società gegen die Einquartierung revoltierte und Stimmung gegen ihn machte, noch dass Rabbi Geiger mehr fordern könnte als nur ein vorübergehendes Bleiberecht – das hat er nämlich getan, dazu komme ich auch noch gleich. Und am wenigsten hat Reto senior wohl damit kommen sehen, dass ausgerechnet ein junger unerfahrener Brunnenmeister ihm in die Quere kommen würde.«

»Das erste Mordopfer? Genau, was hatte der mit der Sache zu tun?« Mali schüttelte den Kopf.

»Über diesen Punkt habe ich lange nachgedacht. Es gab eigentlich nur eine Antwort auf diese Frage, aber ich hatte keine Beweise. Erst heute wurde meine Vermutung bestätigt.«

O. A. legte ihre Pfeife beiseite und zog unter ihren Papieren den Umschlag hervor, den ihr Maurice am Morgen übergeben hatte. Sie öffnete ihn und reichte Mali seinen Inhalt.

Es war ein kleiner Zettel, wie von einem Notizblock abgerissen. Von dem Zettel ging ein Geruch von schwarzen Zigaretten aus.

Auf dem Blatt stand in derselben zittrigen Handschrift wie auf dem Umschlag:

Allegra Auslaufmodell,
was ich Ihnen noch sagen wollte: Auf dem Gelände vom Kurhaus gibt es mit Sicherheit keine Quelle.
Sterben Sie wohl!
Carlo Padrun

Mali reichte O. A. den Zettel zurück: »Jetzt verstehe ich gar nichts mehr: Ich habe doch mit eigenen Augen die Abfüllanlage im Keller des Kurhauses gesehen!«

»Tja, es wird dort unten schon Wasser abgefüllt. Nur eben kein Quellwasser und schon gar kein exklusives Heilwasser mit potenzsteigernder Wirkung. Es ist ganz normales Leitungswasser«, antwortete O. A.

»Leitungswasser?«

»Ja. Das war Retos großer Betrug. Und deshalb ist der junge Brunnenmeister ihm auf die Schliche gekommen: Der Wasserverbrauch am Zähler des Kurhauses war sprunghaft angestiegen, seit Reto begonnen hatte, sein ›Goldenes Wasser‹ auszuliefern. Und mit Retos Erklärungsversuchen hat sich der junge Mann nicht zufrieden gegeben. Deshalb musste er sterben. Anschließend gab Reto senior seinen Leuten die Anweisung, sich zur Hauptwasserleitung vorzubohren und das Wasser direkt dort abzufüllen, ohne dass es vom Zähler des Kurhauses registriert wird.«

Das Bild der von Plastikplanen verhüllten Ecke kam Mali in Erinnerung und die lauten Bohrgeräusche.

Sie schüttelte den Kopf: »Aber, O. A., was ich nicht verstehe: Woher hatte Reto senior die Zertifikate? Und muss nicht auch in der Schweiz Heilwasser laufend von den Behörden überprüft werden?«

»Ja, das ist richtig. Doch diese Untersuchungen werden von privaten Auftragslaboren vorgenommen – und Reto senior hatte seine Verbindungen.«

»Okay«, Mali nickte. So langsam hatte sie das Gefühl,

dass diese tausend Puzzle-Stücke sich zu einem Bild zusammenfügten. »Und der Clan hatte von diesem Betrug keine Ahnung, nicht wahr? Er übernahm aber den Export und Vertrieb in die alte arabische Heimat und war dort so etwas wie der Garant für die versprochene Wirkung?«

O. A.: »Genau, gut kombiniert. Deshalb war das Spiel für Reto senior so riskant: Für den Clan steht dessen ›guter Name‹ in der arabischen Welt auf dem Spiel, falls der Betrug auffliegen würde. Das war Reto sehr wohl bewusst. Deshalb wollte er sich auch bald aus der Sache herausziehen und aus dem Engadin verschwinden. Zu diesem Zweck hat er heimlich Verbindung mit Hermann Breitwieser aufgenommen, dem »Mineralwasserkönig«, und ihm die Abfüllrechte angeboten. Der witterte ein großes Geschäft, der Abschluss stand kurz bevor. Mit dem Erlös aus dem Verkauf der Abfüllrechte und Retos beiseite geschafftem Krypto-Anteil aus dem Wasserhandel, mit dem er eigentlich seine Schulden zahlen sollte, wollte er sich absetzen. Doch da kam der Brunnenmeister dazwischen: jung und unbestechlich. Er musste aus dem Weg geräumt werden …«

»Aber warum auf so grausame Art?«, Mali schüttelte sich bei dem Gedanken an das Foto der Leiche.

O. A. hob die Hände: »Retos nächste ›Genialität‹: Er glaubte, zwei Fliegen mit einer Klappe zu schlagen. Denn schon einige Zeit vor dem Mord an dem Brunnenmeister hatte der Rabbi angefangen, Reto senior zu erpressen …«

Mali überlegte: »Vorher? Also hat er ihn nicht wegen der Morde erpresst?«

Die Alte schüttelte den Kopf: »Rabbi Geiger hat spitzbekommen, woher das Wunderwasser wirklich stammte. Obwohl es streng verboten war, hat er sich wohl in einem unbewachten Moment im Keller umgesehen und dann eins und eins zusammengezählt. Damit hat er Reto unter Druck gesetzt.«

O. A. ließ ihren Blick in die Weite des Inntals schweifen: »Der arme Rabbi. Ich glaube, er ist eigentlich ein rechtschaffener Mensch. Doch auch rechtschaffene Menschen sind nicht vor dem schrecklichen Engel der Versuchung gefeit: Die Aussicht, im Kurhaus eine Tora-Schule einrichten zu können, die seinen Namen trug, war so verführerisch, dass er ihr schließlich erlag. Ich habe heute Vormittag schon mit ihm sprechen können: Er bereut sein Vorgehen zutiefst und wird seinen Plan der Tora-Schule aufgeben. Tja, mit Rabbi Geigers Erpressung war aus der raffinierten Tarnung als Judenfreund für Reto senior eine Gefahr geworden. Folgerichtig besorgte er sich den richtigen Mitarbeiter, der die Gewalttat wie einen Ritualmord aussehen lassen konnte …«

O. A. kramte erneut in ihren Papieren und zog ein Fahndungsfoto aus dem Stapel: »Jusup, der Schächter.« Dumpfe Augen blickten Mali von dem Bild entgegen.

Sie überflog den Text: Offensichtlich hatte Jusup bei einem seiner vielen Gefängnisaufenthalte eine ordentliche Metzgerslehre durchlaufen.

»Wo er das Schächten gelernt hat,«, kommentierte O. A., »ist unklar. Er hat es jedenfalls an seinen Opfern schulbuchmäßig durchgeführt.«

Mali schüttelte den Kopf: »Reto senior ist also immer tiefer versunken in das Böse. Aber warum der Gemeindeschreiber?«

O. A.: »Fadri war Reto seniors Cousin. Sie erinnern sich: Die alte Kindergärtnerin hat mir erzählt, dass er sich Reto von klein auf unterordnete. Er hat nie gewagt, gegen ihn aufzumucken. Und obwohl er wusste, dass Reto senior bis zu den Ohren in Schulden steckte und sich aus fragwürdigen Geldquellen bediente, hielt er ihm immer die Stange. Und als Reto senior das Kurhaus kaufen wollte, war es Fadris Stimme im Gemeinderat, die ihm das ermöglicht hat. Doch der Mord an dem jungen Brunnenmeister hat bei Fadri das Fass zum Überlaufen gebracht. Er drohte, Retos finanzielle Lage publik zu machen. Das erste Mal in seinem Leben lehnte Fadri sich gegen seinen übermächtigen Cousin auf – und hat es prompt mit dem Leben bezahlt, weil er ihm zur Gefahr wurde.«

»Und der Kater des Rabbis? Warum musste auch noch dieses Tier sterben?«

O. A. sagte nachdenklich: »Sein Tod sollte die letzte Warnung an den Rabbi sein.«

Jetzt schwiegen sie beide.

Da fiel Mali etwas ein: »Aber der geplante Verkauf an Breitwiesers ist ja offensichtlich geplatzt, sonst hätte der sich im Trais Portas nicht so aufgeführt. Warum hat Reto senior einen Rückzieher gemacht, obwohl er das Geld für seine Flucht so dringend gebraucht hätte? Ist ihm jemand dazwischengekommen?«

O. A. drehte den Kopf zur Seite und legte den Finger

auf den Mund. Sie lauschte. Dann sagte sie: »Ich vermute, dieser Jemand erscheint jetzt gleich. Rutschen Sie mal ein Stückchen von der Balustrade weg.«

Kaum hatte Mali ihren Stuhl ein wenig zur Seite gerückt, schwang sich eine schlanke Gestalt in Kletterhosen, Tanktop und Sneakern über die Brüstung: Adele hatte ihre blonden Haare zu einem Dutt nach oben gebunden und sah so gar nicht mehr nach Prinzessin aus.

»Sie haben gute Ohren!«, sagte sie, an O. A. gewandt.

»Guten Tag, Adele – so heißen Sie doch, nicht wahr? Wir sind noch nicht wirklich dazu kommen, uns einander vorzustellen«, erwiderte O. A.

Ohne sich umzudrehen, fügte sie hinzu: »Guten Tag übrigens auch Ihnen, Luana.«

Wie aus dem Nichts war die junge Frau in O. A.s Rücken aufgetaucht.

O. A. wies auf die leeren Stühle: »Bitte nehmen Sie doch Platz. Ich habe mir erlaubt, ein kleines Mittagessen für uns vorbereiten zu lassen. Sobald Susanna sich vom Dach zu uns heruntergelassen hat, gebe ich Maurice ein Zeichen.«

Luana und Adele sahen sich an und nickten anerkennend: Diese alte Frau hatte nicht nur gute Ohren, sondern auch einen wachen Blick für ihre Umgebung.

Keine zwei Sekunden später plumpste Susanna am Seil im Klettergurt hängend auf den letzten noch freien Stuhl.

»Hello«, sagte sie gut gelaunt. »Ich habe gehört, es gibt etwas zu essen?!«

O. A. nickte und hob die Hand Richtung Tür zum Speisesaal.

Die Tür öffnete sich und Maurice flötete: »Kommt sofort!«

»Keine Sorge:«, sagte O. A. an die drei Frauen gewandt, »Maurice ist sehr verschwiegen, wenn es darauf ankommt. Sie haben ihn ja bereits kennengelernt, Susanna, nicht wahr?«

»Jej. Auch wenn er einer Putzhilfe nicht wirklich viel Aufmerksamkeit widmet«, grinste diese.

Und tatsächlich: Als Maurice die Vorspeisenteller brachte, schien er seine vermisste Hilfskraft nicht wiederzuerkennen.

»Die Damen: Ein hinreißendes Gemüsecarpaccio mit edlem Ziegenmozzarella«, hauchte er in die Runde. »Emiliano übertrifft sich selbst jeden Tag aufs Neue. Was darf ich zu trinken bringen?«

»Danke«, antwortete Susanna und grinste ihn extrafreundlich an, »ich bleibe beim Wasser.«

»Ich auch«, kam es aus drei Kehlen gleichzeitig.

»Ich bekomme ein ...«, setzte O. A. an.

»... ein Bitter Lemon?«, ergänzte Maurice.

»Nein, zur Feier des Tages ein Crodino für mich«, erwiderte sie.

»Oh, dieser herrliche italienische Aperitif ist in der Tat eine gute Wahl für den sonnigen Mittag. Sie sind doch immer für eine Überraschung gut, Frau Dr. Weiss«, säuselte er und rauschte ab.

»Guten Appetit, meine Damen«, sagte O. A. »Wir waren übrigens gerade dabei, die Ereignisse Revue passieren zu lassen. Und waren an der Stelle, als Sie ins Spiel kamen.«

Sie nickte Adele zu: »Sie waren als Prinzessin durchaus überzeugend.«

Adele deutete einen Knicks im Sitzen an.

»Was haben Sie Reto senior eigentlich erzählt, sodass er die Abfüllrechte an der angeblichen Quelle im Kurhaus dann doch nicht an Breitwieser verkaufen wollte?«

»Oh, ich habe ihm nur einige Beweise für seinen Wasserbetrug vorgelegt.« Adele schob eine hauchdünne Zucchini-Scheibe auf ihre Gabel und fuhr fort: »Und dann habe ich ihn darauf aufmerksam gemacht, dass meine ›Organisation‹ kein Interesse daran hat, ihn bei den Arabern zu verpetzen – falls er zu einer gewissen Provisionszahlung bereit ist und den Deal mit Breitwieser platzen lässt.«

Luana fiel ein: »Wir wollten verhindern, dass der Vogel ausfliegt, bevor wir ihn in der Falle haben.«

»War das auch der Grund, warum Sie die Hunde so theatralisch schachmatt gesetzt haben?«, fragte O. A. fast beiläufig.

»Nun, es war der einfachste Weg, im und um das Kurhaus für freie Bahn für Susanna zu sorgen«, antwortete Luana. »Sie ist in der Zeit, in der alle Männer empört zum Fluss gerannt sind, in den Keller eingedrungen, um eindeutige Beweise zu sammeln und um die beiden Krypto-Schatzkästlein Retos zu sichern.«

»Was mir auch gelungen ist«, ergänzte Susanna mit vollem Mund. »Wenn in einem Weinregal eine einzige leere Flasche liegt – was mit ein bisschen Licht sofort zu erkennen ist –, dann ist das Geheimversteck schnell zu finden.«

»Apropos Schätzkästlein:«, sagte O. A. »Ich gehe davon aus, dass die Polizei unter dem Scherbenhaufen weder das Wallet noch die Seeds findet, richtig?«

Alle drei grinsten und nickten.

Mali war wirklich überrascht: »Wie habt ihr das geschafft, die beiden Kästchen so schnell unter dem Haufen auszugraben?«

»Haben wir gar nicht«, antwortete Luana.

»Die, die du übergeben hast, sind noch dort«, ergänzte Adele.

»Kleine«, sagte Susanna herablassend, »hast du wirklich geglaubt, wir würden ihm die richtigen Dinger zurückgeben?«

Mali antwortete nicht, sondern lief rot an. Schnell stopfte sie sich die letzte dünne Karottenscheibe in den Mund und verschluckte sich prompt.

Maurice erlöste sie aus der peinlichen Situation: »Hier, Ihr Festtags-Crodino, Frau Dr. Weiss. Darf ich die Teller mitnehmen?«

Er schwebte damit davon, um gleich danach mit dem Hauptgang zu erscheinen: »Filet von fangfrischer Forelle auf delikater Meaux-Senfsauce mit butterzarten Rosmarin-Kartöffelchen – ein Sommertraum!«

»Danke, Maurice«, sagte O. A., wartete ab, bis er wieder verschwunden war, und wandte sich wieder den jungen Frauen zu: »Wie sind Sie eigentlich ungesehen an der Polizei vorbei aus dem Kurhaus hinausgekommen: Über den Paternoster-Schacht!?«

»Wenn man konsequent an seiner Gelenkigkeit arbeitet, dann ist es keine Schwierigkeit, nicht wahr, Mali?«, antwortete Luana und zwinkerte Mali zu.

Mali lachte. Und wagte, die Frage zu stellen, die ihr die ganze Zeit schon auf der Zunge brannte: »Warum macht ihr das eigentlich? Seid ihr Profi-Diebinnen? Oder selbstlose Racheengel? Oder beides?«

Auch O. A. blickte gespannt von einer zur anderen.

Luana, Adele und Susanna tauschten amüsierte Blicke aus.

»Also: Racheengel – das gefällt mir.«, antwortete Susanna und räkelte sich in ihrem Stuhl.

Adele aber wiegte den Kopf hin und her: »Ich finde, das trifft es nicht ganz. Es geht nicht um Rache, sondern um Gerechtigkeit – das ist ein Unterschied. Und selbstlos sind wir auch nicht unterwegs. In diesem Fall ist Retos Schatzkästlein quasi unser Honorar.«

Luana legte ihr Besteck beiseite und sagte feierlich: »Ladies, was haltet ihr von ›Freiengel‹? Eine Mischung aus Freibeuter und Engel. Freibeuter waren im Auftrag der Krone unterwegs, um feindliche Handelsschiffe aufzuspüren und auszunehmen. Und wir sind in unserem eigenen Auftrag unterwegs, um Verbrecherinnen und Verbrecher weltweit aufzuspüren, ihnen das Handwerk zu legen und sie gleichzeitig um ihre Beute zu erleichtern.«

»Einverstanden«, sagte Susanna und steckte sich ein großes Stück Forellenfilet in den Mund.

»Ich auch«, bestätigte Adele. »Berufsbezeichnung: ›Freiengel‹. Ja, das ist gut. Wer hätte gedacht, was aus einer Informatikerin, einer Maschinenbauerin und einer Volkswirtin alles werden kann, wenn sie sich zusammentun.«

»Und in welchem Auftrag sind SIE unterwegs, wenn wir fragen dürfen?«, wandte sich Luana an O. A.

»Sagen wir so: Ich bin inzwischen ebenfalls im eigenen Auftrag unterwegs«, antwortete die alte Frau mit einem feinen Lächeln. »Ich war früher für eine sehr versierte Organisation tätig. Auch wenn ich diese vor vielen Jahren aus guten Gründen verlassen habe, darf ich nach wie vor auf die Unterstützung von dort zählen – zumindest von den aufrechten Kräften. Und manchmal«, sie lächelte zu Mali hinüber, »erhalte ich auch tatkräftige Unterstützung von Menschen, die viel mehr können, als sie meinen.«

»Dein erster Einsatz?«, fragte Luana, an Mali gewandt.

Mali nickte.

»Respekt, Kleine«, sagte Susanna und grinste.

»Weiter so«, lächelte Adele ihr zu.

»Ganz ehrlich, Mali: Du hättest das Zeug zum Freiengel-Lehrling«, sagte Luana. »Ich habe das vom ersten Augenblick angesehen. Die anderen wollten mir das erst nicht glauben, aber die Idee mit dem Regal war super.«

»Und den Paternoster mit dem Neoprenanzug zu blockieren, auch«, ergänzte Adele.

»Eine Spürnase hat sie ebenfalls …«, fügte Susanna hinzu.

»Also, Mali«, sagte Luana auffordernd, »was ist? Möchtest du bei uns einsteigen?«

»Äh, danke«, stammelte Mali. »Ich glaube, ich schließe besser erst mal mein Studium ab.«

»Okay, wie du meinst. Lass' uns einfach wissen, wenn du es dir anders überlegst«, sagte Luana freundlich.

Und dann an die anderen beiden gewandt: »Mädels, ich glaube, es ist Zeit sich zu verabschieden.«

Susanna und Adele nickten und erhoben sich.

»Vielen Dank für das Mittagessen!«, sagte Adele. »Es war uns eine Ehre, mit Ihnen zu arbeiten, O. A.!«

Alle drei deuteten eine Verbeugung an.

»Viel Erfolg weiterhin!«, erwiderte O. A. »Ich hoffe, dass wir beim nächsten Mal, wenn wir uns begegnen, wieder auf derselben Seite stehen.«

»Das hoffen wir auch«, antwortete Adele.

»Stopp!«, rief Susanna unvermittelt. »Eines muss ich noch wissen!«

Sie wandte sich an O. A.: »Bitte verraten Sie mir noch, wie Sie das mit den Blitzen hingekriegt haben. War ein cooler Move!«

Die alte Frau lächelte verschmitzt: »Das ist so ziemlich das älteste Ding in meiner kleinen Trickkiste, aber es erzeugt immer wieder erstaunliche Wirkung. Haben Sie schon mal etwas von Cellulosenitrat gehört?«

Alle vier schüttelten den Kopf.

O. A. hob mahnend den Zeigefinger: »Meine Damen, ich kann Ihnen nur raten, häufiger ins Theater zu gehen. Theater bildet den Geist – vor allem in Sachen Illusion.«

Sie griff in ihre Rocktasche, holte ein unscheinbares schwarzes Armband hervor und legte es sich um das

Handgelenk, während sie weitersprach: »Im Theater wird Cellulosenitrat, auch Blitzwatte genannt, gerne verwendet, weil sie nach dem Entzünden extrem schnell verbrennt. Die Flamme erlischt, bevor sich irgendetwas anderes daran entzünden kann. Und zu kleinen Kugeln gedreht passt die Blitzwatte in so ein unscheinbares Bändchen mit Abschießmechanismus.«

O. A. hob ihren Arm, klappte das Handgelenk nach hinten, und schon zischte ein kleiner Feuerball heraus. Bevor er das andere Ende des Tisches erreicht hatte, hatte er sich in Nichts aufgelöst.

Als Maurice mit den Desserttellern kam, rief er enttäuscht: »Oh, Ihre Gäste sind bereits gegangen? Wie schade! Wo es doch geeiste Beeren auf Vanilleschaum gibt. Was machen wir nun mit dieser Köstlichkeit?«

»Stellen Sie sie ruhig hier ab, Maurice«, sagte Mali. Sie hatte tatsächlich immer noch Appetit.

O. A. sah nachdenklich in das Tal hinaus, während Mali eine Portion nach der anderen verspeiste.

»O. A.?«, fragte Mali zwischen zwei Bissen.

»Mhhh?«

»Was war das eigentlich mit dem jungen Mann mit den Klavierspielerhänden? Sie wissen schon: Der, der dann nackt auf den Stufen des Nachtclubs gefunden worden ist.«

O. A. lächelte: »Der Junge war im Auftrag des Schweizer Geheimdienstes unterwegs – auf der Spur des arabischen Clans. Doch er hat sich dabei so dämlich angestellt, dass die drei ›Freiengel‹ wohl befürchteten, dass er Reto aufscheuchen könnte. Also haben sie ihn aus dem Weg geräumt.«

»Das war deren Werk?«, staunte Mali.

O. A.s Lächeln wurde schelmisch: »Nett gemacht, muss ich sagen. Aber da fällt mir ein: Ich wollte Ihnen noch etwas zeigen.«

Sie kramte zwischen Papieren und zog mehrere Fax-Ausdrucke von Fotos heraus: »Hier, schauen Sie mal. Das sind Aufnahmen von den Herren, die die Polizei bei ihrem Einsatz im Keller gefesselt und eingesperrt vorgefunden haben. Kommt Ihnen das bekannt vor?«

Mali beugte sich vor. Jedes Bild zeigte jeweils die behaarte Leistengegend eines Mannes. Alle trugen an fast der identischen Stelle ein schwarzes Zeichen.

»Oh«, sagte Mali verblüfft. »Dasselbe georgische Schriftzeichen wie bei dem Klavierspieler. Sind das auch Brandmale?«

O. A. nickte: »Alle mit demselben Mini-Akku-Lötstempel eingebrannt: passt in jede Hosentasche, ist auf Knopfdruck innerhalb von drei Sekunden auf Betriebstemperatur. So, Mali, und jetzt bemühen Sie noch einmal Ihren Grips. Welchen Zusammenhang erkennen Sie?«

»Hmm: Sie sagten, dass das Zeichen für den Laut ›las‹ steht. L – A – S.«

Mali schlug sich mit der flachen Hand an die Stirn. Ja, klar! Wie hatte sie das bis jetzt übersehen können? Luana, Adele, Susanna – LAS.

Epilog

O. A. schaute auf ihre Uhr: Pünktlich auf die Minute verließ der Zug den Landecker Bahnhof. Zufrieden lehnte sie sich zurück.

Den Würgeabdruck um ihren Hals hatte sie mit einem Tuch verdeckt: Ihre farbenfrohe linke Gesichtshälfte sorgte bereits für mehr als genug aufdringliche Blicke. Wenigstens tat sie nur noch weh, wenn sie Grimassen schnitt. Dafür hatte sich ihre Hüfte in einen Dauernörgel-Modus versetzt, aber auch das würde vergehen.

Sie teilte das Abteil nur mit Siegfried. Der Ersatzfahrer, der sie zum Bahnhof gebracht hatte, hatte ihn unnötigerweise direkt neben ihr abgestellt.

Mali hatte sich entschieden, noch etwas zu bleiben. Sie müsse noch ihren Paddelkurs zu Ende führen.

»Müssen tun Sie es nicht mehr«, hatte O. A. fein lächelnd angemerkt.

Mali hatte gelachtt: »Stimmt. Ich muss nicht. Ich bleibe, weil ich es will. Und weil ich es kann!«

Ja, Mali hatte sich verändert in diesen wenigen Tagen im Engadin.

Die Hardliner in ihrer alten Organisation hätten Malis Entwicklung mit dem Satz kommentiert: »Unter Druck entstehen Diamanten.« und sich in ihrem rigorosen Führungsstil bestätigt gesehen – wer den nicht aushielt, war es nicht wert.

O. A. hielt das für Unsinn. Ihrer Überzeugung nach kann ein Samenkorn dann aufgehen, wenn seine innere Bereitschaft und sein Potenzial auf die richtigen äußeren Umstände treffen. Dann kann dieses Korn erstaunliche Fähigkeiten entwickeln, an die es selbst nicht geglaubt hätte.

Mali hatte erlebt, dass viel mehr in ihr steckte, als sie geahnt hatte.

O.A war darüber hinaus davon überzeugt, dass dies erst der Anfang war. Daher hatte sie der jungen Frau angeboten, sie als dauerhafte Unterstützung bei sich anzustellen.

Freude und Stolz hatten in Malis Augen aufgeblitzt, doch sie hatte nur gesagt, dass sie es sich überlegen würde.

O. A. blickte aus dem Fenster. Draußen eilte das untere Inntal an ihr vorbei, strotzend vor Grün, idyllisch, friedlich.

Sie seufzte. Es gab noch so viel zu tun in dieser Welt, ihre Mission war noch nicht zu Ende. Vielleicht würde sie nie zu Ende sein: Der Hass schien sich von Generation zu Generation weiterzufressen. Doch ihren Kampf aufzugeben, war keine Option. Nicht solange ein Funke Leben in ihr steckte.

Nein, sie war noch nicht am Ende!

Die Deutsche Nationalbibliothek verzeichnet diese Publikation in der Deutschen Nationalbibliografie; detaillierte bibliografische Daten sind im Internet über https://www.d-nb.de/ abrufbar.

Lektorat: Christl Kiener, München; Petra Zimmermann, Braunschweig
Herstellung: Kadja Gericke, Dürnau
Umschlaggestaltung: SpieszDesign, Neu-Ulm unter Verwendung eines Fotos von © Matthias Breuel
Druck und Bindung: CPI Books GmbH

FSC
www.fsc.org
MIX
Papier | Fördert gute Waldnutzung
FSC® C083411

ISBN: 978-3-948442-59-0
www.kiener-verlag.de